定義集

大江健三郎　おおえけんざぶろう

作者｜大江健三郎　譯者｜吳季倫

目次

推薦序

揭開意義的面紗

詩人、作家暨翻譯家　邱振瑞

正如大江健三郎的《定義集》書名一樣，我們要全面概括他在著述中隱含的政治思想，以及更多關注的文化議題，絕對是一項艱難的任務。首先，評論者必須充分掌握其長期以來言論特徵，必須理解他作為日本左派作家的立場與文化批判所產生的影響，僅止這樣思想脈絡，自然要構成巨大的挑戰，因為回應的同時意味著我們正參與這些問題的思考，否則我們很可能走向去脈絡化的歧途，最終失去表達見解的機會。自二〇〇六年四月起，大江健三郎開始在《朝日新聞》撰寫文化隨筆，每個月連載一篇，直到二〇一二年三月為止，為期六年共計寫出了七十二回，這就是《定義集》一書的原型。此書出版之前，他在這基礎上做了修改和補充。然而，就其整體思想面貌而言，這些問題意識都屬於大江健三郎的風格，一種必須再三思索方能獲得理解的文本。

從在這本《定義集》當中，我們可發現大江健三郎博覽群書的品味，在某種程度上，他因過多援引西方思想家的論述，而遭到讀者指其掉書袋的批評，儘管如此，他直面當代日本的困境所表現的憂慮和憤怒應是不容懷疑的。因為這是他同時代的日本作家不願面對的禁忌，不想踩踏的思想地雷。以他撰寫報導文學《沖繩札記》，以及二戰美軍攻打沖繩島致使沖繩島民「集體自殺」的事件為例，卻遭到了政府指控，說他嚴重悖離歷史事實，而惹來了筆禍和訴訟。此外，他還把論題指向了廣島被投下原子彈的慘狀，以及日本第五福龍號漁船船員在比基尼海域從事捕鮪魚作業時，不巧遇上美國進行氫彈試爆而受到大量輻射曝露的恐怖事件。他在文中說道，「雖然距離爆炸中心地還有一百六十公里遠，但是純白的『死亡之灰』還是像大雪一般下個不停，踩在甲板上還會留下腳印。我們覺得奇怪，把白灰帶了回來，從裡面驗出了超高劑量的輻射能，以及美軍視為最高軍事機密的氫彈結構。（中略）

……氫彈真正可怕之處，不僅是其爆炸的威力，更在於同時釋放出大量的輻射能。了解氫彈爆炸的破壞力以及看不見的輻射能有多麼可怕的全世界有識之士唯恐人類正走向滅亡，無不提高了危機意識。」

進一步地說，大江健三郎在非核家園和反對重啟核能發電廠的議題上，似乎有著前瞻性的預見。尤其在二〇一一年三月十一日，東日本大地震引發了大海嘯，導致福島第一核能發電廠的爐芯熔毀海水倒流海裡的災難，輻射災害尚未妥善解決的現今，我們不得不說大江健三郎的論述文章，確實已發揮了檄文般的作用，至少已讓多數懷抱憂患意識的日本國民，因這個呼籲而更團結起來，向政府部門表達最深的恐懼。當然，正如前述他不止關注政治問題的提起，他還透過他熟知的或與之通信的作家思想，對自身的思考努力做出定義，而這些思考過程的痕跡，在其論述中占有重要的位置。我們甚至可以延伸認為，他與這些作家的交往，即是他透過「他者」的目光，來省思自己的文化處境。在這代表性的作家當中，有俄國作家杜斯妥也夫斯基、憤怒金剛般的魯迅、法國文化人類學家李維史陀、東京大學法文系教授，同是也是其恩師渡邊一夫、思想評論家加藤周一、小說家井上廈、音樂家武滿徹，以及以《東方主義》批判西方中心主義聞名的薩伊德等等，都在他的引述中發揮著人文思想的啟示意義。

然而，這僅止是我們從其日文的語境中所做的理解，最終我們仍舊要穿越大江健三郎晦澀的論述風格，必須讀懂其西式語法的行文習慣，我們才能看清其文字背後的隱喻。因為每個認真的讀者似乎都有堅持，他們期待作者是否像馬克斯・韋伯那樣，把我們從置身於由自己所編織的意義之網中拉脫出來，提示我們根據對於意義的探求，而不是尋求規律的實驗科學，最後讓我們回到在社會的實踐中來理解和定義文本。因此，從跨文化領域的意義來說，我們要感謝中文版的臺灣譯者，若沒有其清醒自信的翻譯，把文章譯得通達可讀，那麼我們自以為認識的大江健三郎的思想，將形成某種程度的缺陷。

在此，必須指出，大江健三郎被歸類為左派作家，在意識型態和政治立場上，有傾向中國的情懷，仰慕魯迅的文人風骨，經常以魯迅的思想為典範，藉以批評日本天皇制以及戰後的政治體制，但正因為如此，引起日本右派人士的不滿，數度遭到言語的暴力恐嚇。的確，大江健三郎成名甚早，於青年時期即作為日本作家的成員前往中國訪問，於一九九四年獲頒諾貝爾文學獎，作家地位達到了頂峰，之後受到中國讀書界的推崇，多數重要的作品皆有中譯本，我們很難在政治領域上，對大江健三郎賦予太多政治思想的期待。然而，我們不必為此沮喪，與中國的譯本比較閱讀，臺灣的中譯版發揮著求真直言的精神，完整保留著大江健三郎的微言大義。他文章的結尾中，這樣聲援異見人士劉曉波：「相較之下，雖然聽見來自大陸的批判聲，身為一個活到晚年一再重讀魯迅文章的人，日後若有機會見到中文作家，我會告訴他我支持劉先生。並且，不需要『瞞人眼目』的修辭。」從這段文字來看，大江健三郎的文字風格，並不全然是曖昧與含混的，在關鍵的時刻，在不容迴避的場合，他同樣會表達自己的立場，儘管其修辭帶有日本式的謙和，而使心急的讀者一時沒察覺出來。基於這樣的修辭精神，我們似乎有理據做出判斷：大江健三郎領取諾貝爾文學獎之時，以〈我在曖昧的日本〉為題致詞那樣，他既回應了同為諾獎得主的川端康成的演說〈我在美麗的日本〉，同時也為其思考日本政治體制的總和，做出屬於自己的定義。那是一種不受時代局限，忠實於自我的定義，而且勇敢地揭開意義的面紗。

關懷的目光與好奇之心

我曾多次寫到長子光[1]的智能有發展遲緩的問題，也經常提及全家人盡可能享受他創作的音樂，過著平靜的生活。這裡之所以強調了「盡可能」，是因為我們總在努力克服接踵而來的諸多困難。

今（二〇〇六）年的年初以來，我和光一同展開了每天一小時的步行訓練。我們的住家坐落於山坡上，盡頭處是一條圍著欄杆的健行步道。步道很長，順著緩坡降到平地之後，繼續沿著河岸延伸而去。

光目前四十二歲，醫師說他身上已出現一些現代文明病的症狀。為了幫助他減重，我想出的辦法是陪他散步，順帶作為步行的基礎訓練。

由於他還有視覺上的疾患，導致無法跑步，再加上腿腳也有些小毛病，因此平時搭乘電車或是去音樂會的時候，都需要我和妻子其中一人攙著他的手臂同行。

1 大江光（一九六三～迄今），日本作曲家，亦為作者長子。

這是一項由外行人擬定的步行訓練計畫，目標是讓光能夠靠自己的力量行走。我打算不再攙著他的手臂，只陪在旁邊一起走。若是步行時可以擺動雙臂，或許就能矯正他拖著腳走路的習慣。

正當我思考該如何執行這項計畫時，有位在游泳俱樂部擔任教練的朋友送來了一支樹脂製的棍子。行走時握著那支頗具重量的棍子有助於手臂的擺動，促使腳底抬離地面。事實上，經過幾天的練習，光的步態果然大有改善。他自己也受到鼓舞，主動要求天天出門練習。雖然有智能上的障礙，但是光生性認真，在步行訓練的期間絕不開口說話，我也樂得利用這段時間思考近日閱讀的書籍內容。

拖著腳走路不僅容易絆倒，摔跤之後也容易引發輕微的**癲癇**發作。遇上這種情況，我的處理方式是緊緊抱住他。倘若情況許可，能夠坐在地面，最好維持這樣的姿勢十五分鐘左右。這段時間我必須一直撐扶著光的頭部，即使周圍有人出聲問話，也根本沒有餘力回答，而這樣的態度每每惹惱了善心的路人。

話題拉回這次的步行訓練。某一天，兩人照樣去散步，就在我浮想聯翩之際，不巧光被路面的石子絆了一下，應聲跌倒。所幸這回他的**癲癇**並未發作，依然保有清晰的神智，反而是我慌了手腳，十分內疚沒能照顧好他。

當下我能做的，就是使勁抱起比自己還要重的光的上半身，讓他倚著步道欄杆而坐，再查看有沒有撞傷了頭。這一連串緩慢又費力的動作看在別人眼裡，想必覺得我們十分無助。

一位騎著自行車的中年婦人來到我們跟前，一跳下車就伸手搭在光的肩上並開口詢問：「還好嗎？」光最討厭的兩件事，一是被陌生人碰觸身體，再就是被狗吠叫。因此，儘管心裡明白非常失禮，那時的我仍像個粗魯的老人似地大聲喊道：「請別管我們！」

那位婦人憤怒地起身離去後，我察覺有個貌似高中生的女孩在稍遠處同樣停下了自行車注視著我們。她並沒有直接掏出口袋裡的手機，只是讓手機露出一小角向我示意，眼中流露出滿滿的關懷。

不久，光站起來邁開腳步，我跟上前去，同時回頭望一眼，只見女孩朝我點頭致意，隨即踩著自行車翩然而去了。那個女孩傳遞過來的訊息是：我就在這裡守護著你們，假使需要呼叫救護車或是通知家人，可以立刻代為撥打手機聯繫。我永遠忘不了臨去前望見的那一張點頭微笑的臉龐。

有一位於第二次世界大戰進入尾聲時積極參與法國抵抗運動[2]，不幸積勞成疾而撒手人寰的法國哲學家西蒙娜・薇依[3]曾經說過一段話，令我感觸良多。她說，要判斷一個人是否具有人性，端看這個人在面對不幸的人時，會不會充滿關懷地問上一句：「有沒有需要幫忙的地方呢？」

雖然薇依對於**不幸的人**有獨特的定義，不過由於意外跌倒而手忙腳亂的我們，在當下也可以算是不幸的人；而那位熱情洋溢使我們難以招架的婦人，亦是薇依所說的具有人性的人。更進一步地說，在那樣的時刻仍舊堅持自我原則（薇依同樣倡導應當從解放這種束縛開始做起）的我，其實必須做出改變才行。

就這層意義而言，在這個對不幸的人格外好奇的社會裡，我從那個女孩帶有關懷卻又拿捏得宜的舉止之中，彷彿看到了符合這個時代的嶄新人性。好奇之心，人皆有之，而關懷的目光卻能將它潔淨昇華。

2 第二次世界大戰期間，為了抵抗納粹德國占領法國並且操控維琪政權而發起的反對運動。

3 Simone Weil（一九〇九～一九四三），法國哲學家暨社會活動家。

在益友的觀測下調整軌道

我始終認為，是那些老朋友時時刻刻敦促著我調整運行的軌道。在我的一生中，總有某個瞬間會覺察到朋友有意無意投來異樣的眼神。倘若那道目光透著幾分冷冽，縱使我當下無法停止前進，至少也得調整後續的運行軌道了。

Y君便是這樣一位好友。今年，他邀請我到某所大學的開學典禮上演講。我覺得自己不曾執過教鞭，多年來婉拒了不少類似的邀約，這是第一次接下請託。理由是我們雖已年邁，仍然為著各自的志業奔忙，已經很久沒湊在一起聊聊了。此次承蒙主辦單位提供機會讓兩個舊友得以相聚半日，因而欣然答應了下來。

原本再過幾天就要去演講，校方卻在這時候捎來通知，說是Y君不克赴約。我們有同樣的老毛病，我十分憂心他恐怕是痼疾發作，身體違和，幸好並不是這個原因。我決定以兩人認識的那一天當作演講的開場白。我和Y君結識於安排在駒場校區[1]上課的「法文入門」第一堂課的那天早晨。

回想起當年，我一心一意投入法國文學研究學者渡邊一夫[2]的門下，還為此重考了一年，而Y君則早已確定要主修英文，並以法文作為第二外語。我做事向來自以為是，便打定主意在就讀大學期間專心研修法文，至於鍾愛的英詩則採取自學的方式賞析。

我將才華洋溢的Y君視為標竿。幾年後，他告訴我：「你那時老是帶著深瀨基寬[3]先生那本《艾略特》[4]（這個筑摩書房的版本相當難得地完整附上詩歌原文）。」我還記得自己當時總是抓著他問個不停。

不久我就發現，看在Y君的眼裡，自己想必只是個半吊子的讀者、沒有底蘊的文青；而始終不厭其煩地查找《簡明牛津詞典》為我解惑的Y君，彼時已初具學者的風範了。

無論是Y君待在英國和加拿大研修的那段日子，抑或是他到大學任教之後的歲月，我們的友誼從來不曾改變。後來，包括那份諾貝爾文學獎的獲獎講稿，還有刊載於《朝日新聞》的我與喬姆斯基[5]、桑塔格[6]以及薩伊德[7]等人的來往信函，全都是央託Y君幫忙譯成英文的，可謂獲益匪淺。

假如英國文學界人士得知這位Y君就是山內久明[8]，還有高橋康也[9]亦是我的好友，想必會為我擁有堪稱重量級的人脈而嘖嘖稱奇。

我們再接著談一談那場演講的後半段。

與我通信的那些專家學者都十分信賴Y君字斟句酌的嚴謹英譯，可我這個自以為是習癖不改的傢伙，卻偏要把回信中**重要**的英文詞彙，用自認高明的方式詮釋為日文。譬如經濟學家阿馬蒂亞・森[10]在回信中如此寫道：當許多個體（或是那些接受援助、亦即開發中國家的人們）把各自具有的capability凝聚起來並且得以自由發展，這股力量將成為有益於社會的功能，進而獲取其本人的well-being。通常專業學者會把這段句子中的兩個英文詞彙分別譯為

1　該校區位於日本東京澀谷附近，為東京大學教養學部（通識教育學院），提供大學部一二年級學生在研讀通識教育的過程中尋找自身的興趣，訂定日後主修領域的方向。

2　渡邊一夫（一九〇一～一九七五），日本的法國文學研究家，亦為本書作者就讀東京大學法文系時的指導教授。

3　深瀨基寬（一八九五～一九六六），日本的英國文學研究家。

4　Thomas Stearns Eliot（一八八八～一九六五），英國詩人、劇作家暨文藝評論家。

5　Avram Noam Chomsky（一九二八～迄今），美國語言學家、哲學家暨政治評論家。

6　Susan Sontag（一九三三～二〇〇四），美國作家暨評論家，亦為知名的女權主義者。

7　Edward Said（一九三五～二〇〇三），美籍巴勒斯坦裔文學理論家與政治評論家，提出後殖民理論，積極參與巴勒斯坦建國運動，並且擁有深厚的音樂素養，精擅鋼琴，亦為樂評家。

8　山內久明（一九三四～迄今），日本的英國文學研究家。

9　高橋康也（一九三二～二〇〇二），日本的英國文學研究家。

10　Amartya Sen（一九三三～迄今），印度經濟學家，一九九八年諾貝爾經濟學獎得主。

「潛能」和「福祉」。

然而我的譯文是這樣的：假如年輕人能享有自由而不阻礙其「大有可為的本質」，即可藉由實現自我的社會功能以獲取「優質的生活」。

另一個例子是，森教授曾在帕格沃什會議[11]上發表過一場以〈印度與核彈〉為題的演講，提及印度和巴基斯坦研發核子技術儘管屬於道德上的課題，但是作為現行政策是否prudential[12]，委實值得商榷。我把這個句子譯為是否秉持「審慎思考的態度」。當年我仿效Y君，掏光了打工賺來的錢買下一部《簡明牛津詞典》並且愛用至今，這樣的譯法應當已將相關詞目的語義，亦即「謹慎避免（人或行為所導致的）遺憾結果」含括其中了。

聽說是森教授的父親任職大學的創立者羅賓德拉納特．泰戈爾[13]，為他起了阿馬蒂亞這個罕見的名字。這一位對我國那些保守派政治大老時常掛在嘴邊的「日本文化傳統」有著深度領悟的大詩人，在論及日本這個國家時直言不諱：「倘若一個國家熱衷軍事，為強化武力而不惜犧牲國魂，那麼該國面臨的危機將更甚於敵國造成的威脅。」[14]

在我的資料中，泰戈爾這段話裡的「**魂**」原文是soul。在這篇文章的一開始，我提到自己長久以來透過觀察老友眼中的自己，得以及時調整人生的軌道。事例之一就是我把對於Y君能夠嫻熟查閱詞典的欣羨化為實踐（儘管至今依然望塵莫及），直到步入老年之後依然保有這個好習慣。

在演講的最後，我向即將在這所大學修讀課程的同學們提出忠告，在尚未擇定下一階段的專業領域之前，希望大家務必習得閱讀外文的能力，還要結交益友。

11 一九五七年於加拿大帕格沃什成立的國際組織，全名為「帕格沃什科學與國際事務會議」（Pugwash Conferences on Science and World Affairs），其目標為避免戰爭，維護世界和平。
12 意指「謹慎的」。
13 Rabindranath Tagore（一八六一～一九四一），印度詩人暨哲學家，一九一三年諾貝爾文學獎得主。
14 泰戈爾曾經多次造訪日本，於一九一六年訪日期間發表演講，抨擊日本的國家主義意識形態，譴責其侵略鄰國的作為。

領略滑稽之辯證

不知道為什麼，我忽然想起一樁往事。約莫從二戰尾聲一直延續到戰敗後的那幾年間，我十分著迷於「滑稽」一詞，甚至成了口頭禪。以年紀來說，差不多是十到十四、五歲，但凡去到書籍較多的地方，我總要找一找有沒有書名是帶有這個詞彙的。當時的夢想是，若能有一本書通篇全是滑稽的故事，不知該有多好。

家父在我九歲那年秋天驟逝。聽家母說，過世前一晚，家父小酌幾杯之後，心情愉悅地誇了我是個「滑稽的傢伙」，這成為我特別鍾愛這個詞彙的契機。高二時轉學，我在新學校的圖書館裡閱讀《史記》的翻譯書時，赫然發現其中一章名為〈滑稽列傳〉，頓時喜出望外；但在讀到序言裡那段「談言微中，亦可以解紛」的提要後，不禁大失所望。不過，這個章節裡談述的人物個個口才極佳，作風不流世俗，讀來仍是妙趣橫生。

我在這所高校裡結識了一個志同道合的同學，說我「你這傢伙愛看書，又挺滑稽的嘛」。這個同學正是伊丹十三[1]，後來我和他妹妹結婚了。婚後過了很長一段時間，我才知道生性認真卻頗能領略滑稽趣味的妻子一直珍藏著十歲時哥哥餽贈的《世界滑稽名作集》（改造社），該書收錄了標題被改為〈高瘦男子史密斯〉的〈長腿叔叔〉[2]，以及伍德豪斯[3]的短篇小說等等。伊丹十三在這本父親送給他的書上，以生疏的英文題字轉贈給妹妹，還用蕃薯刻了梅花紋樣，蓋下戳記。

他們兄妹的父親是伊丹萬作[4]。中野重治[5]對伊丹萬作格局恢弘的散文以及幽默洋溢的電影大為讚賞。我發現這兩位的性格很有相似之處。中野重治曾在即將開戰的那個煎熬時期接受訪談，在被問道「對年輕的女性有何期許」時給了如下的答案（《中野重治全集》第二十八卷，筑摩書房）：「希望她們能夠領會何謂『滑稽』。說得具體一點，就是打從心底接納別人無可厚非的小缺點。」如果他們兩位當年有機會見面暢談，應當都會同意滑稽與孩童的心靈教育有正向相關吧。

1 伊丹十三（一九三三～一九九七），日本電影導演，為本書作者之摯友與妻舅。
2 作者為美國作家珍・韋伯斯特（Jean Webster，一八七六～一九一六）。
3 P. G. Pelham Grenville Wodehouse（一八八一～一九七五），英國詼諧小說家。
4 伊丹萬作（一九〇〇～一九四六），日本電影導演、編劇暨作家。
5 中野重治（一九〇二～一九七九），日本詩人、小說家暨評論家，積極參與日本無產階級運動。

戰爭結束後，中野重治隨即寫了一部短篇小說〈跳躍的男人〉（《中野重治全集》第三卷）。故事的敘述者是一位小說家，儘管已從戰爭前後的壓抑中掙脫出來，卻又不得不在迥異於過往的艱困社會中鎮日奔波，而這位小說家就是中野重治本人。這一天，他有事外出，在照例擠得水泄不通的人群中等候電車。人人臉上都露出「等不及奔赴遠方、卻又無法抵達萬象核心之處的歡快表情」。

電車進站了。趕著下車的乘客從車門一窩蜂地跳下月臺，急著上車的乘客爭先恐後幾乎要把那些人推回車廂裡。矮小的乘客被捲入這場混亂之中，承受著遠大於一般人的壓力，難受得直想逃離。然而這樣的舉動卻給周遭的乘客帶來困擾。

「那人真奇怪，」一個擠在我身後的女人面朝前方，開口數落，「居然跳了起來……」——真是的，憑什麼批評別人「居然跳了起來」，他是不得已的啊！可憐那個老頭遭人奚落，還淪為滑稽的笑柄。

「瞧呀，又跳起來了！」

老頭的腦袋瓜微微轉動，像是想說些什麼，但我沒有聽到他的聲音。事實上，此時的他根本顧不得反駁，只能一股勁地拚命往上跳……。

「快瞧，又跳起來了！」

後方傳來噗嗤一聲笑。我不禁厭惡起那個女人，以眼睛的餘光瞥視，一張肥臉頓時映入眼簾，益發令人生厭。

「他也是情非得已呀！」這句話險些脫口而出。「他也是情非得已呀！算他倒楣，隨波逐流被推到那種位置，只能逃向上方、逃往空中。再不逃，他就要被擠扁了。難道妳沒看到，他『眼看著就要』被擠扁了嗎？……」

終於，所有的乘客無不彎著腰，一齊衝進電車裡。包括那個倒楣的男人、話語刻薄的女人，還有很想對那女人**反脣相譏**的小說家，就這樣統統被電車載走了。

這部短篇小說犀利地描繪了東京民眾戰後的生活與感受，活靈活現地呈現出莫可奈何的滑稽、試圖接納這種滑稽的心境，以及與滑稽恰恰相反的殘酷。作者採用的寫作方式是將重點擺在主要事件發生之後的一連串過程，使得以滑稽為主軸的故事裡的一切（包含對女性形象的勾勒）散發出躍然紙上的生動魅力。

人們觀看滑稽之事的視線中，經常夾帶著一絲殘酷的目光。對口相聲與搞笑短劇展現出來的滑稽，其目標是博取表演者和觀眾一同發出的殘酷笑聲。當目睹一個人陷入進退兩難、堪稱滑稽的窘境時，究竟該更加殘酷地把他推落深淵？抑或該基於人性而把他拉回崖上？……敏銳地捕捉到此一微妙瞬間的中野重治，以及具有相同人生觀的人們，那樣的時代令人懷念。種種思緒在腦中打轉，我和家人同坐在電視機前，笑了出來。

幼稚的態度與倫理化想像力

學校老師曾給過巴士及火車的車票，讓我獨自從位於森林裡的新制中學[1]啟程，與來自縣內幾所新制中學的其他學生們一同參加某個特設班，接受日本老師講授的英文課。課堂上還有一些美國人在場觀摩教學。

當時的講義內容我一點也不記得了，不過有兩件事依然鮮明地留在腦海裡，其中一件是那位老師這樣教我們：

「如果有人說你childlike，可以一笑置之；但是萬一有人說你childish，那就是在侮辱人！」

聽完後我打定主意，假如有一天去到美國社會，絕不允許別人嘲笑自己childish。

另一件則是那位男老師故意把發音不標準的學生（譬如說，我）當成教學道具，引得那

1 日本於二戰前的中學稱為舊制中學校，二戰後的中學稱為新制中學校。舊制中學校以升學為主要目的，僅限有能力繼續研修高等教育的男學生就讀；新制中學校則基於教育改革理念，定位為全國義務教育機構，開放所有符合學齡的男女學生皆可就讀。

些觀摩人士發噱。我立刻向老師表達抗議：這不正是childish的舉動嗎？

是一幀照片讓我想起了這段發生在半個多世紀前的久遠往事。照片中的小泉首相[2]模仿彈唱吉他的動作，而布希總統[3]在他旁邊露出一副難以言喻的表情。我不知道日本的孩童（以及美國的孩童）看到那幀照片時，心裡會有什麼感覺。

我想，中國或韓國的孩童應該沒看過那幀照片，但（或許）即將看到小泉首相於今（二〇〇六）年八月十五日那一天，神情肅穆地走向靖國神社的身影。

事實上，我一直無法從小泉首相答覆記者時那套定言令式[4]的說詞，還有在國會上的脣槍舌戰與冷然訕笑，歸納出他的人格類型。在那些回溯歐洲歷史的古老書籍中，常可看到面臨滅亡的小國遭到怪異人士獨攬大權，荒誕行徑讓人瞠目結舌，猖狂的厲笑在宮中迴盪……而人民卻身陷水深火熱之中……類似這樣的記述屢見不鮮。在東亞危機發生的此時，我彷彿看到站上政治舞臺逐一亮相的那班演員已經全數登場了。

其實，我還有一個夢想尚未實現，那就是找到能夠以身作則，進而培育兒童「倫理化想像力」的精神導師。最近有機會重讀政治學者暨教育家的南原繁[5]的著作，在書頁一角看到自己年輕時寫下moral imagination的字跡。不過剛才提到的「倫理化想像力」一詞，當初應該是在其他地方讀到的。對我這個年代的人而言，南原繁堪稱我所景仰的許多學者共同的師尊……。

再過幾天就是八月十五日了。到了那天，與其窩在家裡眼睜睜看著令人憤懣之事發生，我決定出門參加在東京大學校園裡舉辦的紀念會，一吐胸中塊壘。日本戰敗隔年的紀元節（即現在的建國紀念日[6]），東京大學校長南原繁在安田講堂對著全場年輕人發表了演說，底下的聽眾包括從戰場歸來的莘莘學子。我即將參加的紀念會，就是以當年那場值得紀念的演說為主題，供與會人士各自述懷。而moral imagination這兩個字，就是寫在南原繁本人回顧當天情景的頁面上。

南原繁當時說道，這場傾全國之力的戰爭，人人皆須負起責任。「……尤其是彼時身為

2 小泉純一郎（一九四二～迄今），日本政治家，曾任日本首相，任期自二〇〇一年至二〇〇六年。
3 此處指小布希總統。George Walker Bush（一九四六～迄今），美國政治家，曾任美國總統，任期自二〇〇一年至二〇〇九年。
4 康德提出的哲學概念，認為人類的道德原本就存在理性之中，當人類全然基於道德考量，以理性命令行動的產生，即為定言令式。
5 南原繁（一八八九～一九七四），日本哲學家，曾任東京大學校長。
6 每年的二月十一日。

國家表率的天皇，更應當承擔起道德上和精神上的責任。（中略）然而時至今日，這個問題仍舊沒有解決！為了天皇，高達數百萬名士兵不惜奉獻出自己的生命。這是個不容忽視的問題。不僅如此，戰爭結束後，日本迴避了政治責任。關於這一點，同樣值得深思。此一基於道義根源的問題，到今天依然沒有解決！」（《南原繁訪談回憶錄》，東京大學出版會）。

如果進一步分析在這場紀元節演說中提到的「道德上」和「道義」，將會發現乃是引用自基督教（這裡指的是路德[7]進行宗教改革以後）的語彙。可是當年我讀這本書的時候，認為自己無法接受任何宗教信仰，因而對這兩個詞彙的解讀感到為難。後來應該是把「道德上」和「道義」想成英文的moral，進而解讀為「倫理化想像力」（moral imaginaiton），頓時豁然開朗，所以才在書頁記下那兩個單字吧。

南原繁在那場紀元節的演說中同時指出，戰敗後的政權倒臺和民不聊生的慘狀，全都是由於專斷妄為的領導階層濫用神話傳說的民族精神，高舉民族優越的大旗，自詡為亞洲乃至於世界的統治者所造成的。為什麼會演變到這種地步呢？一方面源自於強烈的民族意識，另一方面亦肇因於「未能將人民培育成獨立的個體，使其發展出個人意識與人性」。事實上就在同一年年初，才剛頒詔了天皇的《人間宣言》[8]，「這同時解放了我國的文化與國民，從此得以邁向嶄新的『世界化』」。

南原繁的結論是，只要站在這個基礎上，加上宗教的普及（儘管我並不贊同這種論點），日本和日本人的復興指日可待。在場聽講的學子們無不為此感到奮昂。反觀現在的我們，究竟是什麼時候失去了如此抖擻振作、自立自強的強大意志的呢？

從南原繁的演說和聽講學子們完全認同的反應，可以看到人民於危機之際展現的愛國心，與我所謂的「倫理化想像力」不謀而合。這正是我衷心期盼與站在教育第一線的人士分享的觀點，也是我打算在紀念會上傳達給大家的想法。

7 Martin Luther（一四八三～一五四六），德意志神學家，十六世紀宗教改革的核心人物，促成基督新教的興起。

8 昭和天皇於一九四六年一月一日頒布的詔書，主要內容是親自否定天皇之神格地位。

民族如同個人，亦會受挫或犯錯

在前一回的《定義集》專欄裡，我寫了關於「八月十五日與談述南原繁的紀念會」一事，而今天正是舉行紀念會的日子。準備講稿的時候，我陸陸續續想起一些往事，決定再寫一篇作為補遺。

這場紀念會的主要籌辦人是立花隆[1]先生。我在立花先生邀請出席時請他幫個忙。記憶中，自己年輕時似乎曾被渡邊一夫教授**一本正經地**當著南原繁教授的面**揶揄了一番……**。不過，我畢竟上了年紀，說不定是把夢境信以為真，希望立花先生能夠協助調查一下。

沒想到立花先生竟能憑著少許線索，還原了事情的始末。當「海神會」[2]的女祕書寄來資料時（收到資料的當下，我十分感佩這個組織能夠持續運作至今），著實令我喜出望外。

一九六三年十二月一日，「海神會」在豐島公會堂舉行「重申不戰宣言紀念會」作為學生出征[3]二十週年的追思活動，演講人為當年不得不含淚送學生上戰場的教師代表南原繁和渡邊一夫，而大江健三郎則以戰後世代的身分發表感言……。

我總算回想起當時的情景了。那一天，我畏畏縮縮地穿過那些陣亡學生的家屬，以及一群從戰場歸來後重拾學業並於戰後十八年間貢獻復興之力的睿智又堅強的壯年男士，走向了等候室。稍後我將解釋膽怯的理由。那幾個月由於某些私人因素，幾乎把我逼得走投無路，很久未在公開場合露面了。

一推開門，只見依然身著外套的兩位教授在沒有暖氣的偌大房間裡相對而坐，內斂的威嚴令人望之儼然。他們聞聲轉頭，勸阻了我別急著將外套脫下。接著，渡邊教授揚起宏亮的嗓音：

「南原教授，年輕的大江君稍後若是口出狂言，望請海涵！」

臉上泛起微笑的南原繁教授饒有興味地盯著我看，渡邊教授則發出了促狹的笑聲。我**不得已**（這是渡邊教授的口頭禪）只好跟著笑了起來，早前的提心吊膽隨之一掃而空。

1 立花隆（一九四〇～迄今），日本記者、作家暨評論家。
2 日本的反戰運動團體，正式名稱為「日本戰歿學生紀念會」，一般稱為「海神會」。此通稱的由來是二戰結束後的一九四九年，東京大學出版會把陣亡學生士兵的遺稿集結成冊，以《聽啊，海神的聲音》的書名出版，其後相關人士以追求和平為目標，成立了該組織。
3 日本在二戰中投入大量的軍力，及至一九四三年逐漸出現兵力不足的窘況，開始對原本緩徵的二十歲以上文科系學生發出召集令，範圍甚至擴及當時屬於日本國籍的臺灣人、朝鮮人、滿州國及日軍占領地等地的學生。

剛才提到的私人因素是指那一年六月中旬，我和妻子迎接了第一個孩子來到世上，然而孩子的頭部卻有嚴重的畸形。我驚慌失措，不知如何是好，暫且將尚未確定治療方針的嬰兒留在醫院裡，按照原訂行程前往廣島參加抵制原子彈與氫彈大會。與會期間，我每天都去拜訪原子彈輻射症醫院院長重藤文夫[4]博士。重藤院長本身是原爆受害者，但仍戮力於治療眾多相同的受害者。

大會結束後，我返回東京，終於有勇氣面對孩子的問題。我和尚未出院的妻子商量之後，決定讓孩子在九月接受一場大手術。十一月的最後一天，我們把光這個孩子帶回了租屋處。初次照料嬰兒的妻子早已疲憊不堪，我讓她小睡片刻，自己接手在嬰兒床畔看顧，一邊抽空閱讀。就在這時，我接到一通緊急邀約的電話。來電者告知連日來均未能取得聯繫，盼我明天能撥冗到豐島公會堂，在南原教授與渡邊教授演講之後說些感想。

有別於在等候室裡的輕鬆氣氛，相較於戰後疾呼應當立即奮起再次出發的論點，兩位教授的演講相當程度地反映出尚未走出陰霾的現實面。渡邊教授極力呼籲，為使目前擁有的「和平」進化為**臻至完美的和平**，大家仍須攜手捱過一段艱難的時光；南原教授則提到，自己在戰敗翌年紀元節的那場演講中號召眾人必須克服困難邁向復興的目標，儘管多數皆已達成，但現在卻又出現新的危機。南原教授表示，在戰爭的最後階段，自己曾為該給學生什麼樣的忠告而煞費苦心。

我無法對他們說，「諸君行動時應當秉持自我良知，甚至不惜違抗國家命令」——不，我實在沒辦法說出口。（中略）而是這樣告訴學生：「值此國家生死存亡之際，我們的行動應當依循全體國民的意志，而非個人的意志。我們熱愛祖國，理應與祖國命運與共。然而，民族如同個人，既會受挫，也會犯錯。或許我們民族亦須為此做出絕大的犧牲和奉獻，但是不久之後，想必這將成為日本民族與國家邁向真正自覺及發展的道路。」（《南原繁著作集》第九卷，岩波書店）

我站在滿堂聽眾卻仍然寒冷的舞臺旁邊聆聽演講。聽講過程中，我赫然察覺，在這位具有倫理化（moral）堅毅的老哲學家面前，自己這個年輕小說家在這半年來的張皇失措和懊惱喪氣有多麼軟弱。一想到往後要與妻子一起撫養帶有疾患的孩子，自己必須立刻振作起來，加緊工作才行。

於是，我重新執筆，在接下來的一年內寫下《個人的體驗》（新潮文庫）和《廣島札記》

4 重藤文夫（一九〇三～一九八二），日本放射線專科醫師。

（岩波新書）。此時此刻，我不禁體認到，當年站在那個舞臺旁思考的一切，都成了後來創作這些小說和散文的起點。

日後，我送了一本《廣島札記》給渡邊一夫教授，隨後收到他寄來的明信片，上面寫著：像重藤文夫博士那樣的人，才稱得上是「世上的鹽」[5]。

5 典出《馬太福音5：13》，「你們是世上的鹽。鹽若失了味，怎能叫它再鹹呢？以後無用，不過丟在外面，被人踐踏了。」

重新閱讀是全身運動

游泳是我多年來的習慣。有時在泳池裡遇到老人家，對方一時找不到話寒暄，於是冒出這麼一段話：「游泳是全身運動，有益健康哪！」

倘若那天不巧心情欠佳，我便忍不住如此反問：「請問府上的辭典裡，查得到『全身運動』這個辭目嗎？」

我的意思是，這個慣用詞根本還沒正式收錄在辭典裡。話雖這麼說，但是不久前，位於池袋的某家書店特別闢了一處專區，陳列的書籍由我精選推薦，而我卻在每月更換的專區海報上把這個慣用詞寫進標題裡了。這家書店每個月也會舉辦一次讀者座談。我之所以用了這個詞，其實是來自一個年輕人的提問所啟發的靈感。

「我常看翻譯書，因為那種樂趣在用日文寫作的書裡感受不到。可是，有些翻譯的句子讓人難以理解。請問您可以提供有助於完全看懂內容的好方法嗎？」

我的答覆如下：有。你應該懂英文，我們不妨以英文的翻譯書為例。我認為自己這套方法相當有效，那就是在讀翻譯書的時候，拿紅鉛筆把覺得有趣的地方框起來，至於感到難以理解的部分，則拿藍鉛筆框起來。

以後閱讀時都要養成這個習慣。尤其是想要精讀的翻譯書，更必須到大書店或是亞馬遜網路書店買來原文書。拿到書以後，首先要重讀一次譯文，把框起來的部分謄上原文。經過這樣的練習，就能了解自己目前的外語能力是否足以看懂這本書。我建議一開始挑選簡單易懂的書來練習。在這個謄寫的過程中，你已經可以感受到以原文重讀一遍覺得有意思或者重要部分的喜悅了。

接下來才是重頭戲。你要緩慢並且反覆閱讀藍線框起的譯文，然後使用辭典**仔細**查閱謄寫的原文字詞。就算是不太懂的地方，經由反覆閱讀譯文而留在腦中的印象，能夠幫助你看懂原文。接著，把這段不容易理解的部分，用自己解讀的語意試著翻譯出來（可以在謄寫原文的筆記本上盡量嘗試各種不同的譯法）。

漸漸地，自己翻譯的句子發揮了輔助作用，原本不懂的那段譯文隨之茅塞頓開。這時候，再依照自己的理解寫上定譯版本，這道難關就算順利突破了。以我來說，不需要標注自己的譯文，表示已經**理解**原文的對應部分了。

就這樣，把藍線部分採用相同的方式逐一作業，這等同於直接閱讀原文。使用這個方法練習一段時間之後就會發現，自己能夠直接閱讀沒有譯本的原文書了。儘管如此，我還是十分想念把翻譯書和辭典分置左右、原文書擺於正中，經過一番奮鬥終於讀完一部作品之後的那種不僅僅是頭腦運動，更是全身運動的快感！

講完這段話後，我推薦那個年輕人對照閱讀菲莉帕・皮爾斯[1]的一部作品：*Tom's Midnight Garden*，原文書由PUFFIN BOOKS出版，而精彩的日譯版是岩波少年文庫系列的《湯姆的午夜花園》。接觸到這部作品時，我已是成年人，當時參與了一項計畫——與一群孩童一同閱讀兒童文學小說。我在對照這部小說的原文與譯作時留下了相當深刻的印象，於是陪著那些孩童先讀了譯本。男童湯姆在親戚家那幢古老大宅裡於深夜時分經歷的如夢似真的故事，令我十分著迷。

夜裡，花園會進入過去的「時間」，湯姆就在這裡與一個名叫海蒂的小女孩（花園裡的「時間」會快速變化，海蒂成為少女，但湯姆依然是男童）度過歡樂的時光。湯姆試圖解開過去的「時間」之謎，卻隱約察覺到恐怕還來不及找出答案，這趟奇妙旅程已然接近終點，心

1 Ann Philippa Pearce（一九二〇～二〇〇六），英國兒童文學作家。*Tom's Midnight Garden* 於一九五八年出版。

中頓時浮現一句話：「不再有時間了……。」

我還節錄了部分文字，以便孩童瞭解原文書是如何呈現故事的關鍵之處——在湯姆抵達古宅的那一天就令他感到好奇、並在深夜敲響十三聲引誘他踏上探險之旅的那座大鐘。我期盼閱讀這部小說的年輕讀者能夠感受到寫在那座大鐘內面、引自《聖約翰啟示錄》經文的「time no longer」這句話有多麼畫龍點睛！

至於另一位詢問相同問題的團塊世代[2]讀者，我推薦的是巴倫波因與薩伊德合著的《音樂與社會》（日文版，MISUZU書房）以及*Parallels and Paradoxes*（英文版，Bloomsbury出版社）[3]。先由日文讀懂一位鋼琴演奏家暨指揮家與一位文藝暨文化理論家的對話之後，再重讀一遍遣詞生動的英文，必將別有一番感動。如此一來，一定更能體會薩伊德的看法，亦即，閱讀不單是獲得資訊，更是踏入撰寫者藉由躍然紙上的詞彙從事精神勞動的園地。

2 二戰結束後，屬於日本戰後嬰兒潮的世代。

3 Daniel Barenboim（一九四二～迄今），阿根廷—以色列鋼琴家暨指揮家。與薩伊德基於相同理念而結為莫逆，兩人合著對談集為*Parallels and Paradoxes: Explorations in Music and Society*（英文初版，Pantheon Books，二〇〇二；英文二版，Bloomsbury Publishing，二〇〇四；日文版，『音楽と社会』，みすず書房，二〇〇四；繁體中文版，《並行與弔詭：薩依德與巴倫波因對談錄》，麥田出版，二〇〇六）。

我們切勿重蹈覆轍

九月，我去了中國一趟。這次的訪問之行，我在幾位朋友任職的中國社會科學院發表演講，並與文學研究家交換意見，還得到機會前往北京大學附屬中學和十三至十九歲的中學生對談。出發前，我滿心歡喜地張羅資料，準備啟程。

其中一項資料是中國的朋友經常提問、但我始終無法給出正確答案的問題——您一直在閱讀魯迅的著述，請問是從幾歲開始的？當時讀的是哪一部作品？

我只記得一開始讀的是一冊袖珍本，於是委請在書店工作的朋友幫忙查一下岩波文庫出版的魯迅譯本現書，原來是《魯迅選集》（日文版由佐藤春夫[1]、增田涉[2]翻譯，一九三五年版）。那是一九四七年我進入村裡剛設立的新制中學就讀時，家母送給我的升學賀禮。我曾多次寫到，自己在當時教育制度的國民學校五、六年級時，從家母那裡收到的《騎鵝歷險記》[3]

1 佐藤春夫（一八九二～一九六四），日本詩人暨小說家。
2 增田涉（一九〇三～一九七七），日本中國文學研究者，魯迅學生，亦為《中國小說史略》日文譯者。

和《頑童歷險記》[4]這兩部作品，堪稱我「與文學的邂逅」。

對此，有人提出質疑——一個根本沒受過教育的鄉下婦女，怎麼會有那樣的書呢？雖說我對此從未直接反駁，但是心裡始終不解：為何小看一位未曾受過高等教育、終日操持家務、實則抱寶懷珍的女子呢？

即便是這樣一位女子，難道就沒有辦法透過私人管道取得並閱讀於我出生那年面世的岩波文庫版本，卻不得不在兩年後發生的蘆溝橋事變、占領南京……等等一連串戰亂的歲月裡藏起那本書，直到我順利升學後才轉贈給我這個欣喜若狂的兒子嗎？

家母特別囑咐我讀誦的是短篇的〈孔乙己〉（在漢字旁標注了日文讀音）以及〈故鄉〉[5]。暫且不論廣為人知的後者，家母應該是希望我盡快走出喪父之痛，在國民學校畢業後進入下一階段之前**重展歡顏**，所以才選擇了前者吧。

這裡引用一段由譯者竹內好[6]標注了日文讀音的〈孔乙己〉譯文與各位分享。「我從十二歲起，便在鎮口的咸亨酒店裡當夥計。」[7]

我在北京大學附屬中學度過了一段愉快的時光。兩位男女學生的精確口譯協助座談會順利進行。一名叫袁霽月的女學生朗誦的〈我的童子——《憂容童子》讀後感〉的作品相當出色。

這名少女讀完我截至目前完成的三部曲《換取的孩子》、《憂容童子》及《再見，我的書！》（以上皆為講談社文庫）[8]的中譯本之後，從那個住在森林裡永遠長不大的「童子」身上，彷彿看到了兒時的自己；可惜隨著年紀增長，自己亦將告別那個純真的世界，踏入這個充滿「人類的凶惡與貪婪」的社會，於是有感而發，寫下了這首具有批判性的詩作。我不禁懷念起將那些故事講給我聽的祖母與母親。

在查找魯迅日譯本是什麼時候來到家裡的過程中，我忽然想到自己應當造訪位於南京的「侵華日軍南京大屠殺遇難同胞紀念館」。我於行前溝通中表示，身為一個「觀察者、傾聽者

3 瑞典文書名為*Nils Holgerssons underbara resa genom Sverige*，英文書名為*Nils Holgersson's wonderful journey across Sweden*，作者為曾獲諾貝爾文學獎的瑞典作家塞爾瑪·拉格洛夫（Selma Ottilia Lovisa Lagerlöf，一八五八～一九四〇），這部長篇童話小說可稱為代表作。

4 英文書名為*Adventures of Huckleberry Finn*，作者為美國作家馬克·吐溫（Mark Twain，一八三五～一九一〇），這部長篇童話小說為其代表作之一。

5 這兩篇皆收錄於一九三二年出版的短篇小說集《吶喊》。

6 竹內好（一九一〇～一九七七），日本文藝評論家暨中國文學研究家，主要研究魯迅文學與中日關係。

7 以上節自魯迅〈孔乙己〉原文。

8 一般認為這三部作品為作者的自傳三部曲。

和寫作者」，盼能比照自己帶海外作家參觀廣島的原子彈爆炸資料館[9]時的原則，把時間盡量花在觀察和傾聽上，於提筆寫作之前暫不發表看法。負責接待的江蘇省工作人員依照上述原則為我安排了行程。參訪當天，我聆聽了兩位倖存者追憶那段往事，一位是夏淑琴女士，另一位則是男士。自從開始接觸關於南京虐殺的詳細報導以來，我一直記著夏女士的名字。當我得知，夏女士被一本在東京出版的書籍指摘是「冒充被害者」而為此提起妨害名譽訴訟的時候，又一次為她感到了錐心之痛。

這看似一場個人的戰爭，事實上卻是心底烙印著遠自六十九年前由於「人類的凶惡與貪婪」造成無法癒合之傷痛記憶的一位老婦，對於日本傾一國之力竄改歷史的奮力抵抗。我在聆聽她陳述證詞的時候，不僅受到相同的煎熬，更感到一股不向命運磨難低頭的凜然氣節（我在廣島和沖繩也有同樣的感受）。

翌日，我出席了一場包含南京師範大學研究中心人員在內共六位專家的座談會，對於那些研究的多面性與其囊括的普遍性格外印象深刻。顯而易見地，這些學者做研究時絲毫沒有受到政治主義和民族主義的干擾。

他們的研究內容包括各種罹難者掩埋隊分類的詳細人員統計、當時留在南京的少數歐美人士拯救了許多中國人、對於日本加害者在該事件發生前後的個人研究、倖存者在所受苦難尚未獲得贖罪的情況下是如何將不共戴天之仇轉變成饒恕寬容的過程，以及中國的年輕人與上一代全然迥異的日本觀。

這些研究期許現在到未來的世界和平。我從中領悟到一層意義，那就是日本的年輕學者不該在這個領域缺席，別再沿用他人的觀點來定義歷史。

9 此處原文為「広島の原爆資料館」。然而，位於廣島的相關館場，一座是和平紀念資料館（平和記念資料館），另一座是原子彈穹頂館（原爆ドーム），至於與內文名稱相同的原子彈爆炸資料館（原爆資料館）則位於長崎。因不確定作者參觀的是哪一座，此處仍依原文譯出。

日本人的見解討論

我年輕時在左拉《盧貢—馬卡爾家族》的卷首照片上看到的懸鈴木沿著米拉波林蔭大道[1]偉岸矗立。大型回顧展的旗幟夾道飄揚，一排是賽尚的肖像，另一排則是一個戴著圓形眼鏡的日本小說家……。

十月，我去了法國南部普羅旺斯地區艾克斯參加「圖書嘉年華會」。我曾在一九九五年受邀參加，但為了抗議席哈克總統[2]在南太平洋進行核彈試爆而取消出席。作家克洛德・西蒙[3]在《世界報》上抨擊這是「無禮至極的態度」，日本駐法大使將這篇報導傳真給我，並且註記他所認識的法國人大都有同樣的看法。當時，那位執導《沉默的世界》的海洋探險家庫斯托[4]船長正巧前來出席聯合國大學[5]的會議，還特地與我握手致意。

主辦人亞妮・特訶利女士（上回我缺席時，她曾極力為我辯護）幾乎獨自一人策劃舉辦了這場圖書嘉年華會。我從她身上看到了法國南方城市文化實力，以及高尚情操的體現。

在「講述自我的**淫猥**（法語是obscénité[6]）」這場專題座談中，由於思念夭折的女兒而寫下內容深刻優美的小說、身為新批判理論菁英的菲利普・福雷斯特[7]，對於持續書寫兒子疾患題材的我，表示贊同觀點。

至於在「周邊的作家群」的專題座談裡，流亡法國的諾貝爾獎得主、中國作家高行健，則以平穩的語調敘述，不論是在社會主義國家的強權之下，或者在西歐度過的孤獨日子之中，自己始終秉持「來自周邊的批判者」的信念活下去。

安・貝亞—坂井[8]這位研究日本的專家，分別以與談人和流暢的同步口譯員的身分參加學術性專題座談，還參與藝術展覽。此外，發現小犬音樂才華的海老彰子[9]是我們全家的恩人，

1 Cours Mirabeau，法國南部普羅旺斯地區艾克斯（Aix-en-Provence）的一條寬廣大道。
2 Jacques René Chirac（一九三二～迄今），法國政治家，於一九九五～二〇〇七年間擔任法國總統。
3 Claude Simon（一九一三～二〇〇五），法國小說家，一九八五年諾貝爾文學獎得主。
4 Jacques-Yves Cousteau（一九一〇～一九九七），法國探險家、海洋生態學家、電影製片人暨攝影家。一九五六年，其與法國電影導演路易・馬盧（Louis Malle，一九三二～一九九五）聯合執導的紀錄片《沉默的世界》（法文片名 *Le Monde du silence*，英文片名 *The Silent World*）獲得坎城影展金棕櫚獎。
5 聯合國大會的附屬研究機構，為聯合國系統及會員國的智庫，總部位於日本東京。
6 猥褻之意。
7 Philippe Forest（一九六二～迄今），法國作家暨文學評論家。
8 Anne Bayard-Sakai（一九五九～迄今），法國的日本文學家，出生於日本。
9 海老彰子（一九五三～迄今），日裔法籍鋼琴演奏家。

她也展現其畢生專注的法國鋼琴音樂，為當地聽眾呈現一段精湛的演奏；還有，舟越桂[10]那令人震撼的木雕竟然展出多達三尊之多……。這三位為展場帶來時間與空間的饗宴。

不過，就在我從法蘭克福書展轉赴南法的那天，北朝鮮進行了核彈試爆。想當然耳，這件新聞成了「日本在現代世界中的角色」專題座談的話題之一。我顧及書展的本質，包括在與研究亞洲和日本政治結構的專家們交換意見，以及在簽書會上接受年輕學者們的提問時，無不謹守分際，單就文學語言和表達特質的面向做說明。

值得一提的是，我在會場之間移動的時候，有個年輕人亦步亦趨地不斷提問，並且上網持續關注日本媒體對北朝鮮核彈試爆的反應。他想問的是「討論」[11]這個日文詞彙的意涵。我們的對話逐漸達成一致的看法。

「那些右派的傢伙（這是他的用詞）說，現在是討論核武問題的最佳時機。他們得意洋洋地認為，北朝鮮這次的核彈試爆無疑來得正是時候，對於接下來由己方主導的論戰大有助益。政府首腦不慍不火的制衡反應，或許讓我必須修正部分說法，但在看到筆電上的影像後，我有十足把握自己的觀點沒錯。電視節目和週刊雜誌的論調印證了我的看法，輿論風向也同樣朝向那邊。難道真要逼得日本發展核武嗎？我還有一個更根本的問題，在這之前，日本人沒有討論過核武的相關議題嗎？」

「你多慮了。」我答道，「尤其是廣島和長崎的原子彈受害者一再訴說自己的遭遇，這怎麼能說不屬於核武議題呢？在那些原子彈受害者不斷努力之下，他們不僅以受害者的身分，同時也以將全亞洲捲入戰爭的加害者身分，持續講述著過去和未來，這就是日本人尋求廢除核武運動的本質。對於持有核武的國家而言，冷戰時期裁減核武的默契究竟是否奏效，恐怕要留待世界戰後史予以詳盡分析。日本人於國內外都積極參與了這項議題的討論。實際上，早在蘇聯解體之前，所有相關的討論皆已達成共識，那就是『核武不可以真的拿來當武器使用』。你說的那些日本右派，也許是無知，或者刻意遺忘那個共識，目前正企圖把裁減核武的議題來加工利用，其用意昭然若揭。」

「可是，難道不會有人透過政治操作，把核武問題排入國會議案嗎？」

「萬一如此，我相信深埋在日本人意識底層的廣島和長崎的遭遇，會迅猛地衝上意識表層，發出震天價響的反擊。因為原爆受害者們無私的奉獻已經累積成一股巨大的力量，使得

10 舟越桂（一九五一～迄今），日本雕塑家。
11 原文為「議論」，具有討論、辯論、爭論、議論等語意。

每一個日本人都不會遺忘。」

「您雖然一臉愁容，其實挺樂觀的嘛。」年輕人說。我告訴他，自己正在學習愛德華・薩伊德晚年的信條「自我意志式的樂觀主義」。

事後諸葛也能盡棉薄之力

高中一年級的時候，我們那個鄉下地方流行打棒球，校內棒球隊的隊員（就我的感受而言）就算胡作非為，老師們全都睜一眼閉一眼，其他學生也只能忍耐。我寫了篇文章，希望那些人收斂收斂。那篇文章原本只有班上同學看到，豈料被人拿去用謄寫版印刷[1]之後到處分發，害我從此淪為遭受暴力制裁的對象。

每一天午休時段，我總會被喚到校舍後面飽受折磨，日復一日從未間斷。比起遭到毆打，我更痛恨的是自己一整天垂頭喪氣，懊悔當初不該仗義執言。某天放學後，我一臉沮喪地坐在圖書室的角落裡。瞧見面頰紅腫的我，知道來龍去脈的國文教師還出言調侃，說是**有句俗諺**叫做「事後諸葛」。我已經被這語帶諷義的「諸葛亮」一詞刺痛了心，沒想到一旁的英文教師居然又補上一刀，順口說了句「Fools are wise after the event.」

1 俗稱油印。先使用鐵筆、蠟紙及鋼板將欲印刷的內容刻成蠟紙版，再運用外型如木製箱子的謄寫版，將油墨印到紙張上。

這一刻，我決定不再垂頭喪氣繼續懊悔，往後就算遭到毆打，也要擺出絕不屈服的架勢。結果雖然被揍得更慘，但是站到我這邊的友軍也愈來愈多，還有除了剛才那兩個國文和英文老師以外的其他幾位教師甚至主動聯絡了其他學校以便我隨時轉學。於是，我高中生活的後半段過得多采多姿。

在今年的楓紅季節結束的那一天（我的行程太滿，連賞楓一眼也沒辦法），我在京都律師公會舉辦的「思考憲法與人權座談會」上發表了演講。依照流程安排，後半場要與十名上臺的中學生及高中生對談。行前我把大部分的時間用來準備這個環節，希望與我對談的學生千萬別成了事後諸葛，過後才埋怨自己「早知道應該那樣說才對」。

我身為對談的主持人，預先讀了於會前提交過來的（作文比賽的入選和佳作）文章，在呈現出作者自身特質的文字旁邊劃線。對談時，主要引用那些劃線的句子做為文章的歸納摘要，並請學生向滿場的聽眾用自己的語言陳述觀點。每一個學生都沒有讓我失望。

我之所以參加這場座談會，是因為今年各方對於《教育基本法》[2]修正案的諸多批判中，日本律師聯合會的「意見」吸引了我的注意。我尤其對於該會將抨擊的焦點鎖定在修正案第十條家庭教育和第十一條幼兒期教育頗有同感，這兩條同時也是正在推動法案修訂的政府回應社會當下關注的目標。

修正案的內容表示，國家與地方政府將會配合「尊重家庭教育之自主性，提供監護人學習機會與相關資訊等以支援家庭教育」；此外，亦必須「充實有助於幼兒健康成長之優良環境等適妥方法」。日本律師聯合會的「意見」即針對這些部分提出了呼籲。

我認為年輕的母親和父親應當採取因人而異的方法養育幼兒，並由此發展出符合該家庭所需的教育方式，這樣才能培育出有希望的新生代；然而，修正案內容提到的「教育目標」和「德目」，恐怕將由國家與地方政府制訂一體適用的統一標準。

實際上，相關規定已根據現行的《教育基本法》予以法制化了。首相曾經允諾過不會強制推行的《國歌暨國旗法》[3]，請問目前在東京都內的施行狀況為何？文部科學省編製的《心靈手札》[4]已經發送到全國的中小學了。修正案第十條的「等」以及第十一條的「等適妥方法」那幾個字根本「心懷鬼胎」。

2 日本教育之根本大法，為各項教育相關法令之運用與解釋基礎，又有「教育憲法」之稱。於一九四七年制頒，其後歷經數次修正，現行《教育基本法》為二〇〇六年修正完成並施行。

3 一九九九年日本國會通過之法律，確立「日章旗」（通稱「日之丸」）為國旗、「君之代」為國歌。

4 日本文部科學省於二〇〇二年起免費分送給全國中小學的道德教育補充教材。

舉凡比我們老一輩的長者都瞭解，在戰爭期間，上至這個國家、地方政府，下至頂著「鄰組」[5]的法制名義施行監視之實的鄰居，以及掌握權力的家族尊長，方方面面均對於每個家庭的包含幼兒在內的兒童教育施予令人無法喘息的沉重壓力。如今卻要求年輕的母親（包括未置身其外的父親）不可屈服於這種傳統氛圍，建議採行充滿獨立自主色彩的家庭教育，請問是否提供了這些父母切實可行的方法步驟呢？

眾議院持續由代表政府的執政黨單獨表決[6]，參議院正在規劃如何降低對政府傷害的方案。面臨如此嚴峻的情勢，寫下這篇文章的人，也就是我，再度發揮性格中事後諸葛的聰明才智，提案把形同消失的《教育基本法》做成小冊子，請那些剛當上教師的人，還有年輕的母親和父親，都要把這本小冊子放在胸前的口袋裡，將法條內容背得滾瓜爛熟，並且奉為教育依歸。

儘管熬過艱鉅的大戰，人人有所犧牲，全民同貧共困，陷於看不到未來的苦境，至少還能透過這部文體範式堪稱「作品」的《教育基本法》，聽見大人告訴孩子們「希望就在不遠的前方」的聲音。

在敞開雙臂擁抱這部「作品」的日本人身上，具有與那種文體一脈相承的「氣節」。這一點，請大家不要忘記。

並且，當年輕的母親與幼兒遭逢阻礙，不管是眼睛可見或不可見的抗力，這必須是她想要翻閱並從中尋得協助的一本小冊子。

5 二戰期間，日本政府施行的民間基層組織，每一個單位約由五至十戶組成。

6 提案表決時在野黨委員缺席、退席或棄權，只由在場的執政黨委員通過表決。

「重新學習」與「重新教導」

這裡的「重新學習」和「重新教導」，其實是我用**生硬**的譯法從原文unlearn和unteach翻譯過來的。這是我不久前從書中讀到，查了辭典之後記下來的**一組**英文單詞。可是，我卻想不起來究竟是在哪本書裡看到這兩個單詞的，這無疑是「衰老」的自覺指標。

話說，《朝日新聞》於去年底刊登了一篇對談文章，與談人是安寧照護診所的德永進[1]醫師與鶴見俊輔[2]先生（日期為二〇〇六年十二月二十七日）。我的年齡介於兩位先生之間，在閱讀那篇文章時深受感動，並且驚喜地發現鶴見先生將unlearn巧妙地譯為**學習的解構**。

同樣是在去年，我做了一個新的嘗試，也就是將過去十年來陸續發表的三部小說冠以長篇小說三部曲《奇怪的二人組》（講談社版）的總稱，做成特殊裝幀的紀念書盒版。

前陣子，一位我所敬愛的文化論述家離開了人世，隨後我也參與了追悼事宜。他在那來得太早（以我的感受而言）的晚年時期對於藝術家的late style格外有興趣，並將這個英文詞語譯為「後期的風格」，但我認為把這個主題譯成「最後的風格」或許更為貼切。

等到追悼事宜告一段落之後，我回想起朋友不僅當面問過、還以傳真提醒過的一個問題：你開始著手彙整自己後期（也可說是最後）的作品了嗎？而這正是我製作特殊裝幀版的動機。此前不曾考慮過這種出版方式的原因是，對於我國的寫作者相當重要的報紙書評專欄基於發表年代相隔久遠[3]的理由，幾乎不曾對這種純文學小說全集給予任何評論。

今年初，我在閱讀印製完成的書時，發現了「衰老」的另一個指標，那就是愈新近的記憶愈容易忘記。這個發現來自於我根本已經讓自己作品中的人物說過 unlearn（而且是與 unteach 並陳出現的形式）這個單詞了。直到這時，我終於想起來最早讀到這個單詞是在新銳評論家詹姆斯．克利福德[4]的書裡。那本論著於文化人類學的研究方法上給予我很大的啟示。

在三部曲的最後一卷，那名老者辭去多年來在美國西海岸一所大學裡的職務，準備返回日本開創另一番事業，他告訴主角自己轉行的緣由：我在教育界待了大半輩子，赫然驚覺不

1 德永進（一九四八～迄今），日本紀實作家暨醫師。
2 鶴見俊輔（一九二二～二〇一五），日本思想家暨文化研究家。
3《奇怪的二人組》三部曲《換取的孩子》、《憂容童子》和《再見，我的書！》分別發表於二〇〇〇年、二〇〇二年與二〇〇五年。
4 James Clifford（一九四五～迄今），美國歷史文化人類學家。

曉得從什麼時候開始，我的工作只是在學術界培育出自己的複製人而已。所以，我要重來一遍，也就是unlearn，忘掉學過的東西。當我這樣心念一轉，很湊巧地立刻出現了一個年輕人讓我明白，從我這裡學到的東西並不正確，也就是unteach……。

鶴見先生對unlearn賦予如下的定義：「在大學裡學到的知識固然重要，然而單是記住這些知識其實沒有任何作用，唯有經過解構之後學習到的東西，方能真正化為自己的血肉。」

文中接著舉出經過**學習的解構**之後產生積極效果的例證。不過，當一個人想要unlearn，亦即**學習的解構**時，首先該怎麼做呢？我在辭典裡查找與其**配對成組**的單詞unteach後，掌握到具體的線索：「使對方（他人）忘記已習得的知識（或習慣），令對方明白（其早前學到的所謂正確知識）其實並不正確，……繼而呈現其所具有的瞞騙性。」（《Reader's英日辭典》[5]）

我幾乎沒什麼站在教育第一線的經驗（因為執教鞭的時間相當短暫），所以鮮少誤人子弟，甚至遭到受教者指摘錯誤，飽嚐自我修正的痛苦；但相對地，也不曾從受教者身上得到鼓舞……。

事實上，當我與一些長年執教的大學同學交談時，經常察覺由於欠缺這方面的經驗，以致於自己仍有些不夠成熟之處，不禁感到失落。

鶴見先生在該篇對談中分析的不是教師行業，而是深入探討一位在安寧照護「臨床現場『unlearn』的行醫者」的風範，並於文末的結論處提到人們應當在日常生活的各個層面都要「進一步思考『unlearn』的必要性」。

長久以來，我並不是待在「教育第一線」抑或「臨床現場」這種與人們頻繁接觸的環境，不過仔細想想，我工作中使用的小說語言其實做的事情也差不多。因此，我覺得自己已經在書房裡透過unlearn和unteach這兩個詞彙嘗試並尋找實踐的方法了。

我終於了解到，在我的作品中，尤其是後期的（也可能成為最後的）三部曲當中，為何總是出現二人組了——一個是與現實生活當中的自己十分神似的主角，另一個人物則既是最重要的朋友、卻也是最嚴苛的批評者。在我的小說裡的他們，一個個都是奇怪的傢伙，無一例外。

5　由日本的研究社出版的系列辭典的簡稱，全名為*Kenkyusha's English-Japanese Dictionary For The General Reader*。

當人類淪為機器……

法國文學研究家渡邊一夫為這個國家的局勢走向憂心忡忡，尤其在二戰結束後的那五年寫下了不少文章正言直諫，〈難道人類無可避免淪為機器嗎？〉即為其中一篇。

渡邊一夫於文中論述，過去的經驗已經證明人類會出於自身的意願（或者在國家的誘導之下）淪為聽命行事的機器，主動犯下或被迫犯下傷天害理之事，警告大眾必須防範再度發生諸如幾年前那樣的憾事。

每當聽到女性抨擊某位內閣官員的發言「婦女是生小孩的機器」會讓人回想起戰爭期間「生產吧！繁殖吧！」的宣傳口號時，我總會聯想到「人類vs.機器」這個切身相關的命題。儘管「國策」這句昔日的口號尚未完全復活，然而「國益」卻已成為當下的流行語了。

今（二〇〇七）年二月初，我出席了CRN[1]，亦即「Child Research Net」在東京的聯合國大學舉辦的「由『兒童學』探討少子化社會」研討會。會議主題不僅聚焦於日本，更放眼整個東亞地區。

「兒童學」是由CRN所長小林登[2]先生以及各領域專家學者，針對「兒童的生物學面向與社會文化性面向」所共同**討論彙整**而成的學門領域，此次召開的國際研討會正是創立十週年的紀念活動。

我想知道的是，專家學者是如何關心與協助那些沒有依循國家方針、歷經不孕症治療的痛苦之後終於生下小孩、然後辛辛苦苦地在當前特殊的環境下養兒育女的眾多母親？在這場研討會中，我得以聆聽到經過長期調查後詳細分析實際情況的論文發表。

我早前已經看過根據大阪府某個城市一九八〇年出生所有兒童實況的長期追蹤研究資料彙整而成的《大阪調查報告書》。參與該項統計分析的精神科醫師原田正文[3]先生另外做了樣本規模相當的《兵庫調查報告書》（二〇〇三年），從這份報告可以看到近二十幾年來的現狀。

這項分析本身包含了對那些面臨育兒困難、乃至於心理苦惱的母親給予指南。事實上，「兒童心靈成長之關西網際網路協會」這個組織可提供心理障礙兒童的支援系統，並且同步配

1 Child Research Net的簡稱，使用網路資料從事兒童研究的非營利組織。
2 小林登（一九二七～迄今），日本小兒科醫師暨東京大學醫學系榮譽教授，日本的兒童學的倡議者。
3 原田正文（一九四五～迄今），日本精神科醫師，亦為後文提到於一九九五年成立的非營利志工團體「兒童心靈成長之關西網際網路協會」之代表人。

合團體育兒的支援活動，有助於均衡發展兒童的全人教育。

原田博士的專著《育兒方式之變遷與培育新世代之支援——從兵庫調查報告書分析育兒現況與預防兒虐》（名古屋大學出版社）列舉了豐富的案例，如此充滿人性關懷的著作實屬罕見。

我在這次研討會的演講，是從法國海洋探險家雅克—伊夫・庫斯托船長於一九九五年同樣在這所聯合國大學舉行的會議上發表的那場演說開始談起。

庫斯托船長發現自從第二次世界大戰之後，海底生物的種類日漸減少，於是他告誡大眾，假如海底與地面的生物種類再這樣繼續減少，地球將會毀滅，文明亦復如是。他依據「唯有多樣化物種共生共存，才能增加人類延續的可能性」的主張發起運動，倡導當代人類應該對未來世代負起責任，將「未來世代之權利宣言列入聯合國憲章」。

中場休息時間，船長當面支持我稍早前對於席哈克總統的核彈試爆提出的批判。一旁的鶴見和子[4]女士見狀也表示，船長提出的「多樣化物種共生共存」觀點，與自己「探究不同物種保有其各自樣貌共生共存的方式」的曼荼羅[5]思想恰為一致。我們三人為彼此的志同道合而握了手。

直到庫斯托船長離世的那一年，他發起的運動才得到具體的成果。鶴見女士於生前的最後一場演說，講述了前文的那番話。那場演說的結語是這樣的：

「在我撒手人寰之前，能夠留給這個世間的只有兩句話：請貫徹憲法第九條，並且深思蘊含於曼荼羅之中的智慧。演講就此結束。」

上述精闢見解全寫在鶴見和子女士的遺作裡《遺言——起始於斃亡之後》（藤原書店）。

在此借用庫斯托船長的話，來概括這兩位知識人於人生的最後階段發出的大聲疾呼——「當代人類應該對未來世代負起責任」，換言之，他們號召我們這些尚且存活之人，必須善盡對下一代的責任，更要展望超越於責任之上。我非常期盼能夠把這兩位先進的思想傳遞給研究「兒童學」的那些年輕學者。

在這場國際研討會上，來自中國的演講者是一位女科學家，專長為生命工程學與電子生物學，她講述了如何將腦科學的研究成果應用於教育方式。這位韋鈺[6]女士在教育行政方面似

4　鶴見和子（一九一八～二〇〇六），日本社會學家，專長為比較社會學與國際關係，日本思想家鶴見俊輔之姊。
5　宗教語言，以之表達「萬象森列，融通內攝的禪圓」的宇宙模型。
6　韋鈺（一九四〇～迄今），中國電子學家，專長為電子生物學。

乎也有不少經驗，還闡述了有關主動情緒與被動情緒對於兒童教育的重要性。我從她的講演裡體認到中國的嶄新樣貌。

鼓舞愛國心以達成發動戰爭的目標，這種操弄情緒的手法是為了使人類機械化；然而，透過教育可培養出具有人性的感情，如此育成的過程則基於完全相反的目的。

完善涵養的成果將會土崩瓦解

十五年前，有段時期我一個人住在新澤西州的大學宿舍裡，每逢周末就到紐約與近郊的書店舉辦簽書會，於短暫致詞之後為讀者在書上簽名。

我在大學裡教授的課程即將結束的一次簽書會上，有位堪稱「鐵桿書迷」的老婦人趨前問道：

「即使是小說家，遲早也將面臨思考自己今後還能寫幾本書的時刻……請問您接下來要寫什麼樣的書呢？」

「原則上會在此前完成作品的基礎上做進一步延伸吧。不過，我還打算為兒童另外寫一本書，而且是一本大書。」

「Good answer, good luck!」

我過去的作品多數並不適合兒童閱讀。這類作品，不管是讀者對書中內容的解讀，抑或是我的布局構思，都和寫給成年人看的書大相逕庭；不僅如此，這些書即使出版許久之後，仍然會收到讀者來函，並且每每讓我這個作者為之雀躍，非回信不可。

雖然受到讀者的喜愛，畢竟我的書向來販售數量有限（有些來函對此現象似乎秉持愉快的態度看待，使我同樣感到愉快），但只要是為兒童而寫的書，來自讀者的信總是細水長流，不曾停歇。

直到上個星期，我還收到一封來信詢問《兩百年的孩子》（中央公論文庫）的內文，那是我唯一一部寫給兒童的小說。信裡寫道，您在書中引用了法國詩人和哲學家的話語，請問您的引述以及每一個譯詞是否均忠於原文？由於要帶領學生一起閱讀，想要確認一下。這個提問來自一位教師。

《兩百年的孩子》描述一個有智力障礙的十六歲少年在妹妹和弟弟的幫助下，一同在父親故鄉森林裡的老家度過整個夏天。在這個故事裡，他們三人只要鑽進大樹的樹洞裡睡覺（這種老派的科幻小說頗有我的風格），就能夠做時空旅行，穿梭於不同的地點和時代之間。

只有三個孩子住在一起的原因是，他們的小說家父親罹患了一種稱為 Melancholia 的輕度憂鬱症，於是出國去向一位在海外大學任教的心理學家朋友尋求治癒。隨著病況好轉，父親回到國內，某天**恰巧**想起並告訴孩子們自己大學一年級時接受精神分析的往事。

由於這位教師講授閱讀課的時程迫在眉睫，儘管我徹夜進行調查，仍然有不甚明瞭之處。隔天一早，我在前往大學的都營電車上遇見清水助教[1]，向他提及此事，旋即得到了詳盡的解答。當時不禁心想，這下子總算有臉繼續住在東京啦！車窗外輕輕擺盪的嫩葉和陽光映入眼簾……。

我在書裡引用的段落如下，裡面包含了瓦樂希[2]在母校塞特中學的演講內容：

> 歐洲的某些地方正在企圖打造出服從國家的國民，透過訂定計畫、施行洗腦、貫徹教育唯一方針，藉以培育出順應社會結構與經濟的國民。
>
> 瓦樂希說道，……我深感恐懼的是，精神的自由與完善的涵養，將會由於強制灌輸給兒童而土崩瓦解。（中略）
>
> 不論在任何時代，舉凡經由這種「新人類」之手而變得繁盛的國家，沒有一個能夠長治久安，無不在讓周遭鄰國陷入水深火熱之後步向了滅亡。在瓦樂希的時代，納粹德國便是如

1 應指後文提到的清水徹。
2 Paul Valéry（一八七一～一九四五），法國詩人暨作家，法國象徵主義後期的代表詩人。
3 清水徹（一九三一～迄今），日本的法國文學家，曾於東京大學擔任助教。

此。我們這個國家，同樣在直到我十歲的戰敗那年，也是一直這麼走過來的。

我央託如今已是研究瓦樂希文學的專家清水徹[3]先生幫忙把這段文字傳真給我。清水先生在傳真裡指出，我摘要的部分「精神的自由與完善的涵養」，會被誤解為兒童的涵養。他對照原文之後補譯為，「精神的自由與（經由社會積累而成的）最為完善的涵養，將會由於（從兒童內心）萌生出來的思想而土崩瓦解」。還有，此處的涵養，法文是culture，因此解讀這一段時要同時考量個人修養與社會文化。

那位指導兒童閱讀的教師又進一步指出，瓦樂希賦予「新人類」這個詞彙否定的語義，但是在我的《為什麼孩子要上學》和《給新新人類》（皆為朝日文庫）這兩部寫給孩子們的散文集裡，也使用了同樣的詞彙「新人類」表達展望之意，因而擔憂學生閱讀時產生混淆。其實，我描述的「新人類」（new man）是指已經自我覺醒的個人，幫助爭鬥的人們達成和解；至於瓦樂希警惕的「新人類」（hommes nouveaux）則是複數，是指被培育成為國家服務的那些人。

近來國會急於通過的教育改革相關法案，以及安倍首相[4]有關軍中慰安婦的發言，看在那些一路見證從編輯「新教科書」到修訂《教育基本法》的人眼裡，根本形同無稽。

我們好不容易才從那場造成我國與別國生靈塗炭的戰爭中重新站起來，難道現在不惜顛覆根植於我們社會的**完善**涵養，也非要蠻幹下去不可嗎？

我開始認真思考著手寫一本曾向那位老婦人提過的給孩子們的書。

4 日本政治家安倍晉三（一九五四～迄今），作者為文當時的任期是二〇〇六至二〇〇七年，其後安倍又於二〇一二年再度擔任首相迄今。

重新撰寫那段經過刪改的文字

兩年前起，我成了一件訴訟案的被告人。由於這種事是生平頭一遭，因此在打官司的第一年，我壓根沒想過應該將律師費用列入稅務申報中與寫作相關的必要工作經費項目。我一想到這場官司肯定會一路打到最高法院，不禁黯然神傷。

「你得活到官司結束，把這一切寫進書裡的那一天，加油！」

妻子如此鏗鏘奮然的語氣，同樣是我前所未見。

我被控訴的理由是在一九七〇年出版的《沖繩札記》（岩波新書）中，對於日本軍方迫使渡嘉敷島居民「集體自盡」的相關論述部分。在這座島上，有超過三百人使用守備隊分發的手榴彈「自盡」，至於沒能在手榴彈爆炸中死去的人，包括幼兒在內，則由親屬手持斧頭、鐮刀，甚至是親手殺死。

我第一次造訪沖繩是在一九六五年，當時從相熟已久的牧港篤三[1]先生那裡聽聞了他在沖繩戰役之後展開長達五年的全部採訪內容。我把他參與執筆的《鋼鐵風暴》納為最重要的參考文獻，進一步閱讀了在當地取得的所有紀錄、歷史書籍與評論文章，並和包括新川明[2]先生在內的與我同一世代的沖繩知識人反覆討論，這才寫下了《沖繩札記》。

我從未去過渡嘉敷島，因為我沒有勇氣當面向那些或許曾在沖繩戰役中親手沾上血汙、從此活在痛苦之中的島民打探那段過去。

島上第三十二軍的駐守方針為「官軍民同生共死」。「同生」固然重要，但是濫用憑靠武力優勢要求民眾「共死」的權力，形同可怕的「官軍民同生共死」強制性思想，令我想到打造出順應這種思想的國民教育。就我多年來讀過的資料，以及這場訴訟的原告方和被告方提供的資料，毫無疑問地，軍方確實與民眾有所接觸，並且在提供兩枚手榴彈時下達了命令，一枚用於殺敵，另一枚則用於「自盡」。

原告方主張，在「集體自盡」發生之前，駐紮於渡嘉敷島和（儘管我沒有寫進書裡，其實在同樣屬於慶良間諸島的另一座島上，還有一百三十人「集體自盡」）座間味島的守備隊長都不曾下達那道命令。我持續關注訴訟的進展。事實鐵證如山，兩座島上「集體自盡」的亡

---

1 牧港篤三（一九一二～二〇〇四），日本沖繩的新聞記者、詩人暨和平運動家。
2 新川明（一九三一～迄今），日本沖繩的新聞記者暨編輯，沖繩問題專家。

者合計超過四百三十名，在島民聚集起來採取行動的那一天，這兩位守備隊長並沒有取消軍方此前的命令，也沒有發布「不准自盡」的新命令。

早在訴訟正式審理之前，有件事已經引發我的憂慮，那就是文部科學省於二〇〇六年度教科書審查的過程中，刪去了日本史教科書裡關於「集體自盡是在日本軍方強迫之下採取的行動」的相關記述。

透過媒體報導的這則文字修正，讓我再次意識到政府的意圖。《琉球新報》的報導指出，文部科學省教科書課的回應如下：「關於教科書內容參酌了《沖繩札記》（岩波書店）訴訟案裡原告方『不曾下達命令』的意見陳述，理由是『儘管目前判決尚未確定，但是當事者本人已經公開做證，因此相關陳述並非毫無參考價值。』」

我相信，當司法判決出爐的那一刻，發生在慶良間諸島上的「集體自盡」將被證明是出自日軍的指令與強迫的結果。問題是，在這段漫長的歲月中，眾多高中生上課時使用的是那本經過刪改的教科書。我想寫一封信給即將於今年四月成為高中生以及高中教師的你們，提醒各位在讀明年出版的教科書時，務必注意以下幾點：

「亦有部分民眾被強迫「集體自盡」，或者被日軍懷疑是間諜而遭到殘殺。」（東京書籍）

「那些**被催逼**「集體自盡」的人們以及……。」（三省堂）

「縣民由於妨礙日軍戰鬥而**被逼迫**集體自盡，也有幼兒被日軍殺害，還有民眾被扣以疑似間諜的罪名殺死，此類事件層出不窮。」（實教出版社）

「其中也有些人是**被強迫**集體自盡的。」（清水書院）

請留意我在這些引文中加粗的部分，並且思考究竟是誰，或者是什麼東西，予以逼迫、催逼與強迫的。此外，請刪去表示被動語態的**被**字，改成主動語態。

這些教科書隱去句子中的主詞（如同井上廈[3]先生指出的那樣），企圖藉由改為被動語態，讓上下文看來合乎邏輯。如此一來，就能把句子的語義（尤其是寫得條理分明的責任）變得曖昧不清。

這是使用日文的我們常見的錯誤，有時卻是所謂的思想罪犯刻意瞞騙的手法。請你砥礪風節，重新撰寫這些句子。

3 井上廈（一九三四～二〇一〇），日本小說家暨劇作家，曾任日本筆會會長，和平運動家。

將兩種表述形式串連起來

四月二十八日，在山口縣舉辦了中原中也[1]百年誕辰前夕的紀念活動。由大岡昇平[2]先生編輯的《中原中也詩集》於二戰結束後旋即出版，深深打動了當時正值二十歲的我們這一代人。大學一年級的語學課教授還曾在開始上課前，先讓我們齊聲朗誦以下這節詩文：

這兒是我的故鄉哪
微風依然輕輕吹拂
盡情放聲大哭吧
還有半老婦人如此勸慰的低語

哎，你來這裡做什麼呢……
掠過的風兒這樣向我問道

可是我自認正當青春，教授卻要我們長嗟短嘆今後的人生，因而不肯開口吟誦，以示抗拒。我喜歡的中原中也詩作是能夠呈現出**更加堅定的文學意志**的那些作品。不過，如果當時有朋友問我何謂**更加堅定的文學意志**，想必我也答不出來吧。

一直到有機會讀到中原中也的日記，我終於在以下這段文字找到了答案：「詩歌乃是萌發自情愛，然而情愛卻不是想要就能擁有的；想要就能擁有的東西只有勞動——換言之，亦即批判精神的活動。」

那時我已開始寫小說了，所以試圖從中原中也的詩裡解讀出這位詩人的「勞動」和「批判精神的活動」究竟所指為何。最後，我尋得的答案是，中原中也的確是個用心琢磨的詩人，他那孤獨的「勞動」即是直面自身的「批判精神的活動」，並且藉此砥礪自己，錘鍊出堅不可摧的詩作。這亦成為我日後把反覆推敲與字斟句酌做為文學基本態度的起始點。

1 中原中也（一九〇七～一九三七），日本詩人，出生於山口縣，東京外國語學校（現今東京外國語大學）專修科法語部畢業。

2 大岡昇平（一九〇九～一九八八），日本小說家、評論家暨翻譯家。

在籌備紀念活動的過程中，我忽然想對與當年在駒場校區教室裡的我年齡相仿的年輕人說些話。

今年的日法翻譯文學獎，日譯法部門的獲獎作品是伊夫—瑪麗・阿留[3]翻譯的《中原中也詩歌全集》（*Editions Philippe Picquier*）。我在閱讀這個譯本時，體悟到中原中也模仿法文詩歌的格律，亦即以日文寫成的四行、四行、四行、空一行後再寫兩行，或者四行、四行、三行、三行的體裁創作而成的那些詩歌，明確顯現出他不厭其煩地一再重複自我批判的勞動。

順帶一提，我對那位學者將travail這個法文詞彙譯為**勞作**大有同感，這個譯詞不僅可指勞動本身，也包括由此完成的作品。

要將法文十四行詩的腳韻照樣置換成日文的音韻是不可能的。不過在出聲誦讀十四行詩的時候，卻能用日文將我們內心泉湧而出的樂音表現出來。中原中也在作詩之際，想必對此已有十足的把握。

我幾乎可以肯定，中原中也把翻譯法文詩當成周密的勞作，在腦中模擬著倘若是自己的詩被譯為法文時該留意哪些地方，對於該怎麼使用簡潔純粹的日文語彙及文法更是特別用心費神吧？

正因為如此，阿留教授才能將他的作品譯成不帶翻譯腔的法文詩，並且完美重現了中原中也風格的十四行詩。

我在這場演講中朗誦了阿留譯本的十四行詩，並請在場聽眾仔細比較法文與中原中也詩作原文的共鳴音，可惜成效不如預期（該歸咎於我的發音不佳之故）。

我還想讓大家知道的是，同一天首演的中原中也〈春天會再來……〉詩作、大江光[4]譜曲的男中音歌曲，串連起文學和音樂（此兩者間的差異應該遠大於法文和日文的不同）這兩種表述形式，並且發揮了協同勞動的成效。

人們都說春天走了會再來
可我還是一樣傷悲
春天來了又如何
依然不見那孩子歸來

3 Yves-Marie Allioux（一九四七～二〇一八），法國的日本近代詩研究家暨翻譯家。

4 即作者的長子。

這是中原中也寫給兩歲夭折的長子的詩作開頭。小兒光親自從我每天讀給他聽的詩集裡挑出了這首詩。選定後沒多久，他和母親就以鋼琴彈奏出扣人心弦的旋律與合音。可是在傾聽的時候，我的內心卻愈來愈恐懼。

詩人追憶死去的孩子這種基本的情感並沒有變化。在這首十四行詩形式的詩歌最後一節，中原中也的表述未能超脫這種情感。我擔心在譜成音樂之後，該不會也是這樣結束吧？

某天早晨，光給我看了他的樂譜。

那時候的你是否真的曾經
沐浴在這個世界的燦爛陽光下
站著看得出神了呢……

光把這個結尾處安排為高八度音的詠唱。我和妻子在演奏會上，從男中音的歌聲裡聽到了新生的希望。

一個小說家在大學裡得到的啟迪

有位朋友是國際知名的俄羅斯、波蘭文學研究專家，有鑑於東京大學通識教育學院的學生愈來愈少人選擇進入文學院，因而邀請我和年輕學子們談一談自己當年就讀法國文學系的理想抱負。

我在演講中表示自己只是高二時讀了一本書，希望能到那位作者的研究室學習而已。講得好聽一點，也可以說是「為了成為知識人」（那場演講的紀錄刊登於《昴》雜誌二〇〇七年八月號）。當時我用了太多時間與朋友和其他教授交換意見，耽誤了回答聽眾的提問。

儘管為時已晚，我還是想在這裡答覆其中幾道問題。首先是一則時事性的話題：

一、您已邁入老年，請問目前領取哪種年金呢？

我有些同行是文化有功人士[1]或者藝術院會員[2]，還有同學是大學退休教授，他們目前都可以領取年金，但是我沒有。我長子已經繳納二百四十次的「身心障礙者扶養年金」保費，

1 日本政府為表彰對於文化發展有重大貢獻者所頒發的稱號，受獎者終身享有年金，目前為每年三百五十萬日圓。

卻由於石原[3]都政府的政策而廢止了這項制度，因此在我們夫妻死後，長子也無法領取年金。

二、部分專家學者致力於大學理科學系的研究發展並且獲得相當的成果，從而博得政府和企業「關愛的眼神」，您對此現象似乎不表認同，但是，促進我國（甚至全世界）經濟發展的，不正是他們嗎？

不論對這些領域的專家學者，抑或對在備受冷落的領域裡盡力奮鬥、自立自強的專家學者，我同樣心存敬意。我也贊同國家和大學必須投入資金培植專家學者。我想強調的是——愛德華・薩伊德也有同樣的觀點——從最尖端到最基礎的領域，這些專業研究乃是日以繼夜的成果累積，而從事研究的專家學者必然會對社會現狀與未來趨勢感到憂心，基於各自的專業展開跨領域的研究合作（在不熟悉的領域中，他們只是外行的知識人），這些人士可謂舉足輕重。他們不僅是具備實力和勇氣的批判者，有時更會挺身而出，與政府和企業的意見相左。

有位老醫師多年來極力救治原爆受害者，他同時是一位享譽歐美、提倡廢核的理論家，我曾在維護憲法的「九條會」[4]某次聚會中見過面，對他相當欽佩，迄今難忘。

三、您「為了成為知識人」，將渡邊一夫教授視為典範。可否具體說明，您就讀大學部時從渡邊教授身上學到了什麼，在畢業後又是如何運用所學呢？

在法文系裡聆聽教授的講課是我青春時代最美好的經驗，可惜之後我沒有能力在專業領域裡繼續深造（教授曾笑著說：我給你的畢業論文打了個B）。雖然後來我去寫小說了，但是當年從教授那裡習得長期閱讀的啟示，在大學時代養成讀法文和英文的習慣倒是持續至今。

我想起教授辭世前說過的一段話。一九七五年二月，渡邊一夫改譯的拉伯雷[5]《巨人傳》（岩波書店）終於付梓，岩波書店為此舉辦了一場小型慶祝會，在出版過程中幫了點小忙的我亦有幸受邀與會。

那場慶祝會上的出席者其實都很在意一件事，卻不好意思開口，最後由年紀最輕、既輕佻又饒舌的我大著膽子問了教授：

「您向來十分注重健康，若是近來感覺身體不太舒服，是否可以暫時擱下工作，到醫院做

2 日本政府為表彰在美術、文藝、音樂、戲劇等藝術領域著有功績者而設置的榮譽性機構，隸屬於文化廳，會員為終身制，總數限定為一百二十名。

3 當時的東京都知事為石原慎太郎（一九三二～迄今）。

4 「和平憲法第九條之會」的簡稱，該民間團體由九位日本作家（包括井上廈、梅原猛、大江健三郎、奧平康弘、小田實、加藤周一、澤地久枝、鶴見俊輔、三木睦子）於二〇〇四年發起組成，誓言維護日本憲法第九條的理念，倡議和平主義與反戰主義。

5 François Rabelais（約一四九三～一五五三），文藝復興時代的法國作家，人文主義代表人物之一。

個檢查呢？」

「有句俗話說，要真進了醫院就該一命嗚呼了。我打算在能夠隨手翻閱參考書籍的家裡工作到最後一刻。」

看我一副泫然欲泣的表情，教授臉上重又出現了笑意。

「不用說拉伯雷了，縱如亨利四世[6]那樣的王侯，抑或嘉百麗・戴斯特雷[7]那樣的寵妃，有些事就是得活到對方死去時的年齡才會明白。你呀，可得活得比我久喔。」

那年五月，教授完成嘉百麗・戴斯特雷的評傳《世間雜談・後宮軼聞——寵妃嘉百麗・戴斯特雷》（筑摩書房）之後住進醫院，就此與世長辭了。明年，我的年紀就和教授過世時的歲數一樣了，為了能夠慢慢重溫教授的所有著作，我得在今年之內趕完小說和其他想做的工作，希望透過這樣的規劃來完成這項已經延宕數年的作業。

我曾在本專欄三月份的文章中寫過，自己打算為兒童寫一本書，「而且是一本大書」。新澤西州一位老婦人（她是知名的裝幀設計師）把我的回答視為承諾，隨後寄來了一份裝幀計畫，建議我先分冊出版，最後再裝訂成厚厚的合訂本，請我「盡量寫得愈厚愈好」……。

我期許那些得到政府和企業「關愛的眼神」的專家學者（即便他們未必是教育專家），能夠趁著全民關注《教育基本法》修訂案進度的此時登高一呼。於此同時，我雖是教育方面的大外行，卻也要在給兒童的那一冊薄薄的書裡，寫下批判性的呼籲。

6 Henri IV（一五五三～一六一〇），法國波旁王朝創建者，謚號亨利大帝。
7 Gabrielle d' Estrees（一五七三～一五九九），法國國王亨利四世的愛妾。

人生中邂逅的所有言語

每當長女和次子分別帶著一歲半和兩歲的孫兒回來玩，妻子總會先張羅好一切，而我只在稍遠處看著兩個孩子，心裡計畫著待會兒要把他們媽媽和爸爸小時候的故事講給他們聽。

記得那是在長女上小學前，她瞧見弟弟把自己的寶貝全都塞進身上那只偌大的衣袋裡，隨口迸了一句：「阿弟把人生中遇到的所有東西統統帶著走呢！」我想告訴孫兒的就是這一類趣事……。

坦白說，我何嘗不是帶著人生中邂逅的所有重要東西（尤其是言語）踽踽前行，一路活到現在，工作至今。如果我有一個極富觀察力的姐姐，她肯定也會給我同樣的評語。

我第一次去美國是三十歲時前往參加當時還是哈佛大學教授的季辛吉博士[1]主持的暑期國際研習會。在研習會學員與一般民眾交流的晚會上，我剛提及廣島的原子彈受害者第二代的話題，旋即被一群婦女聽眾團團圍住，急著問我對珍珠港事件的看法。

「這一場由那種事件開端、最後以這種結局收場的戰爭，令我遺憾萬分。」我如此答覆，並且出示了一些帶去的資料。當她們看到一幀於長崎遭到原子彈轟炸過後、某個母親胸前躺著嬰兒的照片，其中一人嘆了聲「Poor creature!」眾人無不陷入沉默之中。

這個慣用句的意思是「真可憐！」，然而我默默將它解釋為「悲慘的造物」，牢記於心。約莫三十五年後，同一所大學授予我榮譽博士學位，典禮上坐在我旁邊的喬姆斯基[2]博士告訴我，他青少年時在夏令營裡聽聞廣島遭到毀滅性的攻擊，在一片慶賀聲中獨自一人溜進森林裡，就這麼坐到了太陽下山。

我敬愛的特別收藏家之一是建築家原廣司[3]。他曾經鉅細靡遺調查了全世界的聚落，並將自己的足跡、觀察與思考的過程收錄於《來自聚落的一〇〇個教誨》（彰國社）這本小書裡。

原先生書中有兩幀照片，分別是位於安第斯山脈的喀喀湖之「浮島聚落」，以及位於底格里斯河與幼發拉底河下游之「家族島」，這兩個聚落同樣使用蘆葦搭建住屋。他將這個得自於聚落的教誨命名為「飛火現象」，並說這個論述不是他想出來的，而是人類智慧千萬年來的

1 應指亨利・季辛吉（Henry Alfred Kissinger，一九二三～迄今），出生於德國的美國猶太裔國際政治學者，曾於尼克森總統及福特總統任期間擔任國務卿及國家安全顧問，亦為一九七三年諾貝爾和平獎得主。

2 Avram Noam Chomsky（一九二八～迄今），美國語言學家、哲學家暨政治評論家，美國麻省理工學院榮譽教授。

3 原廣司（一九三六～迄今），日本建築家，東京大學榮譽教授。

結晶。他在書裡寫道：

「在相隔遙遠的地方，人們有著相似的想法，建造出相像的東西。同樣地，在久遠的過去，必定有人想過和現代人相同的問題。」

我的長子光雖然智能發展遲緩，但在三十多年前的家庭生活的錄音中，他的表達方式竟令人格外驚艷（雖然相較於年幼的弟弟妹妹，他的語法簡單、用詞不多，但稱得上生動活潑）；然而步入中年之後，他卻變得沉默寡言。每當弟弟妹妹帶著孩子回來，他總是和我一樣遠遠地守護著孩子（時刻注意不讓小孩靠近危險的東西和地方），並不和大家一塊說說笑笑孩子的話題。

光把一整天的時間都用在聆聽古典音樂上，來源是從ＦＭ、ＣＤ，以及近年來電視台增設的頻道。他收藏的ＣＤ數量不亞於我整理完書庫後的藏書總量，但他不會主動與我及妻子聊談音樂。因此，我能看到的只有他把蒐集來的總譜全部擺在一起，至於目前他如何收納人生中邂逅的音樂，就不得而知了。

唯有在全家一起收聽吉田秀和[4]先生的廣播節目中出現不熟悉的作曲家或作品而向他詢問時，他才會從自己的收藏品中找出那張ＣＤ為我們播放；偶爾沒找著，就從手邊那部《標準音樂辭典》（音樂之友社）翻查出相關的詞條指給我們看。

我最近正在寫一部較之所謂「晚期的作品」更為晚期的小說。在寫作的過程中，需要讓小說裡的敘述者，亦即我的化身，回憶一首很久以前有段時期對我相當重要的樂曲。我記不得那是誰的哪首作品了。當時我陷於痛苦之中，長達半年無法工作，總是聽著那首曲子，可是現在卻想不起那是哪一位演奏家了。夜深了，光已經睡下。我挑出幾位鋼琴家的曲子聽了聽，沒有任何一首能讓我重回彼時的情境。

光通常半夜會去一趟廁所，只要我還醒著，就會在他回到床上之後幫著蓋好被毯。這一晚我一直等著他起身。

「你還記得爸爸很久以前有段時間狀況很糟，每天都聽貝多芬的作品111[5]，對不對？那是誰的CD？」

光再次爬出被窩，找出對他來說具有特殊意義的鋼琴演奏家弗里德里希・古爾達[6]的兩張

---

4 吉田秀和（一九一三～二〇一二），日本音樂評論家暨散文作家。
5 貝多芬作品編號111，亦即C小調第三十二號鋼琴奏鳴曲。
6 Friedrich Gulda（一九三〇～二〇〇〇），奧地利鋼琴演奏家暨作曲家。

ＣＤ，隨即為我播放於一九五八年錄製的單音軌版本。正確答案！我們把音量調小，一起欣賞，直到黎明破曉時。

與「魁偉之人」同行

在八月四日小田實[1]先生的告別式上，唐納德．基恩[2]教授回憶了昔日那位研究古希臘文的年輕學者小田實先生。我也於前往青山殯儀館的地鐵裡，閱讀了他生前最後發表的譯作《伊利亞德》第一卷（《昴》二〇〇七年七月號）。

為了反對越南戰爭而號召示威、率先站在遊行隊伍最前方的小田實先生邀我共襄盛舉，成為我們初次見面的契機。還記得當時我們討論了《伊利亞德》起頭處有關首領們激昂爭論已呈膠著狀態的特洛伊戰爭究竟該不該繼續打下去。

我們為了組成「九條會」在四十年後重逢，他欣然回答了我關於《伊利亞德》中獨特的希臘詩法的疑問。此時的小田實先生不僅積極參與這項已然頗具規模且長期進行的社會活

1 小田實（一九三二～二〇〇七），日本作家暨翻譯家，亦為反戰護憲運動家。

2 Donald Keene（一九二二～迄今），日籍美國日本學研究者暨翻譯家，哥倫比亞大學榮譽教授，長年生活於日本的知日學者。

動，還要執筆長篇小說，但依然保有持續鑽研專精領域的初心，令我印象深刻。

從翌晨的《朝日新聞》報導相片中可以看到告別式結束後的追悼隊伍[3]舉著神情爽朗的故人遺照，還有隊伍中的鶴見俊輔先生讚譽故人為「魁偉之人」，以及節錄加藤周一[4]先生的一段悼辭如下：「他的號召特別具有說服力！我們只要響應他的號召，就能看到希望的光芒。」整篇報導讓我深有同感。

告別式結束之後，有人告訴我一處年輕人上網通訊和搜尋資料的新奇地方，我去了那裡，好整以暇讀完《伊利亞德》剩餘的部分，晚間再前往井上廈先生舞台劇《羅曼史》上演的劇場[5]。

這齣通俗喜劇是以歌唱、舞蹈與充滿歡笑的開場（但卻直搗戲劇核心）勾勒出少年契訶夫的面貌，這便是他創作的礎石，並且呈現其晚年大作的嶄新魅力……井上先生的新作明確地展示了這一切。不單如此，井上先生筆下的契訶夫生涯，恰恰與其自身同樣於少年時代起步的旺盛創作活動、乃至於構思格局龐大的近期作品群裡的「祕密」，無不相當忠實地逐一對應。

前來探望病榻上的契訶夫的托爾斯泰。劇中由間寬平[6]扮演的這位粗暴老人，其形象雖被巧妙修飾得魁梧偉岸，然而這一幕完全展現出老托爾斯泰的充沛活力與威嚴，看在觀眾眼裡倍感惟妙惟肖……。

我一面大笑，心底卻浮現了下午悼念的那位故人身影。回家的電車上，我讀了舞台劇節目手冊，驚喜地從中發現把一切串連起來的關鍵。

井上先生將廣島原爆受害者的記憶創作成具有普世價值的《與爸爸在一起》，這部舞台劇甚至到了莫斯科巡迴演出。他在節目手冊裡寫道，自己當時造訪了坐落於梅里霍沃的契訶夫故居，在那間屋子裡面彷彿聽見了這位「魁偉之人」的聲音，告訴他「無論在任何時刻都要懷抱希望」。

隔週，我又從書中讀到了同樣堪稱「魁偉之人」克服苦難並且傳播「希望」的聲音。那

3　當時在東京青山殯儀館舉行的小田實告別式有許多民眾前往悼念，結束後在治喪委員會主任委員鶴見俊輔先生的帶領之下，與數百位民眾一同展開追悼遊行，最前列除了高舉故人遺照，並且一同拉著白底黑墨的大橫幅，上面寫道：「哀悼故人小田實先生／他的反戰遺志將由我們承繼下去。」

4　加藤周一（一九一九～二〇〇八），日本醫學博士、作家暨文學評論家。

5　二〇〇七年八月三日至九月三十日於世田谷公眾劇場上映，井上廈編劇，栗山民也執導，主要演員包括大竹忍、松隆子、段田安則、生瀨勝久、井上芳雄、木場勝己等人。

6　間寬平（一九四九～迄今），日本著名諧星、演員暨歌手。

本書是多田富雄[7]先生的《靜默的巨人》（集英社文庫）。

書中提到，包括這位我喚他為多田先生的世界聞名免疫學家在內，還有我、小田實以及井上廈（以上根據這本書的歸納）都屬於「戰後第一代少年」，我們這一批是「儘管飽受挫折，卻是第一次握有自由的人」，遍布於這個國家的各個角落，我們在「既是我們的原點，亦為日本戰後的原點」的每一天中，自由選擇未來，並且努力實現。

多田先生確實是一位「魁偉之人」，他展現凡人身陷悲痛時亦不失詼諧的風範，賦予自己如下的定義：

「『巨人』一如往昔，動作遲鈍，寸步難行，寫稿的時間也十倍於常人。還有，他勉強發出的幾個音節，含糊難辨。在生活中，他只是一個不多話的『靜默的巨人』。

然而，我對這樣的他無比信賴。正因為有著重度疾患、連聲音都發不出來、成了社會上最弱小的存在，這才造就我成為擁有強大發言力道的『巨人』。雖然不能開口講話，但諷刺的是，我的生命卻是憑靠言語的力量維繫下去的。」

多田先生使用這種「言語的力量」發起「復健治療報酬調整之集思廣益會」，徵集大量連署（訴願對象為**久負盛名**的厚生勞動省），儘管狀況時好時壞，他仍然不屈不撓，繼續奮鬥。

這屬於戰後體制的其中一個面向。

那位對國民的選舉政見充耳不聞、莫名自信的安倍首相，其發言讓我想起他所尊敬的外祖父[8]於一九六〇年發表的聲明——不屈從於鑼鼓喧天，要傾聽沉默的多數[9]。

「脫離戰後體制」[10]這句空泛的口號之所以打動民眾，就在於並未對脫離之後的體制提出具體的方案。也是這個緣故，讓民眾覺得即使換了政權，自己照樣可以活得下去。能夠與之對抗的武器，必須由從戰後民主主義體制得到勇氣的世代，親自交到下一代的手裡。

7 多田富雄（一九三四～二〇一〇），日本免疫學家暨作家，於二〇〇一年中風，從此失去聲音，半身不遂。

8 岸信介（一八九六～一九八七），日本政治家，於一九五七至一九六〇年擔任首相，其長女為安倍晉三之母。

9 一九六〇年，岸信介領導的自民黨以議會多數優勢強行通過修訂美日安保條約內容，引發政界、學界與民間的反安保抗爭，他依然不為所動，在記者面前義正辭嚴地表示：「儘管國會周邊抗議聲浪不斷，但是銀座和後樂園球場仍然和平常一樣熱鬧。我的耳朵能夠聽見『沉默的大多數』。」這席發言激化了抗爭規模，但執政黨仍舊按照既定日程正式與美國交換安保條約。換約當天，岸信介宣布辭職下台。

10 日本首相安倍晉三於二〇〇七年的首度執政時提出「脫離戰後體制」的口號。所謂戰後體制是指日本於第二次世界大戰投降後，於一九四五至一九五二年間受駐日盟軍總司令部占領時期制訂的憲法與法令，以及被控管的新聞媒體、金融貨幣等等政策。

我們一輩子都要記住

不久前，我收到三個高一學生聯名寄來的信，信裡寫到他們聽聞我寫過一篇文章叫做〈寫給孩子看的卡拉馬助夫〉。這三個學生想利用暑假期間閱讀《卡拉馬助夫兄弟們》[1]，於是國文老師提到了這篇文章。收到來信時我正在審閱《給新新人類》袖珍版的校樣，而該文恰是其中一篇。我覺得機緣巧合，就把相關頁面的影本寄給了他們。

很快地，我收到了回函，說是按照我文中提議的閱讀規劃方式讀來十分順暢，打算在秋天讀完整本書。我也決定讀一讀廣受好評的龜山郁夫[2]譯本（光文社古典新譯文庫，亦為我的引文出處）。

我回想起自己在松山讀高中時，第一次讀這本書的時候很是痛苦，因而做了那份規劃。當時是比我年長兩歲的朋友欣然出借了珍貴的米川正夫[3]譯本。書中複雜的人物關係以及他們的**聊談內容**都令人費解，讓我抱頭苦思了許久，可是那位朋友催我趕緊讀完，才好交換讀後心得。

我只得捧著那四冊二戰前出版的岩波文庫袖珍本翻了一頁又一頁，忽然發現某些章節自己似乎看得懂，便把那些部分抽選出來，規劃出一套閱讀的方式。

我從第四部第十卷的〈**大男孩和小男孩**〉那裡開始讀起。我的閱讀方式是以柯利亞·克拉索特金為主角，他在小說前面部分做過的事，在這卷又複述了兩遍左右，這些便是我挑出來讀的段落。另外，我還選了尾聲那一章的【**三、伊柳沙的葬禮。巨石旁的演說**】，整部小說就到這裡結束。

按照這種方式，我愈讀愈有興致。杜斯妥也夫斯基把對孩子天生之美的觀察，以及深入孩子內心的想像，全都寫進書裡。十三歲的柯利亞雖然早熟，但他那略顯幼稚的情感，以及遠遠超越同齡的智慧，無不躍然紙上，活靈活現。

至於出類拔萃的阿遼沙既是他的朋友，也像是他的導師（把那本書借給我的朋友，也對

---

1 俄羅斯作家杜斯妥也夫斯基（Fyodor Mikhailovich Dostoyevsky，一八二一～一八八一）的長篇小說，亦為其代表作。

2 龜山郁夫（一九四九～迄今），日本的俄羅斯文學研究家暨翻譯家，曾任東京外國語大學校長，現為名古屋外國語大學校長。

3 米川正夫（一八九一～一九六五），日本的俄羅斯文學研究家者暨翻譯家。

我有同樣的重要性），尤其阿遼沙在病重的伊柳沙死去後做的那番演說，更成為孩子們恢復友誼的**重要關鍵**：

「在往後的人生中，再沒有比美好的回憶，尤其是待在父母身邊的兒時回憶，更為高尚、更為強烈、更為健康、更為有益的了。想必人們對你們侃侃而談應當如何教育你們，其實，或許孩提時代留下來的美好而神聖的回憶，就是最好的教育。

如果一個人能在生活中收藏這許許多多美好的回憶，那麼這個人的生命就得救了。即使我們心裡只留著唯一一個美好的回憶，說不定哪一天我們就將因此得救。」

阿遼沙還告訴大家，這個死去的少年是為了維護他父親的名譽，獨自挺身對抗了全班同學，因此「我們一輩子都要記住他！」

此前讀小說時，我從來不曾如此深受感動。於是，我決定把「**我們一輩子都要記住**」這句話當成自己的格言，立即動手抄在分析和解算物理題目的計算紙上。

我去還書時，把那張計算紙擺在手邊大談特談，最後朋友忍不住插嘴說：「我認為杜斯妥也夫斯基寫得最好的是《群魔》。」雖然話被打斷，我反倒鬆了一口氣。

在我的故鄉，人們多半**偏愛**《少爺》[4]，我卻選讀了夏目漱石的摯友、亦是我同鄉的正岡子規[5]全集。我喜歡他說的，「我想親自教育孩子，智育和技育就交給學校，美育、體育和氣育由我督導。」（出自《病床譫語》），並且同樣把這段話抄到計算紙上了。

所謂的德育，並不是讓學生研讀修身教科書，其實只要為他們安排品德優良的教師就夠了。正岡子規很重視氣育，他認為「氣育即是培養堅強的意志」，聽起來雖和德育相近，實則不然，因為「勇猛之心和忍耐之心，與分辨善惡邪正並不相同」。

我從伊柳沙和柯利亞自立自強、奮鬥到底的性格，可以想見施行氣育的成果。很多人想過，假如繼這部小說之後，「第二部分的小說」也能完成的話[6]，那阿遼沙應該會暗殺皇帝。對此，龜山先生提出了強而有力的不同見解，他認為那個暗手將會是柯利亞．克拉索特金。

阿遼沙在探望病中的伊柳沙之後告訴柯利亞：「聽我說，柯利亞，你今後將是個非常不幸的人。」柯利亞回答：「我知道、我知道！」——這個囉唆的段落曾讓當時尚未成年的我看

4 日本作家夏目漱石（一八六七～一九一六）的長篇小說，一九〇六年出版。一八九五年赴愛媛縣松山中學任教，並將執教經歷寫入這部小說裡。
5 正岡子規（一八六七～一九〇二），日本俳人暨作家，生於愛媛縣松山市。本書作者亦為愛媛縣人。
6 依照杜斯妥也夫斯基原先的規劃，《卡拉馬助夫兄弟們》屬於格局更宏大的作品《一個偉大罪人的一生》的第一部分，可惜他在完成此作之後，僅僅四個月就辭世了。

得十分不耐。倘若根據龜山先生的推論予以剖析，那麼這個伏筆就很有道理了。

因為，阿遼沙和杜斯妥也夫斯基皆已預見柯利亞將會成為一個「秉持基督教思想的、令人畏懼的社會主義者」。

寫作是一種「生活習慣」

這幾年來，我收到好幾封信函請教小說寫作的問題。通常有人詢問該從何下筆時，儘管無法保證成效，我總會提供自己學習法文的經驗談，建議對方一開始可以對照原文小說和新近譯本，從中歸納出文體。

不過，這個方法的重點擺在該如何持續寫作（暫且不論能否成為專業作家），因此，我推薦看得懂英文書的年輕人不妨閱讀弗蘭納里．奧康納[1]的書簡集 *The Habit of Being*（Farrar, Straus and Giroux）。今年春天，保有這本厚書原文風格並且經過妥善編輯的譯著已經出版，書名為《存在的習慣——弗蘭納里．奧康納書簡集》（日文版由橫山貞子編譯，筑摩書房）。

這位比我年長十歲的女士把自己對美國南部那些信奉天主教的貧苦農民的觀察，在她卓越的短篇小說裡詳盡描繪。眾所周知，奧康納一面與紅斑性狼瘡這種難治之症搏鬥（含有可體松成分的新藥當時正在研發），一面秉持堅決的毅力持續工作。她在母親的農場裡飼養

---

1 Flannery O' Connor（一九二五～一九六四），美國作家。

孔雀，也繪製獨樹一幟的油畫自畫像，更在這般孤獨的生活中留下了許多內容豐富有趣的信文。她在一些信裡直率地敘述自己怎樣寫小說、寫作在人生中的定位，並且進一步談及寫作與信仰的關係，還有如何落實於實際生活之中。

例如，她寫了這封信給年輕的劇作家：

「很高興聽到您喜歡我的短篇，並且覺得我的創作還大有可為。事實上，我的創作歷程曾多次遭遇瓶頸。不過，每當遇上瓶頸，我總會把稿紙扔進紙屑桶裡。因為我確信，為了瞭解自己，捨棄與保留同樣重要，有時候其重要性甚至超乎想像。」

她還寫過這樣的信給年輕的作家：

「不能因為自己寫的東西不符合其本質、未達標準，就把它撕毀丟棄。因為倘若沿用普遍的評論原則，有可能導致摒棄自我的本能。」

乍看之下，這兩封信的論述似乎相互矛盾，但是蘊含其中的重要教誨是，她基於對方與自己同樣從事寫作的立足點上，一再重申小說必須經過不斷的修改。

奧康納在演講和散文中都曾提過，幾乎可視為其精神導師的雅克・馬里頓[2]曾經賦予「習慣」獨特的意義。這位從法國移民到美國並於普林斯頓大學任教的哲學家與神學家認為，不分任何行業，只要持續從事，就能累積工作技能並且內化成為一種習慣，進而得以憑藉自己的力量克服一切困難。

奧康納的想法是，在漫長的歲月中培養出天天寫小說的習慣，這樣的經驗會轉化為寫作者的人格，變成生命的意志，而這些都將成為信仰的力量。

她曾這樣寫信給一位貌似沒有宗教信仰的作家，我讀了以後立刻反省立場相同的自己：

「既然寫作文章的長度是小說，包括我自己和其他每一位寫作者在內，都必須專注書寫最重要的課題，不可以分心在旁枝末節上。以我而言，最重要的課題就是後述二者彼此間的矛盾——找尋神聖事物的信念，以及充斥於現今時代對於神聖事物的懷疑。從古至今，深信不疑從來不是一件容易的事，尤其在我們這個時代，更是難上加難。」

但是奧康納接著補充，她無法接受自己創造出來的小說人物停滯在曖昧不明的狀態之中。當我看到以下這段鼓勵，立刻回想起前面那句補充說明，頓時精神一振，如獲至寶。

「您的短處是欠缺毅力，而不是活力不足。只要毅力和活力二者兼具，必定能夠堅持一再修改文章內容。」

2 Jacques Maritain（一八八二～一九七三），法國哲學家，信奉天主教。

奧康納的信仰讓我聯想到稍早看到的影片，亦即高中生在上個月的沖繩大規模集會活動上提出質疑，進而想起鐫刻在渡嘉敷島的戰爭紀念碑上的文字。那段文字節錄自信奉天主教的日本作家曾野綾子[3]女士的文章，以下由渡嘉敷島教育委員會發行的書刊予以引用：

「三月二十七日，在豪雨中遭到美軍攻擊追逼的島民聚集於恩納河畔等幾處地點。翌二十八日，不願死於敵手的島民選擇走上自盡之路。他們以一家人為單位、或與其他逃難者一同圍坐成圈，拔掉了手榴彈的插梢；有些島民則由身強體壯的父親或兄長親手斷送了虛弱無力的母親或妹妹的性命。這些行為的出發點是愛。短短數日之內，三百九十四名島民失去了生命。」（出自小學六年級社會課鄉土資料）

把他們逼上絕路的人只有美軍嗎？那些母親和幼兒是自己選擇送死的嗎？愛這個詞彙的意涵是這樣的嗎？

相信往後會有更多人提出更多質疑。

3 曾野綾子（一九三一～迄今），本名為三浦知壽子，日本作家，信奉天主教。

關於貶抑他人之商榷

以我這把歲數的人，搭乘新幹線時應該悠閒地欣賞窗外遠山近林的紅葉，可惜在這趟以被告身分前往大阪地方法院出庭應訊[1]的旅程中，光是忙著再次閱讀原告方陳述書以及大量的書面證據，已經讓坐在車廂裡的我焦頭爛額了。

尤其是原告方代理人德永信一律師在《正論》（二〇〇六年九月號）上發表的論文，足可視為對我個人的挑戰，所以我特別仔細讀了這份文件。以下文字引用自答辯狀：

「……在平成[2]十二年十月的司法制度改革審議會上，曾野綾子女士對於大江先生在《沖繩札記》裡基於『神的視角』將時任大尉的赤松入罪為『罪孽之巨塊』等文字譴責如下：那

1 在沖繩戰役中的座間味島日軍駐守指揮官梅澤裕，以及渡嘉敷島日軍駐守指揮官赤松嘉次之弟赤松秀一，於二〇〇五年向大阪地方法院對大江健三郎與岩波書店提起妨害名譽訴訟，要求停止出版《沖繩札記》並且登報道歉。二〇〇八年，一審宣判原告敗訴；同年，大阪高等法院駁回原告之訴；二〇一一年，最高法院同樣駁回原告之訴。

2 平成元年為一九八八年，平成十二年即為二〇〇〇年，後文類推。

段文字給赤松大尉貼上『此人猶如惡魔一般毫不在乎地犧牲了沖繩縣民的性命』的標籤，煽動民眾的仇視，運用『自詡為和平主義者，沒想到世上竟有如此惡人』的方式定罪時任大尉的赤松，更對赤松部隊隊員造成了極大的傷害……，這無疑是一種霸凌。」（出自上述審議會議事紀錄）

以下段落是從曾野女士著書《一個神話的背景——沖繩．渡嘉敷島的集體自盡》裡直接抄錄如後：

「大江健三郎先生於《沖繩札記》中如此寫道：

「『想必慶良間集體自盡事件的責任歸屬者，亦是一直不斷試著欺瞞自己和矇騙他人吧。（中略）……站在那以一個人能夠贖罪的範圍而言，實在過於巨大的罪孽之巨塊面前。』

「換做是我，萬萬不敢寫得如此斬釘截鐵。基於以下兩個理由，我絕不會使用『巨大的罪孽之巨塊』這種最嚴厲的控訴文字：

「第一，身為一個公民，我沒有把握能夠確認事實。因為，我當時不在那個現場；

第二，身為一個人，我沒有確切的事證足以證明他人的心理狀態，尤其是『罪孽』。因為，我不是神。』」

在我之前提供了證詞的原告赤松秀一先生已經明確表示，自己是從曾野女士的著作裡得知《沖繩札記》的內容，後來雖然拿到了《沖繩札記》，但也只是大致瀏覽一下而已。可以想見，另一位原告梅澤裕先生憤怒的理由，同樣不是直接閱讀《沖繩札記》，而是受到《一個神話的背景》的誤導所致。兩位原告均認為我把駐守慶良間列島的守備隊長視為「罪大惡極之人」，然而別說是罪大惡極之人了，遍尋整部《沖繩札記》，就連惡人這個詞彙，我連一次也沒有用過。

從日本軍隊、駐紮沖繩的第三十二軍，乃至於在兩座島嶼上的守備隊，正是這個縱向的結構逼迫了多達四百三十名島民「集體自盡」而亡。我並非基於「神的視角」，而是從人類的觀點批判這項「罪孽」。我從未認為這種戰爭的罪行是出自某一個人（由於他是惡人之故）的行徑。

我在庭上說明了曾野綾子女士的立論基礎來自於對文本的錯誤解讀。在此將《沖繩札記》裡具有爭議的部分加粗標示，引用如後：

> 「我祈願他能保有清晰的神智存活於世，站在那以一個人能夠贖罪的範圍而言，實在過於巨大的**罪孽之巨塊面前**。」

此處的**他**，是指渡嘉敷島的守備隊長；至於**罪孽之巨塊**，則是形容「數量龐大的屍體」。如果把這段話解讀成「站在其**面前**的**他**就是**罪孽之巨塊**」，無疑是文法邏輯的謬誤。

寫下這段文字的時候，我不想採取「橫躺在渡嘉敷島山裡那三百多具屍體」的方式來表述。當年準備升學考試時使用綠色封皮的企鵝叢書研習英文的我，曾在「屍體消失的殺人事件」之類的小說中，學到了 corpus delicti 的意思是他殺屍體。從拉丁文的語源分析，corpus 是指身體、有形之物，而 delicti 則是罪惡的。我把 corpus delicti 這個詞句直接翻譯成日文的「罪孽之塊」，再加上一個字變成「罪孽之巨塊」以形容其數量的龐大。

不過，假如只用**巨大的巨塊**，那就是同義詞的重疊了；然而寫在「罪孽之巨塊」前面的是**實在過於巨大的**，很明顯地是用來強調巨塊一詞中的「巨」這個漢字了。

在直接詰問的尾聲，被告律師秋山幹男先生請我唸誦書面證據之一的《一個神話的背景》其中一段文字。

那段文字的背景是，「集體自盡」事件發生之際，當時在赤松嘉次大尉底下擔任中隊長的富野稔少尉後來轉任自衛隊一等佐官之職，曾野女士前去他工作的地方進行訪談，這段談話內容後來成為曾野女士那本書最重要的核心部分：

「坦白說，我實在難以想像那些人以身殉國的高尚事蹟，為什麼到了戰爭結束後卻被說成是遭到下令逼迫的舉動，居然要用這種方式自我貶抑那般崇高的慷慨赴義呢（**自我**一詞出自原文）？我真的無法理解。」

「我相信，講出這種話的人，才是在貶抑他人。」說完這句話，我的證詞就此結束。

現代的「愉悅的知識」

那時，我還是個在東京求學的學生。某個秋日，我從一張小傳單上得知深瀨基寬教授的「退休講義」將於翌日在京都授課[1]。我趕忙搭上夜車前往，好不容易抵達那所大學，可是去教務處的承辦窗口詢問時，卻被要求提供身分證件。

承辦人好意告知，只要曾在其他地方報名上過教授的密集課程，即使不是本校學生也可以聽講。我資格不符，急中生智擠出一句：「我是借用教授翻譯的奧登[2]詩句《在看之前跳吧》（新潮文庫）為題寫了小說的作者！」話聲方落，室內頓時轟然大笑，我只得紅著一張臉離開了辦公室。

十年過後，我讀了收錄那堂講義內容的書，意識到自己當年即使獲得允許聽講大概也無法理解，在那之後持續閱讀教授的著作是正確的決定。那堂講義的紀錄便是在《深瀨基寬集》第一卷（筑摩書房）裡的〈愉悅的知識〉。

我進入大學的通識教育學院就讀後，馬上去學生福利社買了深瀨基寬翻譯的《艾略特》，理由是該譯本附有英詩的原文，隔年又買到《奧登詩集》並且愛不釋手，決定今後就仰賴這位英國文學專家的譯文閱讀英文現代詩。

其中，W．H．奧登的這個詩節尤其令我感動：

「啊，聽見了，聽見從上海湧出的游擊戰那遠方的窸窸窣窣傳到我的眼前，緊接著是『人類』的叫嚷聲——**『告訴我們怎樣才能在瘋狂中活下去啊！』**」

日本海軍陸戰隊的上海會戰發生在我出生的三年前。當時有位詩人在英國獲悉這條外電之後，給了這樣的回應。他一方面批判現實政治，同時展現人類的靈魂。一個二十歲的日本人讀到這節譯詩和原詩，心裡大受撼動——原來，文學有如此強大的力量⋯⋯。

二十三歲的我雖然踏進京都大學的校園，卻沒有勇氣繼續向前邁出一步就逃了出來，直到後來讀到那堂講義的文本時，已是三十三歲了。我再次精讀《奧登詩集》的譯文和評析，從先前引用的詩句裡摘出題名，寫下一部中篇小說[3]。小說內容與我本身和出生時雖有頭部畸

---

1 一九五九年九月十六日，深瀨基寬教授自京都大學退休前的最後一堂課，題目是〈愉悅的知識——退休講義〉，並於講課中提到尼采的著作也有一篇標題近似的文章，但內容應該大相徑庭。

2 Wystan Hugh Auden（一九〇七～一九七三），英裔美籍詩人，領導一九三〇年代的新詩運動。

形幸而存活下來的長子的私生活密切相關，然而我確信那就是自己的靈魂。其後，我嘗試將寫作方向轉至直面社會現況（採用奧登聽到上海的消息之後喚起激情的方法），於是開始著手撰寫《沖繩札記》。

在學習及領悟深瀨兄（這般親暱的稱呼我只敢用在和自己對話的時候）所說的「愉悅的知識」之後，這對於成為小說家、並於進入壯年後尋找寫作轉機的我發揮了極大的影響力，甚至令我在重新閱讀時為之震懾不已。

深瀨兄在講課時提到，當時物理學界譯為「界面」此一術語的 interface（近期的辭典解釋為兩種異質物的接觸面或接觸點，或是橫跨雙方的領域）乃是內部和外部有效交流的特殊場所，並且介紹將其應用於詩歌上的相關論述。

他說，詩人藉助這種手法將內在的靈魂與外在的現實兩相對照，這個術語不論用在社會面或是用在神祕的冀求上，都可以得到同樣的呈現效果。接著，他舉了一個非常貼切的例子，亦即狄蘭．托馬斯[4]的一句詩：

"Rage, rage against the dying of the light!"[5]

為了給試著自行翻譯的聽眾一點提示，他還補充了以下的分析：

「Rage的語意是『暴怒』，這裡引申為咆哮怒斥，也就是讓人儘管發狂的意思，所以這句詩可以譯為『咆哮吧，怒斥吧，我不惜發狂只為守護那一道光！』」

假如印在報紙上，這樣的用語並不妥當；但在那個秋高氣爽的日子裡的那群京都聽眾，應當從深瀨兄的話語中精準無誤地了解到他對於人性的深切洞察，以及對於現狀的尖銳批判。深瀨兄在這最後一堂課的尾聲告訴大家，那位詩人的話語，化為活在同一時代的他所擁有的「愉悅的知識」；儘管此刻面臨現代文明的光輝即將熄滅的危機，然而我們**必須不惜瀕臨發狂**，亦要矢志為守住那道光輝而繼續振筆疾書。

年輕時的我看不懂現代詩，這個理由鞭策了進入大學深造的目標原本是培養法國小說閱讀能力的我。我開始拿深瀨君的著作研讀，以訓練自己進一步理解英詩。

後來我發現，多年來小說寫作的歷程，亦是透過深瀨兄說的interface理論，讓自己內心與

---

3 該部中篇小說的標題即為《告訴我們怎樣才能在瘋狂中活下去啊！》。一九六九年，由新潮社發行同名短篇暨中篇文集。

4 Dylan Thomas（一九一四～一九五三），威爾斯詩人。

5 出自狄蘭・托馬斯寫給病危父親的一首詩《不要溫和地走進那個良夜》（*Do not go gentle into that good night*），表達對死神將人帶離這個世界的憤怒。

粗野的外在相互磨合，從而展現出作品的真實性，甚至淬鍊了我的人生哲學。

基於個人的體悟，我期許年輕朋友們盡快找到屬於自己的「愉悅的知識」，如此才能迎戰前所未見的現代危機。

來自側耳傾聽的「真實的文體」

我在這個隨筆專欄裡提過好幾次，每年年初，自己總會久違地窩在書庫裡享受閱讀的陶冶，或者費勁清理用不著的藏書。今（二〇〇八）年，我用了一整天的時間在這裡尋找一件有點印象但記不分明的東西。

為了完成「有朝一日為兒童寫一本大書」的心願，多年來蒐集的資料已經疊了好幾箱。我一方面催促自己儘快著手，另一方面又覺得還沒有醞釀出足夠成熟的文體來撰寫那本書，這兩種心情不斷交織糾葛。今年，我特別想從那些紙箱裡翻找出冀求的物件。

去年我出版了一部小說，書名是《優美的安娜貝爾·李 寒徹戰慄早逝去》（新潮社）。十七歲那年，我初次讀到日夏耿之介[1]翻譯的《愛倫·坡[2]詩集》。當時我國仍被占領[3]，連外縣市亦設有美國文化中心，我就在那裡的圖書室抄寫了詩集的原文……後來，在書庫裡發現的

1 夏耿之介（一八九〇～一九七一），日本詩人暨英國文學研究家。
2 Edgar Allan Poe（一八〇九～一八四九），美國詩人、作家、編輯暨文學評論家。

那冊詩集，啟發了我的**創作靈感**[4]。寫完這部小說，要把日後要為兒童寫書的資料放回箱子的時候，我心裡隱約覺得似乎有件物品與「安娜貝爾・李」有關。

最後，我終於找到了。原來是從君特・格拉斯[5]的《鐵皮鼓》[6]（日文版由高本研一[7]翻譯，集英社文庫）中抄錄下來的卡片。卡片上抄寫的是撰寫該書解說的川村二郎[8]先生指出格拉斯**仿效**愛倫・坡的著名詩作寫下一首短詩，並且在引用的譯文後面表示：「那段描述相當猥褻，對於喪失之美傾注無比純粹的悲哀。」看到這段文字，我膽戰心驚地思忖：萬一是自己的小說得到這樣的評論，我能否擔當得起？

我用橡皮筋捆起的那疊卡片，其中大半是從《鐵皮鼓》裡摘錄下來的。這部作品是納粹統治時期的當代史，描繪一個少年在三歲生日那天決定摔落地下室以停止身體的成長，並以拍打鐵皮鼓和發出尖叫聲做為表述自我的方式。

我查看標注在卡片上的日期，原來抄寫這些卡片的時候，兒子光正值四歲，當時被診斷出智力發育遲緩，以及對於聲音（還包括音樂）的感知特別敏銳。事實上，格拉斯的長篇小說深深鼓舞了我。其後這位作家造訪日本時，我恰有機會與他進行對談，並且建立了深厚的友誼。

我們不但在東西德統一的第二天舉行了公開談話，甚至在諾貝爾獎設立百年紀念會上，坐在聽眾席的格拉斯也參與了我和納丁・戈迪默[9]、高行健等人的座談會討論。還有，藉由《朝日新聞》的專欄，格拉斯與我陸陸續續通過四封信，他在其中一封信裡寫道，第二次世界大戰的尾聲，德軍節節敗退，在撤離法國的途中，那些德國少年兵被本國軍隊以臨陣脫逃的罪名處以死刑，吊死在行道樹上。格拉斯呼籲恢復那些德國少年兵的名譽，我也在連署書上簽了名。

光陰似箭，前年，格拉斯於自傳裡坦承自己在少年時代曾是納粹武裝親衛隊的隊員，從

3 指日本於第二次世界大戰戰敗後，由美國為首的同盟國實施軍事占領的時期。時間自一九四五年九月二日日本正式投降之後開始，至一九五二年四月二十八日《舊金山和約》生效後結束。在這段期間內，日本政府的一切運作皆受到同盟國駐日最高司令官總司令部（GHQ）的實質控制。

4 本書作者創作《優美的安娜貝爾・李 寒徹戰慄早逝去》一書的緣起，來自於愛倫・坡著名詩作〈安娜貝爾・李〉（*Annabel Lee*）。

5 Günter Wilhelm Grass（一九二七～二〇一五），德國作家，一九九九年諾貝爾文學獎得主。

6《鐵皮鼓》（*Die Blechtrommel*）是君特・格拉斯一九五九年的小說，屬於代表作「但澤三部曲」的第一部。另外兩部為一九六一年的《貓與老鼠》與一九六三年的《非常歲月》。

7 高本研一（一九二六～二〇一〇），日本的德國文學研究家暨翻譯家。

8 川村二郎（一九二八～二〇〇八），日本文藝評論家、德國文學研究家暨翻譯家。

9 Nadine Gordimer（一九二三～二〇一四），南非作家，一九九一年諾貝爾文學獎得主。

而引發德國國內乃至歐洲諸國的各方批判，我以有限的外語能力閱讀了原文書裡平鋪直敘的相關段落。接著是去年，格拉斯的詩畫集《獻給不閱讀者的禮物》（日文版由飯吉光夫[10]翻譯，西村書店）正式面市，即使在日本這個注重設計的國家也稱得上是一本美麗的書冊，其中一首短詩吸引了我的注意：

那台使用已久的打字機，
算不清我曾用它編織過多少謊言，
但每一次改稿，縱然只是一處繕打錯誤，
都將成為試圖接近真實的證人。

從這首附有格拉斯以漂亮的藍色水彩畫出愛用打字機插圖的詩作裡，我感受到他一直傾聽著記憶中那個歷經痛苦往事的少年的聲音。而我期待的正是作家能夠藉此形成一種真實的文體，寫出另一個新的故事。

包括那個只能用拍打鐵皮鼓和尖叫聲來自我表述的三歲幼童，以及被定罪是逃兵而吊死的那些少年兵，格拉斯窮盡畢生陪伴在旁，傾聽他們的聲音，聆聽他們的沉默。我想到，當妻子循循善誘著這個貌似沒有任何表述意志的孩子發出聲音，而我在旁邊透過自己的觀察（以及從書裡學到的方式），夢想著將來能代替孩子發聲表述。

在那些「有朝一日為兒童寫一本大書」的資料箱裡，也有三十年前抄寫《沖繩縣史》第十卷的卡片。卡片上抄錄的是時任守備隊長副官的知念朝睦少尉（從姓名可以清楚辨識出他是沖繩人）的親筆手記，裡面記載了從渡嘉敷島民被強迫集體自盡以後，一直到日本軍隊投降為止之間發生的事情。

「……兩名少年被美軍俘獲之後逃了出來，逃到步哨線時又被日軍抓到，帶進了指揮部。赤松隊長詰問兩名少年：『你們身為皇民竟淪為俘虜，該如何洗刷這個汙名？』兩個少年回答：『以死明志！』他們就這樣吊死在樹上了。」

我渴望能在暗夜的樹蔭下側耳傾聽，聽見那兩名少年的聲音。

10 飯吉光夫（一九五五～迄今），日本的德國文學研究家暨翻譯家。

突破困境的人類應當秉持的原則

我在學生時代養成了一個習慣，直到今天也偶爾這麼做，那就是從正在閱讀的書裡摘出一段謄寫到卡片上，若是外語就加上譯文，以備日後正確引述。最近常發現自己雖然記得某個段落，卻想不起來是從哪本書裡節錄下來的。

世界筆會即將於二〇〇八年二月二十二日起在東京舉辦論壇，本次主題為「災害與文化」，我受邀發表演說。準備演講內容的時候，我計畫引述記憶中的一段話，並把相關原文轉交給同步口譯員以便翻譯給外國來賓聽。我只記得出處是莎士比亞的作品，馬上想到──啊，請教高橋康也先生就行了！然而下一秒我旋即意識到這位學者朋友已經不在人世，不禁更加沮喪。

妻子見狀，問我那段話的大意，我告訴她，「妳一定聽我講過，那是一位法國小說家引用了莎士比亞的文字，長度大約兩行左右，我把它抄在卡片上譯成日文還經常掛在嘴邊……我只記得其中一句是『不可以出現那種想法』。」

我曾多次寫道，清掉讀過的書是我工作的一環，然而妻子屬於「但凡對人生有重要意義的書，不是該**全數**完整保存起來嗎？」的類型。她剛從高校畢業就認識我了，我們**邂逅的緣起**是朋友[1]的母親抱怨戰爭開打不久時出版的圖書《小熊維尼》和《小熊維尼和老灰驢的家》[2]（日文版由今年榮獲朝日獎的石井桃子[3]女士所譯）借給女兒後遺失了，問我能否找到？我不負所託，很快就把書送了過去，隨後收到一封感謝信，並且至今仍然與其令媛相守相依。

幾天後，妻子遞給我一本弗朗索瓦絲・薩岡[4]的企鵝叢書英譯本。這本小說的扉頁印有《馬克白》的引文，採用女性溫柔的詢問口吻作為那段情節的尾聲。在第二幕第二場，馬克白在殺害鄧肯國王之後懊悔不已，而馬克白夫人對丈夫厲聲斥責的這段**台詞**則充分展現出薩岡

1 指本書作者的妻舅伊丹十三。

2 童話故事集《小熊維尼》（*Winnie-the-Pooh*，一九二六年）與《小熊維尼和老灰驢的家》（*The House At Pooh Corner*，一九二八年），以及童詩集《當我們很小的時候》（*When We Were Very Young*，一九二四年）與《我們已經六歲了》（*Now We Are Six*，一九二七年），以上四本書合稱為「小熊維尼全集」，作者為英國作家艾倫・亞歷山大・米恩（Alan Alexander Milne，通常縮寫為A. A. Milne，一八八二～一九五六），插圖由英國插畫家厄尼司特・霍華・謝波特（Ernest Howard Shepard，通常縮寫為E. H. Shepard，一八七九～一九七六）繪製，此時的畫風稱為古典維尼，與後來迪士尼版的小熊維尼略有不同。

3 石井桃子（一九〇七～二〇〇八），日本兒童文學作家暨翻譯家。

4 Francoise Sagan（一九三五～二〇〇四），法國作家、劇作家暨編輯。

風格的嘲諷：

「事已至此，不能總是擱在心上，再這樣下去會把我們逼瘋的。」（日文版由木下順二[5]翻譯）

這一本妻子用印有威廉·莫里斯[6]花紋的包裝紙裹上封皮的書是 *Those without Shadows*（而我讀的版本則是 *Dans un mois, dans un an*）[7]，看到出版日期為一九六一年，頓時勾起許多往事。

在這個譯本出版兩年後，有著頭部疾患的長子光誕生了，動了手術之後成功保住一命，但是忐忑不安的我向醫師們請教得知的日後可能發生狀況，隨即轉述給妻子聽的時候，為了激勵對未來抱持悲觀態度的自己，「不可以出現那種想法」**云云**，幾乎成了我的口頭禪。

妻子倒是從一開始就以與生俱來的樂觀性格，正向思考光的問題。聽說她為了弄清楚薩岡究竟是在什麼樣的前文後語中引述這段文字的，於是（從神保町買來這本書）特別讀了一遍。

話題拉回我們筆會即將舉行的論壇。據說會場所在地的東京有很高的機率會發生七級震度的直下型地震，這項專家提出的警告令我不得不嚴肅正視。光不僅智力發展遲緩，還有身體上的障礙，我眼前唯一浮現的是我們這對老夫妻帶著他東奔西逃的光景，心裡明白自己沒有資格提供什麼真正有效的建議。

不過，我至少知道，人類在創造與發展文化的同時還必須守護這一切，無論不久的將來有多麼可怕，一個理性的人類所不該出現的那種想法是絕對不可以的。

為了能在論壇中廣為周知這項原則，我把希望寄託在恰於論壇第一天舉行首演的井上廈先生的朗讀劇《少年口傳隊一九四五》。劇中提到的「小男孩」是美國空軍士兵對那枚在廣島投下的原子彈的暱稱，「大颱風」則是在原子彈轟炸後不久襲捲了中國地區[8]的颱風。我想，井上廈先生應該會在作品裡明確描繪出「災害的人為要素」與「異常的自然現象」這一對上個世紀最惡劣的組合陣容，還會在故事裡敘述人類如何突破了那樣的困境。

這場演講，我打算從發生在自己家庭裡的個人規模的災害，乃至於社會規模的大型災害，此二者之間是**透過**什麼樣的思想連結開始談起。四十五年前的夏天，我有幸在廣島原爆

---

5 木下順二（一九一四～二〇〇六），日本劇作家暨評論家。

6 William Morris（一八三四～一八九六），英國工業設計家暨畫家，工藝美術運動的領導人之一，亦為詩人及小說家。

7 弗朗索瓦絲・薩岡的小說《一月之後、一年之後》，英文書名為 *Those without Shadows*，法文書名為 *Dans un mois, dans un an*。

8 為日本本州西部的通稱，包括現今的鳥取縣、島根縣、岡山縣、廣島縣、山口縣。

輻射症醫院見到重藤文夫博士，他本人在轟炸當下同樣受到輻射線的傷害，仍然盡力找來「油和紅藥水」[9]立刻治療大量傷患，其後更一路見證了原子彈輻射的所有症狀表現。我從這位先生身上學到了如何在困境中「正確思考的方法」。

9 當時多數醫療資材幾乎都被焚燬，傷患身上燒傷的部位只能拿食用油或機油塗敷，開放性的傷口則是用紅藥水塗抹。

世界的順序就這樣由下而上改變

三月初，九條會舉辦了一場演講會，主題是「繼承小田實先生遺志」。他實踐自己的思想以改變現實，同時藉此進一步深化思想。我很尊敬這位具有多重身分的「有志之人」，但基於本身不曾跨出小說領域之外，我在演講中僅就小田實的小說表示看法。

林京子[1]女士在悼念小田先生的文章裡提到，他的《HIROSHIMA》[2]與其說是原爆文學[3]，更應該譽為具有普遍性的世界文學。我對林女士的看法深有同感，並且殷切盼望這一冊屬於講談社文藝文庫系列的作品能夠重新發行（這個願望已經實現了）。

林女士身為長崎原子彈轟炸[4]的輻射受害者，寫下了對於人類史上首度進行核子試驗[5]的

1　林京子（一九三〇～二〇一七），日本作家，長崎原子彈轟炸的倖存者。
2　HIROSHIMA為廣島的羅馬拼音。該書於一九八一年由講談社出版。
3　以原子彈轟炸或爆炸，以及其後的輻射傷害為主題的文學作品。
4　歷史上首次於戰爭中使用原子彈武器是美軍於一九四五年八月六日向日本廣島投下第一枚原子彈，三天後的八月九日，美軍再向日本長崎投下第二枚原子彈，六天後的八月十五日，日本政府宣布投降。

「Ground Zero」[6]所做的深切省察（我希望大家不要忘記如今用來指九一一[7]遺址的這個名詞其最初的意涵），而小田先生同樣以核子試驗之前的美國南部的原野做為小說創作的背景。

「原野適合用來奔跑。實際上，以前約翰成天都在那裡奔跑。」故事敘述一群住在這片原野上的印第安人、日裔美國人、黑人和貧窮的白人，他們性格各異，屬於投擲原子彈的國家人民；此外，故事也對被投下原子彈的另一個國家多所著墨。小田實淋漓盡致地發揮其「全方位小說家」雄健渾厚的功力。

不過，最能展現小田實小說風格的高潮，就在描繪某家慈善醫院免費治療病房的第三章，背景是第二次世界大戰後包括越南戰爭在內的那段時期。故事的敘述者是一名印地安老人，而治療他們的醫生被稱為「黑大個兒」。

「都怪礦場害我這條漢子得了肺癌，被人剖開胸膛動手術——那人移動著來自剛果的黝黑胳膊，緩緩翕動著豐厚的深紅色嘴唇告訴我，這是他第十次開刀治療和我一樣在鈾礦場工作而罹患肺癌的印第安人了。說完，他望著我，猶如一頭難過的大象流露出哀戚的目光。他用眼神告訴我，自己連一個人都沒能救回來。」

一個盲眼的日裔少年住進這間病房。他的父母由於飲用鈾礦場的地下水而罹癌死亡，他同樣得了癌症，還說自己其實是另一個名叫朗的印地安少年。在小說的前半部寫道，這個印地安部落有一則神話描述世界滅亡之後會再度重生。朗在前一個世界裡因為近距離目睹在「Ground Zero」的試爆而喪失了視力。日裔少年說，朗的記憶完整保存在他的腦中，自己正在這個世界裡受苦受難。

另一名病患是前任海軍陸戰隊隊員的白人葛雷，他在越南戰爭時參加了預備使用核武所進行的祕密訓練而受到輻射，現在剛做完癌症手術。

講故事的老人敘述了他們飽受過去在戰場上的經歷、前世的記憶等等噩夢摧殘折磨的情形，並且加入了自己如神話般的幻想。也許部分讀者懷疑，如此極端的變故統統發生在書中人物的身上，未免太奇怪了。針對這項疑問，只要回答這些狀況在二十世紀後半葉一而再、再而三出現，想必那些讀者也就無法反駁了。

小田實的這部小說是在一九八一年出版的，他於第三章使用的寫作技巧，在此前約莫十

5 又稱核武試爆，第一代核武通常稱為原子彈，另外還有氫彈、中子彈等具有極大殺傷力的核子武器。

6 原爆點，狹義是原子彈爆炸時投影至地面的中心點，廣義則為何大規模爆炸的中心點。以前較常指日本廣島原子彈轟炸或長崎原子彈轟炸的中心點，後來也用於九一一恐怖攻擊事件中的美國紐約世界貿易中心雙塔遺址。

7 九一一恐怖攻擊事件。發生於二〇〇一年九月十一日的一系列自殺式恐怖攻擊，造成美國本土的重大傷亡。

年間的世界文學舞臺上已經形成一股新潮流。包括拉丁美洲的加布列・賈西亞・馬奎斯[8]、中國的莫言[9]，乃至於我本人，皆在這股潮流當中。小田實最初研究的是希臘古典文學，也是一位密切關注海外文學動態的寫作者，他的獨特之處在於始終保持與社會現狀的緊密連結。

詭異的激情在病房裡逐漸高漲，白宮派來的直升機已經抵達，邀請這些核子時代的犧牲者和醫師出席美國總統和日本政治領導人會面的慶祝活動。他們於是興高采烈地準備禮物。一行人前往「Ground Zero」，首先全體朝地面小便，隨後挖出濡濕的泥土（當然已被放射線汙染）裝入沉重的鉛箱裡，再搬上直升機，這才飛往白宮。正當直升機即將降落在白宮前院的時候突然失速，鉛箱裡滿滿的泥土盡數撒落在慶祝活動出席人士的身上……。盲眼少年低聲說道：「世界的順序就這樣由下而上改變。」

可惜，這一切只是病患們的幻想。「黑大個兒」環顧病床，囁囁說道：「他們死了……大家都死了。」生前是一位「有志之人」的小田實，在描繪了奔放不羈的未來圖景之後，宣告了共同擁有這一幕幻想的人已經全部死亡，以充滿悲哀的情景結束了小說，令我深受感動。小田實在世之時，亦是一位無比憂傷之人。

8 Gabriel García Márquez（一九二七～二〇一四），哥倫比亞作家、記者暨社會活動家，一九八二年諾貝爾文學獎得主，代表作為《百年孤寂》。

9 莫言（一九五五～迄今），中國作家，二〇一二年諾貝爾文學獎得主。

步入老年，如同寫日記那般寫詩

每當從事研究的朋友讓我參觀書櫃，總會讓我覺得自己只是個業餘的愛書人。儘管如此（或者正因為如此？），家中臥房牆邊擺滿了從我十六、七歲以來蒙受其影響至今的文學家和思想家的重要著述，這樣的安排是希望自己能在這些藏書當中迎來真正覽畢群書的那一天。

這一年，陳列在臥房書架上的書籍，以西脇順三郎[1]的著作為主。

我在四十一歲時去了墨西哥城，每週授課一次，其餘時間閉居公寓撰寫《代跑者備忘錄》[2]（新潮文庫），回國之後出版，無奈換來的是一片惡評。但是該年年底，我收到一張明信片，上面寫著：「今後將是詼諧的時代。西脇順三郎。」

我也曉得這位研究英國文學的學者恰於艾略特出版《荒原》、喬伊斯[3]出版《尤利西斯》的同一年[4]前往英國留學，就在西歐二十世紀文學的現場身歷其境。然而那時候的我，實在無法理解這位彼時高齡八十二歲的大詩人的作品，因而沒有把握自己的風格是否屬於這位大前輩所謂的詼諧，也提不起勇氣回信。

事隔多年，拿起這本《代跑者備忘錄》重讀一遍，感受到自己年輕時的創作確實努力趕上如今我已熟悉的這位大詩人那種幽默與機智兼備的精神運動，頓時得到了鼓舞。

這部小說敘述的是父親與智能障礙的兒子，兩人的精神年齡各自經過了轉換，兒子變成一個沉默寡言但性格穩重的成年人，至於重拾青少年特有的魯莽與朝氣的父親，則對於充斥於整個東京的壓抑式威權不停地示威抗議。這些過程都寫在信上交給啟智學校的另一位家長會成員，由身為作家的他代筆轉述。

有意思的是，此時此刻在我的家庭裡，正好映現出這對父子的縮影。長子的智能程度儘管一如往昔，仍舊在寧靜的生活中持續作曲；父親雖已步入老年，卻依然在文壇上不斷引發爭議。至於居間維持平衡的角色，則是做事周到又勤快的母親。

自從讀了艾略特的《四個四重奏》譯本之後，我開始對詩人產生濃厚的興趣。過了三年，《西脇順三郎作品集》與新倉俊一[5]著的《西脇順三郎評傳》（以上皆為慶應大學出版會）

1　西脇順三郎（一八九四～一九八二），日本詩人暨英國文學研究家。
2　本書作者於一九七六年出版的長篇小說。
3　James Augustine Aloysius Joyce（一八八二～一九四一），愛爾蘭詩人暨作家。
4　《荒原》（*The Waste Land*）與《尤利西斯》（*Ulysses*）皆於一九二二年出版。

面世，我又一次被領進了西脇順三郎的世界裡。這些年來，我常把每天發生的事以及讀書心得寫在卡片上，其中包含幾首自以為頗具西脇風格的詩，當然，只是粗淺的新手仿作罷了。

讀過知性的新手小說家
那精采的細節。
早晨的街路，
女孩瞥見有東西在電線桿旁
高撅屁股拉屎，
以為是小狗，
忽地驚覺是一名男性遊民，
她走了幾步，吐了出來。
等待情緒平復之後，
她重整儀容，走向車站。

這是年輕女性應有的品格

我帶了兒子出來
訓練他走路。
來到運河旁的步道上，
他的癲癇似乎快要發作。
他的鬱悶，
表現在外表
和內心深處。
他休息一下
再慢慢走，走走停停，
抵達了位於高地的家屋。
我因某種成就感躺在沙發上，

5 新倉俊一（一九三二～二〇〇二），日本的法國文學研究家。

正讀著《沒有返回的旅人》，
妻子捧著那坨裹在兒子內衣裡的穢物，
勢如奔馬，從眼前一閃而過，
似乎要去二樓廁所善後。
通往浴室的路上，
在微暗的走廊裡，
兒子四肢趴伏著，
兩條肥胖的大腿
托現出粉紅白皙的屁股，
（我想起不曾見過的「底比斯的大門」！）
等人來善後。
倘若這事發生在
星期日熙來攘往的步道上，
我這慌忙無措的老人只能呆立原處。

在害怕和極力忍耐的
這種安然中有一種悲哀。
一種似曾相見的人生的妙奇。

在我的作家生涯中，那些收在箱子裡的卡片就是小說細節的寫作素材。若是現在和以後來不及多寫幾部小說，我打算滿心喜悅地修改潤飾卡片上的詩作，彙整成私家版詩集，題名為《遺物之歌》，然後分送給多年熟識（以及新結交）的知己好友。

我並且期盼，在各自專精的領域成就斐然、目前身分是一介業餘知識人的每一位，都能出版一本像這樣的詩集。

顯露在臉上的歷史、傳統和文化

伊丹十三曾經找我商量，說他想將司馬遼太郎[1]的作品拍攝成與大佛次郎[2]《天皇的世紀》同一系列的電視影集。我建議他不妨找司馬先生懇談，保證自己一定會抱持如履薄冰的態度，謹慎而周詳地製作這部影集。

可惜這件合作案未能談成。我後來遇到司馬先生，對方十分感慨地表示：「他真是個異人哪！」我頗有同感地附和：「十七歲見到他時，我就是這個感覺！」

我們通常用**異人**[3]這個名詞來形容某人簡直變成另一個人，或是指帶走了紅鞋女孩的那個人[4]。不過，我讀高中時從父親的遺物《漢和辭典》裡查到，這個名詞還有其他的語意是傑出之人、異於常人。除了這兩種語意層疊在一起，再加上第一眼就直覺對方絕非泛泛之輩——如此特殊的人物就是我轉學後結交的朋友伊丹。

我開始寫小說不久，便在編輯的引見之下認識了安部公房[5]，是我個人相當敬愛的作家。聽說司馬遼太郎先生與晚年的安部公房交誼密切（基於政治立場不同，彼時我與安部先生已不再往來），有一回司馬先生很高興地告訴我，他發現安部公房也是一位異人。

剛認識安部先生時，他問過我：「你應該不知道大象的妊娠月數吧。」由於我手上有幾本傑拉爾德．達雷爾[6]的動物採集記，因此立刻回答：「十八到二十二個月，通常是十九個月」。身為畫家的真知夫人[7]從旁補充：「安部就因為不曉得這個答案，沒能通過東大的補考呢。」

當時我半信半疑，直到今年五月，我受邀於東大醫學部暨醫學部附屬醫院創立一百五十週年紀念會上演講，準備講稿時閱讀剛收到的《醫學生與他們的時代——從東京大學醫學部畢業紀念冊回顧日本近代醫學發展史》（中央公論新社）之際有了驚奇的發現。

1 司馬遼太郎（一九二三～一九九六），日本歷史小說家。
2 大佛次郎（一八九七～一九七三），日本小說家。
3 日文「異人」的詞義包括其他人、另一個人、奇人異士或西洋人等等。
4 日本知名童謠〈紅鞋子〉（野口雨情作詞、本居長世作曲，一九二二年）的歌詞描述有個穿紅鞋的小女孩被洋人從橫濱碼頭帶上船飄洋過海、住在洋人家裡了，每次看到紅鞋子就會想起那個小女孩。
5 安部公房（一九二四～一九九三），日本小說家暨劇作家。
6 Gerald Malcolm Durrell（一九二五～一九九五），英國博物學家暨紀實作家，致力於保護動物。
7 本名山田真知子（一九二六～一九九三），日本舞台設計家暨書籍裝幀家，與安部公房結婚後以安部真知之名從事藝術活動。

書中有一幀安部公房面露憂鬱的相片。那一年的畢業考是由婦產科的長谷川敏雄教授擔任主考官，安部先生允諾日後以作家為畢生志業，絕不行醫，這才被准予畢業。長谷川教授後來為自己讓這個天才延畢一年表達了歉意……。

同一頁還有一九四三年畢業的十二名醫學生的相片，上面標注著其中四人已於戰場捐軀。後面那排最右邊的醫學生是唯一沒有戴帽的人，相貌端正但帶有異人的神態，他正是年輕的加藤周一[8]。

加藤先生進入佐佐內科專攻血液學，其後前往索邦大學以及巴斯德研究所留學。可是後來他不再研究醫學，轉而埋首執筆，於海內外的大學講授日本文學和思想史。以下自《鐵門俱樂部創立百年紀念專刊》裡引用加藤先生文章的後半部分：

「在我心裡，臨床醫學與文學具有什麼樣的相關性呢？二者並沒有直接的關聯。我不喜歡任何形式的折衷主義。然而，這不表示待在研究室的那段經驗對我的文字沒有影響。我想，尊重事實和合理推論的習慣，遍布我所有作品的每一個角落。」

加藤周一先生要求精確且充滿自信的態度保持至今，委實令人讚嘆。另外，我還想寫出一件事，或許世上只剩下我能夠證明這件事的真實性了。

渡邊一夫教授過世後，師母給了我一本教授珍藏的瑪格麗特．尤瑟娜[9]小說，並說這本書是他與與赫伯特．諾曼[10]先生之間的回憶。諾曼在署於一九五二年八月的致渡邊先生扉頁獻詞裡寫道：「在剛結束的巴黎任期內，有幾件事令我印象深刻：這本新書、一位西班牙政治家舊識的千金瑪麗亞．卡薩雷斯[11]身為外國人竟能在法蘭西喜劇院精湛演出，以及你那位年輕的醫學研究學者朋友加藤周一精通西歐的文藝與政治情勢。」

諾曼在蘇伊士運河戰爭[12]期間出任駐埃及大使，由於被捲入麥卡錫旋風[13]而自殺身亡。他在二戰結束後立刻以加拿大駐日代表部成員的身分來到東京，與丸山真男[14]及渡邊一夫兩位的情誼相當深厚。他亦是《日本成為近代國家之演進歷程》（岩波文庫）此書作者的歷史學家。

8 加藤周一（一九一九～二〇〇八），日本思想家暨作家，醫學博士，專長為內科學與血液學，曾赴法國留學。

9 Marguerite Yourcenar（一九〇三～一九八七），法國作家。

10 E. Herbert Norman（一九〇九～一九五七），加拿大外交官暨歷史學家，以研究日本歷史著稱。父親為傳教士，在日本傳教時生下他。一九四〇年派駐日本東京公使館，其後歷任多項外交職務。

11 María Casares（一九二二～一九九六），西班牙裔法國演員，她的父親Santiago Casares Quirog（一八八四～一九五〇）於西班牙內戰時期擔任總理。

12 又稱第二次中東戰爭，自一九五六年十月二十九日至十一月七日。

13 一九五〇年代自美國掀起的反共運動衍生為獵紅行動，甚至濫用調查權，嚴重違反人權。

14 丸山真男（一九一四～一九九六），日本政治學家暨思想家。

我捧著方才提到的紀念冊相片，端詳良久。從這個國家的近代醫學發展伊始，乃至於有關實習制度爭議導致教授與學生衝突對抗[15]的現場快照，在大學校園裡孕育萌芽的歷史、傳統和獨特文化的演進歷程，無不顯露在人們的臉上，這深深吸引了我。

順著這個脈絡，想起日本近代知識人的一張又一張臉孔，我不禁思索另一件事。諾曼死於一九五七年，加藤則是從一九五八年起埋首執筆。要說這兩者沒有直接的關聯，恐怕……。

15 一九六七年起，醫學生抗議日本醫學體系實習制度的缺失，從杯葛醫師國家考試開始發起一連串學生運動，其中最激烈的抗爭事件是一九六八至六九年的東京大學學運，校長請求警視廳機動隊進入校園驅離占據安田講堂的學生，引發更多學生與教職員質疑校方放棄大學自治權，愈發激化並擴大了抗議規模。

迂迴的句構所擁有的力量

十七年前，有位朋友帶我結識了愛德華．薩伊德，後來他又介紹我認識了一位觀點新穎且才華洋溢的土耳其作家。我立刻閱讀獲贈的英譯本，彼此聊談十分愉快。這位作家就是奧罕．帕慕克[1]。接下來每隔幾年，他總會寫出內容充實的大作，如今更是一位活躍於文壇且最具魅力的諾貝爾文學獎得主。

我們將於他此次造訪日本期間在讀賣新聞社舉行公開座談。我讀了近期密集出版的帕慕克著作日譯本，為這場座談會預作準備，因為我猜他應該會先詢問譯文的品質如何（日文版皆由和久井路子[2]翻譯，藤原書店出版）。

我首先閱讀且深受吸引的是《伊斯坦堡：一座城市的記憶》（藤原書店），這是帕慕克寫

1 Ferit Orhan Pamuk（一九五二～迄今），土耳其作家，二〇〇六年諾貝爾文學獎得主。
2 和久井路子（生年不詳），日本的土耳其文學家暨翻譯家。

下對於這座自己住了大半輩子的大城市的個人回憶與文化史研究的文集。

這本書裡有個不可思議又有趣的段落，恰巧與我小說中的某個意象相符，兩人談來格外興奮。帕慕克聊起《伊斯坦堡大百科》[3]，並以這段文字來形容少年時代的他是如何為之神往：「我彷彿看到一連串奇妙而非比尋常的事件，以及一幅幅令人們驚怕、戰慄、恐懼，甚至厭惡的畫卷。」

由於卷帙浩繁而未及完成的這部百科辭典的編著者，也就是歷史學家雷薩德·克雷姆·科丘[4]在其中一則辭條寫道：帕慕克感傷的性情，幾乎可以視為伊斯坦堡人與生俱來之本質的實例，而這樣的人物特質相當有意思。

十五世紀某一位帕夏[5]（這是鄂圖曼帝國贈予大臣或軍政官的稱號。我們這個世代的人小時候都學過，土耳其共和國第一任總統的名字是凱末爾·帕夏[6]）必須負起騎兵團叛亂的責任而遭到斬首。或許是出於怨恨，騎兵們拿他的頭顱當足球似地踢著玩。這一頁配上的插圖，就是一排士兵的腳下有顆頭顱。

年輕時，我寫過一部名為《萬延元年的足球隊》[7]（講談社文藝文庫）的長篇小說。故事的構思是將萬延元年，亦即一八六〇年在四國的山村農民揭竿起義的史實，並與一九六〇年的反對修訂《日美安全保障條約》的民眾抗爭事件結合在一起。祖母曾經半開玩笑地講過一則傳說來嚇唬我，她描述了農民砍下某個施行暴政的諸侯首級，抱著這顆頭衝出了大批武士的層層包圍，順利帶回村民據守的陣地。我從這則傳說得到啟發，寫下了一百年後的一群年輕人踢著隱喻為頭顱的足球進行訓練的場面。

曾有評論家譏諷這段情節，認為抱著頭顱似的東西奔跑，那麼應該是橄欖球才對吧？我一面回想著當時的氣惱，一面拿起放大鏡愉快地欣賞帕慕克著作裡的插圖。

他的小說當中，最讓我感動的是《雪》[8]。這是土耳其的當代故事。共和國創立之後的歐化主義影響了統治制度，把政治、教育與宗教分割開來，不允許信奉伊斯蘭教的女學生裹上

3 後文提及的科丘的未完成著作 *Istanbul Encyclopedia*（原文為 *İstanbul Ansiklopedisi*），書中記敘自鄂圖曼帝國起關於伊斯坦堡的事情。

4 Reşad Ekrem Koçu（一九〇五～一九七五），土耳其歷史學家暨作家。

5 Paşa（英文 pasha，相傳源自波斯語的 pādshāh），鄂圖曼帝國賦予高級文武官員或派駐屬地總督的敬稱，不世襲，通常置於名後。

6 穆斯塔法．凱末爾．阿塔圖克（Mustafa Kemal Atatürk，一八八一～一九三八），土耳其共和國創建者暨第一任總統，被譽為土耳其之父。

7 一九六七年一月至七月於《群像》雜誌連載，同年九月於講談社出版。

8 *Kar*（英文書名為 *Snow*），二〇〇二年出版。

頭巾通學，導致女學生接二連三自殺。

來到邊城凱爾斯調查的記者被捲入包括警察、伊斯蘭基本主義教派份子、一幫奉行世俗主義的位高權重者、支持女學生們的一群學運人士這種種錯綜複雜的關係之中。在這座雪封小鎮裡，甚至發生軍隊叛變……。

筆力萬鈞的帕慕克透過寫實且快節奏的文體描繪出多采多姿的情節發展，這部長篇小說能在九一一恐攻事件之後的美國得到廣大讀者的喜愛，自然不足為奇。

儘管譯文充分傳達出這部作品的魅力，我仍有一個疑問，那就是英譯本（Faber & Faber出版社）行文暢達，讀來一瀉千里，但在閱讀日譯本的過程中卻屢屢被打斷。

「後來這些年，每當**想起**那一瞬間，在覺得後悔的同時，也**感受到了**的是由於自己的幸福而低估了『藍』的憤怒。」（諸如此類的譯文甚多，在此僅舉一例。粗體文字為筆者標注）

譯者把敘述小說的時點移往未來的某個時間，接著感到後悔。在英譯本裡，加粗的部分是用假設語氣的would return, would feel呈現，換言之，與敘述當下的時點是相同的。像這樣的狀況，近代日文向來慣於使用假設語氣的直譯方式，亦即回到那一瞬間的時點上「想起、感受」。為什麼此處沒有採取這樣的譯法呢？

帕慕克沒有立即給出答覆。如果土耳其語的原文裡沒有假設語氣或虛擬語態，那就是我誤會了。我的本意只是想表達不滿：我國的年輕翻譯家和讀者不應該刻意迴避這種帶有翻譯腔的迂迴句構。

難道我們應完全放棄嘔心瀝血才想出來的帶有翻譯腔的日文所能展現的語言力量嗎？

如何寫出果決而慎重的政治小說

我在上個月的專欄以奧罕．帕慕克的《雪》為例，寫到大量使用的假設語氣打斷了小說情節的進展，倘若採用帶有翻譯腔的日文那種直譯的文體，這部小說的敘事將會更加順暢，讀起來更為輕鬆。

但是，由於那篇文章在修改校樣的過程中刪除了假設語氣的部分，又把引用的段落縮短，僅舉出接在後面的部分，以致於我所標示的關於would的例文呈現出來的語意是「以前經常做某種動作」這種「過去的習慣、過去重複的行為」。文章刊出後，我得到如上的多方指點。

這裡再次引述另一個較長的段落，進一步說明我的觀點：

「我希望讀者不要覺得卡的這趟馬車之旅，將他的一生變成了再也回不去的狀態，也不要覺得接受『藍』的召喚，成了他人生的折返點。我不那麼認為。因為今後卡在凱爾斯還有很多機會找到『幸福』來翻轉那些進逼到他眼前的事。然而，事態無可奈何地變成了如此最後的結局，這些年來，每一次他懊悔不已地回顧事情的始末時，不知想過了幾百遍：**假如當時伊珮珂在他的房裡，在那扇窗前，能夠說出她應該告訴卡的那些話，那麼他就不會去找『藍』了。**」

我加粗的地方，是在英譯本裡使用假設語氣部分的日語譯文。這部分是藉由接在後面的would來敘述從前重複過的事。

我說過，當「覺得懊悔」的時點較之小說敘述當下的時點更晚，這時若把「覺得懊悔」寫成過去式，就會造成閱讀障礙，因此建議不如多多琢磨假設語氣的譯法，讓作者講故事時能夠貼近主人公的視角，這樣有助於小說的情節隨著時間的推移而順勢延展開來。

就在謄寫上述段落的時候，我察覺到自己犯了根本上的錯誤，在此必須向譯者和久井路子女士致上歉意。因為我發現，這種文字風格是帕慕克為自己這「唯一一部政治小說《雪》」特意創造出來的，而由土耳其文直接迻譯的和久井女士在將之轉換成另一種語言的過程中，仍然精心保有其原本的樣貌。

在前面引用的段落裡提到，卡在搭上馬車出門的這趟行程中，得知了與他相愛、甚至約好一起出國的伊珮珂其實是「藍」的情人，嫉妒心促使他密告了這個伊斯蘭基本主義教派民運人士的藏身之處。伊珮珂從有關當局那裡獲知「藍」遭到射殺的噩耗後赫然明白了一切，決定與卡分手，獨自留在凱爾斯，而懊悔不已的卡則隻身返回法蘭克福，天天沉浸在回憶之中，最後被民運同志暗殺……。

小說的敘述人讀著卡遺留下來的詩集，去到凱爾斯追尋這個朋友遺留下來的足跡，而這名敘述人正是帕慕克本人。凱爾斯降雪了，帕慕克在駛離此地的火車裡望著窗外鎮民的日常模樣，哭了起來。這美麗的最後一幕令人印象深刻。但我不明白的是，此處為何要安排作者為一切皆已成為過去的故事細節而流下眼淚呢？

在進入現代化後採行世俗主義的國策之下，虔誠信奉伊斯蘭教的女學生進入教室時不得以頭巾裹住頭髮，無法接受這道禁令的她們紛紛憤而自殺。卡為了報導一連串的自殺案前來調查，故事由此揭開序幕。《雪》就是這樣一部政治小說。

不過，小說的高潮卻是波瀾起伏的愛情故事，而那些出於嫉妒的告密、掌權者的暴政以及對此的報復卻又具有懸疑的成分，再加上深深的懊悔之心緊緊牽引著每一個人物的情緒波動，無聲的雪覆蓋了整座小鎮。為何要以那樣的情景做為最後一幕？現在，我終於明白了。

因為作者是一位既有勇氣、並且從以前的經驗磨練出慎重的政治小說作家，他必須明確表達出自己筆下的情節已經是過去的事了。

奧罕・帕慕克離開日本後，隨即有則新聞報導指出，土耳其的憲法法院做出了判決，宣告過去允許女學生在大學校園裡配戴頭巾的重大憲法修正條款屬於違憲。

恰於此時來到東京的土耳其總統是主導了該項憲法修正案的親伊斯蘭的執政黨公正發展黨ＡＫＰ的創黨黨員。他表示，由ＡＫＰ主導的土耳其政府施政，應當不至於受到憲法法院這項判決的影響。據說他還提到：「宗教屬於個人問題，無關國家政策。今後仍將致力推進我國加入歐盟的改革做為最優先的施政方向。」帕慕克在小說中描繪過的複雜情況，依然是現在進行式。

給小說新手的建言 1

六十三年前的初夏時節，一個男人騎著備有大貨架的腳踏車，來到了位於四國一座山谷裡的國民學校。男人與校長進行交涉，要學生們把村子裡的狗統統帶過來給他剝下狗皮，製成外套供應北方戰場上的士兵穿用。

我也把家裡養的那隻喚作李的狗兒牽出去，弟弟卻在進入深山老林前的坡底解開頸繩放走牠，並且追了上去。稍後弟弟回來告知，他已經把等在蒼鬱林間的李拴在附近的樹幹上了。

我深怕遭到高年級生斥責，只好把腦筋動到鄰居那條總睡在廚灶間的老狗身上，正想帶走時卻被向來和藹的大嬸罵了一頓：你打算殺死我家小玉嗎？

那一天，我（羞愧地）學到了必須發揮智慧和勇氣守護自己所愛，也從幫忙殺狗的高年級生那裡聽到了他們轉述如何讓誓死抵抗的狗安分下來的方法，令我飽受恐懼和厭惡的強烈衝擊。

我首次在具有知名度的平台上發表的短篇小說[1]，內容即是與此相關。在寫小說之前，我先用同一個主題寫了一首詩以及一齣獨幕劇。原以為那首詩已經散佚，幸虧有人幫忙尋獲。

要想殺掉一頭足以咬死你的大狗
首先你要搓弄自己的睪丸喲
再把掌心　伸給要殺死的狗嗅聞喲
趁狗嗅得如癡如醉　立刻揍打毆擊
發出懷抱著無比希望的恐懼的哀嚎
是狗
還是你
死掉
抑或　你們不如結婚

1 本書作者於《東京大學新聞》一九五七年五月號發表的短篇小說〈奇妙的工作〉獲得文藝評論家平野謙（一九〇七～一九七八）的大力讚揚。該篇小說以第一人稱敘述一個兼職助理幫忙其他三個不同背景的人，一同殺死教學醫院飼養的一百五十隻實驗犬的過程與心境。

加粗的句子應該是從魯迅作品裡引述而來的，但我無法確定。總之，我在二十二歲那年把這首詩寫成了短篇小說，博得評論家和編輯的矚目，從此而後的人生就是不曾停歇地寫小說，一路寫到步入老年的今天。我也明白，這是自己唯一能從事的職業；但是我經常思索，為何自己沒有成為**更不一樣的**小說家？所以，我想在這裡和寫作新手分享一些心得。

我認為當時把這個已經醞釀超過十年的主題寫成了短篇小說，是一項正確的決定。那個時候，我非把它寫出來不可，而且寫作技巧也相對成熟了。再者，小說家必須經歷的修煉，最關鍵的第一個步驟是先**寫出**一部作品來。然後還有一件事很重要，那就是在寫完以後要有堅強的意志力約束自己不要馬上發表，而是著手修改初稿。

難道年輕小說家的第一部作品毫無價值可言嗎？

不是那樣的。原則上，第一部作品蘊含著作家一生的特質。各位不妨回想卡夫卡或安部公房早期的作品。

然而，為了確切掌握自我特質（發現自我），**修改**第一部完成的作品有其必要性。年輕的寫作者沒有能力在寫第一部作品之前就將它（用個艱澀的說法叫做）**結構化**。不過，如果他具有堅強的意志力約束自己需先修改初稿再發表，這個過程將可造就他成為結構性小說的寫作者。換言之，一開始還不夠完善的創作構思，能夠透過這種方式逐漸轉化為寫作者自身的具體呈現。

假如當時我就在寫出那部短篇小說的年輕作者身旁，應當會敦促他立刻修改初稿吧。我將告訴他，這篇作品把來自詩作的主題予以適切地散文化，但要記住，小說的優勢在於能夠擴大時間與空間。

你雖以輕快的筆觸描繪出這名來自鄉下的學生打工屠宰狗隻時的心態，可是怎麼沒有連結到他少年時代的痛苦回憶呢？故事配角的女大學生，儘管她的人物特質勾勒得很有意思，不過如果能夠重新把她擺在與故事主角的青年相對的位置上，更能呈現出二戰結束十年後的社會百態吧。倘若鎖定這兩個人物，以寫實的手法寫下他們後續的人生，不就可以完成一部頁數不多但魅力十足的青春小說了嗎？如此一來，你踏出小說家的第一步，必然會更順、更穩吧。

還有一件事，假如你能把在那首詩最後一行不自覺流露出那令人拍案叫絕的幽默，運用到改寫小說的過程中，並且消融成自身的天賦，你將成為一個**更不一樣的**小說家……。

我之所以在這篇散文裡不時向寫作新手發出呼籲，理由是這樣的：目前席捲全世界的名為市場原理的滔天巨浪，同樣正撲向純文學領域，人們喜新厭舊地要求不斷推出新進作家，文壇現況並不利於新手為這份畢生的志業慢工細活地預作準備。寫作新人必須具備多元化的抵抗力，才能在這個市場生存下去。

從容自若的嚴謹專注態度之必要性

九月初的一天，我正在收看ＮＨＫ教育電視節目，在毫無心理準備之下赫然看到某個鏡頭的相片中有伊丹十三，不由自主倒吸了一口涼氣。在那幀松山某高中同級生的合影裡，整群穿戴制服制帽的學生當中，唯獨其中一張面孔帶著家教良好的微笑，卻又透出一派自由不羈。

螢幕上接著播放專欄作家天野祐吉[1]先生的回憶：遠遠望去，他眼中散發的熠熠異彩格外醒目，在那個大家都拎著書包上學的年代，只有他把書本夾在腋下走進校園。有人說那是法文原版書，我想應該是胡說的吧（講到這裡，天野先生露出沒有惡意的苦笑）。

那麼，伊丹兄放學後帶著蘭波[2]那本*Poésies*（Mercure de France出版），究竟去了哪裡呢？他來到小他兩歲的高中生，也就是我的租屋了。他為我擇選必讀的詩作是*Sensation*和*Roman*。

1 天野祐吉（一九三三～二〇一三），日本專欄作家。

2 Jean Nicolas Arthur Rimbaudu（一八五四～一八九一），法國詩人。「Poésies」中文書名為《詩集》，後續的兩首詩「Sensation」中文詩名為《感覺》，「Roman」則為《年少的故事》。

從他在詩句旁邊以4B鉛筆劃記的線條，已可窺見其多年後創作封面裝幀畫的設計風格了，我則拿HB鉛筆在文字的行距裡寫入小字。這本詩集目前仍安放在我的書架上。

他常把村上菊一郎[3]翻譯的開卷第一首詩[4]的第一行「十七歲的我們年少輕狂」掛在嘴邊（儘管他本身才剛過那個年紀），可是他當起老師指導我的時候，卻嚴格要求必須熟讀詩作的原貌，讓我背誦的是原文「On n'est pas sérieux, quand on a dix-sept ans.」

伊丹兄的私人授課之所以結束，原因是我的興趣轉向了前一年出版的渡邊一夫的《法國文藝復興斷章》（岩波新書）。當時伊丹兄常和一群朋友聊談音樂和繪畫，縱使眼前是稍長幾歲的前輩們，我也忍不住插嘴發表意見，氣得伊丹兄朝我扔下一句：「你乾脆去上東大的法文系吧！」

我下定決心了。參加全國模擬考之後，我明白自己實力不足，於是早上進教室等老師點名完畢，立刻溜去占領軍開設的文化中心拚命寫考題，直到閉館為止。就算如此努力，我還是重考一年才進了大學，從此埋頭苦修語學。來到東京的伊丹兄發電報叫我去他的公寓玩，即使他拉著小提琴練習巴哈的《無伴奏組曲》，陪在一旁的我依舊自顧自地背誦動詞變位表。後來我開始寫小說，此後一年到頭只活在小說的世界裡了。

不過，我還是時常從伊丹兄的身上學到觀察力和教養（只要與人交談就十分專注），甚至與他妹妹結了婚，但婚後依然沒有多餘的心力融入他新結識的那群菁英朋友裡。

一九九五年秋天，伊丹兄全家遠赴松山舉辦伊丹萬作第五十五次法事時，也邀請我們一家同行。我們回到曾經共度人生最燦爛歲月的同一個故鄉，那份喜悅與最後歡聚的場面，一直留在我的記憶之中。晚宴時他告訴我，他要談一談柳田國男[5]所主張的由祖父傳給孫輩的文化（語言）這個關於傳承的話題。

他從「自己渴望回到昔日時光，讓你們這些兒孫了解祖父是個什麼樣的人」開始談起，敘述了伊丹萬作的工作。我妻子說身為新喜劇電影先鋒的伊丹萬作（其實伊丹十三亦是如此）大力宣揚所謂荒謬技法的意義，她還記得父親曾經引述過一篇發表於昭和初期（正值軍方開始打壓自由文化的時代）的文章。那篇文章義正辭嚴地反抗當時流行的排拒**諸如荒謬之類的不認真嚴肅**的風潮。

「……想起來還真荒謬哪，臨別之際其實也不是不想道一聲『叨擾您嘍』。不過，總而

3 村上菊一郎（一九一〇～一九八二），日本的法國文學研究家暨翻譯家。
4 蘭波詩作「Roman」，本段後文依序為該詩第一行的中文翻譯以及法語原文。
5 柳田國男（一八七五～一九六二），日本民俗學家。

言之，我們必須繼續前進。就像我們自過去主張錯誤觀點的時代，來到了不主張任何觀點的時代；我們現在也要從不主張觀點的時代，邁向主張真實觀點的時代！——只要我們的去路沒被完全封住。」（〈新時代電影的相關考察〉）

在這趟旅程的側錄影片上，有個鏡頭是伊丹兄凝視著我的長子，眼中滿是關懷與溫柔。他將我那部描繪自己與有智能障礙的光一同生活的作品《靜靜的生活》（講談社文藝文庫）拍成了電影。或許是對賣座狀況心裡有數，伊丹兄特地在上映前做了宣傳，先向中學及高中教師們講述了片中這位令人難以理解的父親之原型人物**嚴謹專注的生活態度**。

這種反諷我再熟悉不過了。自從我高中某一天起全力投入準備升學考試，伊丹兄就對我缺乏從容自若的**嚴謹專注態度**嗤之以鼻。他是個本質上嚴謹專注，但又從容自若遊刃有餘的瀟灑之人。性格同樣嚴謹專注的伊丹萬作在戰爭的尾聲寫過這樣的文章：

「歸根結柢，藝術的修行即是自我鍛鍊，亦即極力打造出無論在任何場合，皆須不受動搖的從容自若。至於藝術的功能即是在人們的心裡植入從容自若的世界觀，除此之外別無其他。」（〈論從容自若〉）

我有預感，伊丹父子兩代的翩翩風采與藝術風格備受矚目的時代，遲早必將到來。

一個人需要多少藏書

那無疑是一種霸凌——我偶爾回想起那一段令人莞爾又帶有幾分苦澀的往事。

在我進入坐落於山谷間一所新成立的新制中學就讀後，一連好幾個星期都被一個我們大家總以綽號喚他**老大**的不良少年領著一群手下在校門口逮住我，從我的上衣口袋掏出一本岩波文庫版的書，隨手推我幾下，還發出幾聲同情的譏笑：

「你這本書到底要讀到什麼時候啊！」

那是裹覆了封皮的《托爾斯泰日記節選》，我向社會老師借來的。我天天讀著這本不明所以的書，這個舉動觸怒了他們。那時候我總是同時閱讀好幾本不同類型的書，而這本書是利用下課時間翻個幾頁。其實以我當時的理解力來說，它的內容十分枯燥，根本讀不下去，只不過我的閱讀習慣是一旦揭開第一頁，無論如何非得讀到最後一頁不可。

老師告訴我，這本書裡寫到「一個人需要多少藏書」，恰好我那時想知道自己需要幾冊書。但是也許老師誤將書中內容和托爾斯泰另一個寓言故事《一個人需要多少土地》[1]混淆在一起了。

長大之後，一個人需要（擁有）幾本書的問題，化身為存放空間的具體形式困擾著我。及至成家立業，日常住居所需愈發迫切（這件事我已寫過不少次），每隔一段時間就必須大肆整理一番。麻煩的是，通常耗費十天左右篩選出來丟棄的書，沒過幾天又有急需，只得再去買回來。這種情況發生好多次了。

最近，我從《朝日新聞》書評欄裡獲知弗里曼．戴森[2]的最新著作《反叛的科學家》[3]日譯版剛剛面世，取得之後立即展卷覽讀。從譯本與原著皆已絕版的《武器與希望》[4]中再次收錄的〈和平主義者們〉這一章，尤其讓我懷舊之情衍然而生（以上日譯本均由MISUZU書房出版）。

約莫二十年前，我讀完同為MISUZU書房出版的譯作後受到極大的震撼，那時有個電視節目的主題是探究全球能否成功廢核，邀請我前往普林斯頓大學訪問這位知名的原子物理學家。在對談的過程中，他獨特的內涵、淵博的知識以及風趣的性格，無不令我為之折服。

深夜，我鑽進書庫，在最裡面一座座平擺堆疊而成的書山之中鎖定目標並著手翻找，好半天總算找出我要的那一冊，隨即把自己以前第一次和第兩次閱讀時在字旁劃上的紅鉛筆線，拿來和這次在語意通曉暢達的新版譯文旁劃上線的部分交互對照，結果得到了新發現。不是對戴森，而是對目前**此刻**的自己有了新發現。

關於這點，留待稍後再敘。這本新作當中（同樣地，這亦是我畢生探究的主題）關於核子發展現況的文章裡對兩位科學家的簡短評論，使我留下了深刻的印象。就文字敘述來看，戴森堪稱一位令人驚艷的寫作者。

「歐本海默[5]從不休息。（中略）他甚至不曾停下腳步休養生息或深思熟慮，只管拚命前進以完成他在洛斯阿拉莫斯研究所[6]的使命，這亦是他一生中登峰造極的成就。假使當初沒有他的焦躁，研究所的工作進展必然較為遲滯緩慢。如此一來，將會出現一種可能性：日本

1 托爾斯泰的短篇小說，一八八六年出版。
2 Freeman John Dyson（一九二三～迄今），英裔美籍數學物理學家。
3 英文書名為*The Scientist as Rebel*，二〇〇六年出版。日譯版『叛逆としての科学本——本を語り、文化を読む22章』，二〇〇八年出版。
4 英文書名為*Weapons and Hope*，一九八四年出版。日譯版『核兵器と人間』，一九八六年出版。
5 John Robert Oppenheimer（一九〇四～一九六七），猶太裔美籍理論物理學家，二戰期間製造原子彈的曼哈頓計劃主持人之一，被稱為原子彈之父。
6 正式名稱為洛斯阿拉莫斯國家實驗室（Los Alamos National Laboratory），位於美國新墨西哥州中北部，於二戰期間成立並作為曼哈頓計劃的研究祕密基地。投擲轟炸日本長崎與廣島的兩顆原子彈，皆是在這處實驗基地製造完成。

投降，第二次世界大戰就在沒有向廣島和長崎投擲原子彈的狀態之下，平靜地結束了。」

這裡再引述另一則評論：

「一九四四年，當德國不可能擁有原子彈的真相逐漸明朗之際，此時在洛斯阿拉莫斯的眾多科學家之中，單單只有一個人停下了研究工作，他就是約瑟夫・羅特布拉特[7]。羅特布拉特離開洛斯阿拉莫斯，成為帕格沃什運動的領導人，邀集世界各國的科學家齊聚一堂，為消弭從洛斯阿拉莫斯誕生的罪惡而不屈不撓地努力奮鬥。」

現在接續方才沒講完的部分。戴森新作中再次收錄的那篇文章，二十年前並未特別標記的段落，這次我劃上了紅線。戴森在這些段落提到，與其培育出「政治上的和平主義」者，不如把期望寄託在諸如貴格會[8]教徒的「成為個人倫理規範的和平主義」的信念之上。

對於未來世界的和平構想，戴森認為應當「將非暴力抵抗的概念做為一國外交政策的有效基礎」，並且談到達成前述理想的國家的重要性。

「在那些擁有以小規模的、均質化的溫和手段來對抗壓制的悠久傳統的國家當中，或許能夠找到那樣的國家。」

現在的日本，並不是那樣的國家。不過，每每參加「九條會」的外縣市聚會時，我常在那些會員身上看到來自於他們本身經驗的「成為個人倫理規範的和平主義」。儘管小型的九條會[9]已經多達七千個，迄今仍未集結成政治性的組織。依我之見，這些新國民正在把和平憲法內化成傳統的一部分。

7 Joseph Roblat（一九〇八～二〇〇五），波蘭裔英籍物理學家暨社會活動家，曾參與曼哈頓計畫，後因與其他科學家共同創立帕格沃什科學與國際事務會議，致力於消滅核武，於一九九五年獲得諾貝爾和平獎。

8 Quaker，又稱Religious Society of Friends（公誼會、教友派），屬於基督教新教的派別之一，該派反對任何形式的戰爭與暴力，主張和平及宗教自由。

9 所謂小型的九條會，是由認同九條會宗旨的各個地區或者不同領域（例如醫療、宗教、科學、運動等等）的人士志願結社而成的團體，名稱通常冠以其組織特色，比方「〇〇九條會」或是「九條會〇〇」。

切勿遺忘

我去了一趟已是隆冬時節的德國。柏林高等研究所給了我一間位於四樓的研究室，從這裡朝窗外望去，不同的櫟屬樹種（比起日本常見的同類樹種要大上一些）的黃葉，以及接近橘色的懸鈴木葉，這闊別十年的懷念景象，令我內心澎湃不已。

那次工作是去由一家知名出版社[1]在柏林自由大學內設立的S・費舍爾文學講座授課，我屬於第一期課程的特聘客座教授群之一。幾位多年老友在那個世紀末的冬季相繼離世（彼此都到這種年紀了），我的心情盪到了谷底。

我把對武滿徹[2]與伊丹十三等人的思念寫在記事本上（講義則是另外準備），藉此熬過了那些漫漫長夜。不久之後，那些文字轉化成長篇小說《換取的孩子》，翻譯版日前已由方才提到的出版社發行上市。這趟旅程的另一項工作是配合以上述作品為首的三部曲最終章《再見，我的書！》的銷售日期，分別在德國的五個城市舉辦了巡迴朗讀會。

我從年輕時就有個習慣，出國時總會帶上啟程之前尚未讀完的厚書，途中若是情緒低落，即可拿出來撫慰身處異鄉的孤寂。這次攜帶的是我翹首盼望多年的續卷《托瑪斯・曼[3]日記：一九五一至一九五二》（日文版由森川俊夫[4]翻譯，紀伊國屋書店）。

這套譯作理當享有豐功偉業的美譽，不僅保留了原著出版社費舍爾的編注，又加上極為詳盡的譯注，尤其本卷更能深深感受到殫智竭力的苦心。

在戰爭期間流亡美國依然被譽為民主主義擁護者的托瑪斯・曼，無奈在高齡時突然陷入進退兩難的窘境。他雖未被直接捲入麥卡錫旋風之中，仍然遭到波及，此事堅定了他從美國搬回歐洲的決心，可惜回到歐洲之後還是無法平息糾紛。

將他逼入困境的源頭，亦即美國的政治情勢恰於彼時出現了變化。就在這個時候，一個日本青年憂心忡忡地請教托瑪斯・曼：韓戰的開打會否引爆世界大戰？托瑪斯・曼的回信也被收錄在這套書裡，而當年的那名青年如今以本書譯者的身分，在後記裡寫下這一段話：

1　S・費舍爾出版社（S. Fischer Verlag），由薩繆爾・費舍爾（Samuel Fischer，一八五九～一九三四）於一八八六年在柏林創立的出版社，主要出版書種為現代文學。

2　武滿徹（一九三〇～一九九六），日本現代音樂作曲家。

3　Paul Thomas Mann（一八七五～一九五五），德國作家，一九二九年諾貝爾文學獎得主。

4　森川俊夫（一九三〇～二〇一八），日本的德國文學研究家暨翻譯家，譯有多部托瑪斯・曼的作品。

「在此為提及私事致上十二萬分歉意。我是在一九五一年收到了托瑪斯．曼的信函，托瑪斯．曼當時七十六歲；二〇〇六年的此時，我正在翻譯一九五一年、五二年的這冊續卷，而我現在同樣是七十六歲了。這個偶然的呼應與輪迴令我無限感慨。與五十五年前的韓戰相似的荒謬戰爭，目前仍在阿富汗與伊拉克持續當中，如此情況令人難以置信。我衷心盼望不要再有人打著「唯有戰爭才能對抗恐怖主義」的大旗而行使武力，這種亂無章法的邏輯只會將世界推向分崩離析。難道托瑪斯．曼那個不祥的預感「美國的法西斯化」，已經透過這種形式兌現了嗎？」

我在德國的另一件要事，是在柏林自由大學為該講座設立十週年紀念發表講演，內容包含兩部分，一是自己過去到現在的文學創作，再者是大阪高等法院剛好將在演講隔天宣布判決，也就是關於在沖繩戰役中由於日軍（我很肯定是強制性地）的介入而造成四百三十多名島民集體自盡的那件訴訟案。

我為了自己在一九七〇年寫下的、目前仍有讀者閱讀的一本書，亦即為了書中所寫的內容，一路奮鬥至今。結辯時，原告方明確表示，他們的訴求不單是恢復名譽而已，還兼具「龐大的政治目的」。他們說那是「美麗的以身殉國」，自詡為點燃復興國家主義之情緒火苗的縱火者。

我心想，這件訴訟案應該會引發對於戰爭責任問題向來敏感的德國聽眾的些許關注。判決結果出爐的第二天，在柏林文學之家的朗讀會上，主持意見交流環節的司儀宣布我們勝訴，現場隨即響起了掌聲。

在這趟旅行途中，除了閱讀，我同時為稍後在山形縣的演講做了準備，這場演講原本該在十月舉辦卻因故取消了。《朝日新聞》也出了報導，幸虧得到日漸活躍的井上廈友情協助，這才彌補了我的失誤。這次也和十年前在柏林的冬夜一樣，在這段鬱鬱寡歡的日子裡，我窩在書庫裡忙著於拙著的袖珍本上簽名，以便分送給持有半截入場券再次蒞臨會場的聽眾（這也是井上兄的建議）。

不過，在該篇報導中提到我在署名旁邊同時簽下的 attention 一字，給人一種**犯了錯還厚顏無恥**地敲鑼打鼓引人注目的感覺，所以我要在此訂正。這是從西蒙娜・薇依那裡學來的生字 attentif，意思是當心注意，藉此提醒自己日後引以為誡。

話說回來，我正在等那份不慎遺留在斯圖加特的旅館房間床邊的講稿寄回來，這無疑是象徵年老的殘酷**印記**。但，縱使沒能等到講稿，我仍將奮然邁向會場！

給評傳新手的建言

我從年輕到現在閱讀的書種一直以文學為主，受益最多的是「評傳」。或許有人訝異，我選擇的竟不是詩歌，也不是小說。事實上，告訴每個人就本身靈魂層面、與社會及世界連結層面而言應當選擇何種生活樣貌的，是評傳；帶我認識那些引領自己尋得重大發現的詩人、作家以及範圍更廣的思想家的，也是評傳。

尤其是詩人和思想家的評傳，更是重要。在多數辭典裡，評傳這個詞的解釋通常是「帶有評論的傳記」，冷冷淡淡又沒有溫度。每當看到這樣的說明，總覺得這很可能是從critical biography直譯而成的文字。

根據過去的經驗，我知道想要了解一位詩人或思想家，最直接且唯一的方法就存在於他的詩集之中、存在於他那些常被後世譽為經典名著的作品裡。每一次，我都是透過評傳邂逅了一位詩人、遇見了一位思想家。

然而，看在年輕時的我眼裡，尤其是外文詩和透過譯文閱讀的經典名著，儘管強烈地吸引著我，**與此同時**，卻也是諱莫如深、枯燥無味的文本。

十九歲的時候，我偶然知道了在詩歌和思想領域都留下了不凡成就的威廉・布萊克[1]；但是直到三十五歲左右，我讀完廣為人知的諾思洛普・弗萊[2]為他寫的評傳之後，這才終於覺得自己了解布萊克了。此後，布萊克的詩歌全集成為我愛不釋手的書卷。我曾將大衛・V・厄德曼[3]撰寫其社會性面向的《布萊克──對抗帝國的預言者》，以及凱思琳・芮恩[4]撰寫其神祕性面向的《布萊克與傳統》這兩本書分置於桌面兩邊，正中央擺上揭開的詩歌全集，就這樣對照著閱讀。我後來能夠看懂布萊克的畫作，也是得益於這兩位學者的論著。

我的意思不是要大家去讀所有的評傳，其實你只要針對一位詩人蒐集他的相關評傳，在閱讀的過程中就會啟發某種本能，進而探尋出你私淑的「導讀者」。那位導讀者會把他深受感動的部分，經過鑽研之後寫進評傳裡。因此，在讀評傳時，即可體悟到那位詩人在導讀者心目中的全貌。這樣一來，你就能同時私淑詩人與評傳作者這兩位老師了。

1 William Blake（一七五七～一八二七），英國浪漫主義詩人、畫家暨神祕主義者。
2 Northrop Frye（一九一二～一九九一），加拿大文學理論家暨評論家。
3 David V. Erdman（一九一一～二〇〇一），美國文學評論家，曾任美國紐約州立大學教授。
4 Kathaleen Raine（一九〇八～二〇〇三），英國詩人暨文學評論家。

目前純文學（就長遠而言，我相信文學最終只會剩下純文學）的讀者正日漸流失，這在日本已經成為文化界的常態了。我希望新進評論家能在更寬廣的領域裡（換言之，亦即相較於我們舊世代對純文學賦予的僵固信條，更加朝氣蓬勃與自由奔放的領域裡）重新構建文學與讀者之間的關係。

在大多數的情形下，導讀者通常都是基於個人的契機而遇到了屬於自己的「文學」，倘若這名導讀者持續閱讀那位詩人或作家或思想家的作品，他就成了「閱讀者」，接著進一步變成思考者，最後成為將感受與理解的內容用自己的方式展示出來的呈現者。經過這個階段之後，有些人開始寫小說，至於年輕時的我，則是把自己有所收穫的書中文字記錄下來。

一般而言，其實新進評論家的誕生，要比新進小說家的誕生來得理所當然。並且，縱使他無法當上職業評論家，應該也會一直是個「閱讀者」，並且逐漸察覺到自己確實擁有在文學方面或文化方面的能力（這種能力以思考力及寫作力的形式累積乃至成熟）。

但是，如果有年輕人下定決心，明知不容易仍然發誓成為評論家，我期許他（在準備就緒之後）從撰寫評傳踏出第一步。至於筆下的主角，就是讓他成為閱讀者、思考者及呈現者的那個人物！

換一種較為普遍的說法，也就是發掘出「具有撰述評傳本領的識人眼光」的能力。評傳不僅要縱觀筆下人物的一生，還要魅力十足地敘述其日常生活的真實作風，以及明確地傳達他的一言一行。這一切該如何深入探討與統合彙整，進而形塑出評傳主角鮮活的面貌呢？

時下的年輕人不妨從現在開始特別留意當前社會風雲人物的作風和言論，以做為十幾年後為他們寫評傳的預先準備。我建議大家最好能有這種識人的眼光。

在今年的出版品中，讓我讀得最起勁、促使腦力激盪、甚至為它寫了文章的是年輕的評論家安藤禮二[5]撰寫的折口信夫[6]評傳《光之曼陀羅》[7]（講談社文藝文庫）。這是一樁將大詩人暨思想家的宇宙觀結構，連結到同時代西歐新潮流的浩大工程。不僅如此，他對《死者之書》[8]綿密的分析，連我這個舊世代的人也覺得很有道理。

5 安藤禮二（一九六七～迄今），日本文學評論家。
6 折口信夫（一八八七～一九五三），日本民俗學家暨日文學家，亦以釋迢空為號寫詩與和歌。
7 完整書名為《光之曼陀羅——日本文學論》，二〇〇八年由講談社出版，二〇一六年再出講談社文藝文庫版。本書於二〇〇九年獲得第三屆大江健三郎獎以及第二十屆伊藤整文學獎。
8 折口信夫的幻想小說，一九三九年於《日本評論》雜誌分三期連載，一九四三年由青磁社編輯出版，目前有數家出版社依此底本發行袖珍版。

釐清詞彙的定義之後重新閱讀

早從年輕時候，乃至於壯年之際，我向來只能一個人待在房間裡埋頭伏案，與此同時，不免憂心是否因此造成了閱讀上的偏頗。我不由得意識到，如此一來不僅難以導正師心自用的習癖，再者也不容易填補知識上的短缺之處。

及至邁入耄耋之年，來日無多，我在閱讀甚至重讀書籍時反倒比以前來得從容自若。回想加藤周一先生離世時，我已在《朝日新聞》上發表了相關文章，或許有人看到這個主題心想又是老調重彈，不過我還是要寫一寫最近養成的閱讀習慣。

在令人傷悲的那些日子，報上刊登的悼文無不帶著靜穆的敬意，我深有同感，只有一處敘述似乎應予訂正。悼文裡提及，「《日本文學史序說》論述的時間跨度從《萬葉集》到大江健三郎」，這段文字並不正確吧？這部著作一九七五年的第一版經過我的初閱、再閱甚至三閱，每一次都用不同顏色的鉛筆劃記，有些頁面甚至被劃得五彩繽紛了，所以我很肯定下卷（一九八〇年）最後一章的時代劃分是從石川啄木[1]開始談起的……。

某天早晨，我看到一則廣告宣傳該部論著的筑摩學藝文庫版已於近日加印，頓時感到一絲忐忑，於是前往新宿購買翻閱，赫然發現新版補寫了有關二戰之後文壇記事的最終章。

在歸途的電車上，我讀著提到自己的那些字句，心中滿懷感激，不禁想到假使當初我在九條會遇見晚年的加藤周一先生之前已先看過了這段評論，大概就沒有勇氣上前攀談了吧。

此後，我每天早晨用三十分鐘到一個鐘頭的時間再次閱讀這部著述。每每讀到書中的某些詞彙，即便十分常見，我還是擔心自己的認知與加藤先生的定義有所誤差，仍要翻查一下辭典，同時核對那些古籍的名稱和著者的姓名，自己的念法是否正確。

舉例來說，「分化」這個詞彙條目在新版《廣辭苑》裡的第一項是「均質之物分裂為異質之物的過程或結果」，這個解釋在我看來合情合理；第三項是有關條件反射的理科領域的說明——平常讀到這方面的用詞，我必定會立刻查辭典，所以也不會產生疑慮。問題在於日常交談時提到「分化」這個詞語時，我是不是真的了解該條目的第二項語意「社會現象從單純或同質之狀態，分歧發展成複雜或異質之狀態」了呢？

加藤先生在〈《萬葉集》的時代〉這一章的結語部分寫道：「今後的時代必將發生的，不

1 安石川啄木（一八八六～一九一二），日本歌人暨作家。

僅是基於在地世界觀使得外來文化的『日本化』，還有在地世界觀其本身內容的『分化』與其呈現方式的『簡練』。」查完辭典之後，我旋即捫心自問：是否真的讀懂了這段論述中的「分化」一詞的意涵了呢？

接著，我在其後的〈第一個轉折期〉的章節裡，確切明白了加藤先生對於「分化」這個詞彙的定義：

「早在奈良時代之前，已可溯至後世的日本文化世界觀基礎之淵源。然而，在該世界觀的框架中，業已分化之文化現象的諸多類型與傾向，以及一般所謂文化傳統之具體面向的絕大部分（當然不是全部），皆可追溯至九世紀，但無法溯及九世紀之前。就這層意義而言，我國的文化史，可大致區分為奈良時代及更早之前的前史，以及九世紀後至今的兩個時期。」

加藤先生在這部著述中不經意地用了許多過去常見但近來少見的詞彙，點醒我們對今日社會的反省。

他首先表示「日本文化是先有『陰柔之風』，其後才在外國文化的影響之下形塑出了『陽剛之氣』」，緊接著提到「此外，開戰前那批軍國主義的掌權集團，刻意把〈戍衛之歌〉營造成《萬葉集》的代表之作，這當然是極端的歪曲，更是徹頭徹尾的愚民政策。」

我從目前具有影響力的各界人士的所言所行之中，清楚目睹了「愚民政策」；甚至連根植於他們內心深處的愚昧駑鈍，同樣昭然若揭。

二〇〇九年新年之始，在大眾媒體一言堂式的荒誕論調中，我想起了書中的一個段落：石川啄木對其當代（一九一〇年前後）的封閉之風所作的批判，而加藤先生對此給予高度的讚賞。加藤先生於生前最後一次出現在電視上時大聲疾呼：「你們這些年輕人要睜大眼睛看清楚這個封閉的時代！」我衷心期盼能有更多年輕人看到這段影片。

「封閉」的意思是「因關上而阻塞不通、被塞住而導致閉鎖」。強權（用比石川啄木的時代更為形形色色的方法）封閉了社會。倘若年輕人自我禁錮，既不關心這個被封閉了的社會也不曾奮力衝破藩籬，那麼這些無處發洩的不幸唯有一直蓄積下去，直到終將爆發的那一天。

在不明不暗的這「虛妄」中

出版了《優美的安娜貝爾・李 寒徹戰慄早逝去》中國譯本的出版社通知我，這部小說獲得了文學獎。

本書的獲獎理由是：「身陷絕望的女演員櫻在那些森林裡的女人幫助之下找到希望。正如同半個世紀前苦思所得的『絕望之為虛妄，正與希望相同』[1]，作者透過小說主人公的心路歷程，終於自我領悟出結論來，給陷於絕望中的人們捎去了希望。」我也想知道中國的年輕人是如何理解魯迅引用翻譯的匈牙利詩作[2]，於是有了這趟北京之行。

多年前我開始寫作小說和散文不久，隨即有自稱是竹內好門生的夫妻投書指責不願再看到如我之輩推舉魯迅，我心想「好吧！」，從此只讀不寫；可是每當讀到《野草》（當然是竹內好的譯文）中的這段文字時，我總是難以扼抑內心奔騰的萬千思緒。

在與亦參與了文學獎評選的中國社會科學院外國文學研究所進行交流時，以從亞洲觀點評論近代與現代日本而著稱的孫歌女士發言表示，據聞竹內好的那段譯文還有另一種解讀，那就是在絕望的深淵中擁抱希望。

與會者當中最資深的老前輩是才剛完成加藤周一《日本文學史序說》改譯工作的葉渭渠先生，他問了我：你的小說是將個人經驗連結到日本的社會及時代，那麼，在設定「接點」時有何巧思？

「這取決於小說的敘事方式。我的寫作方法是把自己投影到故事敘述者身上，再連結到個人的生活方式，但是這種作品的敘事範圍當然會受到侷限，在情節推展上也不容易盡興發揮。我目前正在寫的小說主題是老年和死亡，同樣面臨了這個問題，十分苦惱。」

我一邊回答，腦海裡倏然閃現了魯迅的面容。交流結束之後，我造訪了設於魯迅舊居的博物館，在賞覽妥善整理保存的魯迅藏書和部分手稿之際，心裡不禁浮現了前面獲獎理由所引述的那段話的後續文字：「倘使我還得偷生在不明不暗的這「虛妄」中，我就還要尋求那逝去的悲涼漂渺的青春。」我感到自己彷彿在從青春到老年的不同時期對於魯迅的各種真實的領悟之間徘徊。不僅如此，我甚至想到，在邁向並不遙遠的人生終點的這段路上，我應該

1 出自魯迅一九二七年散文集《野草》的〈希望〉，該文寫於一九二五年一月一日。

2 魯迅於〈希望〉一文中引用翻譯了匈牙利詩人裴多菲・山多爾（Sándor Petőfi，一八二三～一八四九）的同名詩作〈希望〉。

挨靠著這兩種「虛妄」之中的哪一種走下去呢？

在博物館的人群中，有人給了我一本英譯版的小說，並且告知這部寫於二〇〇五年以文化大革命時代為背景的作品是中國的禁書——Yan Lianke「*Serve the People!*」（Constable）[3]。故事的發想來自《毛語錄》中的一句口號[4]。這部諷刺小說描繪一個出身貧村的年輕士兵到長官家值勤，後來竟然演變成為美麗的長官夫人提供性愛服務。內容堪稱爆炸性地徹底顛覆了文化大革命那個封閉的時代，活靈活現地展現出批判性與人性觀，足見中國知識人的大器。

寒假中，偌大的教室依然座無虛席。我面對北京大學學生諸君，分析了訴說著希望的魯迅那層次繁複的文字呈現，並且揉合了自己的親身經驗。為了這場演講，我的講稿一直寫到了前一天深夜，連累了那一位最近重譯我那部《廣島札記》的年輕女學者也跟著熬了通宵才完成譯稿。

然而，我的演講還是太長，不由得愈說愈快，導致在逐句翻譯的過程中，有時一個章節尚未譯完我又開始講起下一段，有時反倒把自己弄糊塗了不知道該怎麼接下去，所幸我們依然配合得相當成功。中國學者的實力的確值得敬畏！

彼時正值以色列軍隊對加薩走廊發動更加猛烈的攻擊。我與學子們分享了那位於二〇〇三年過世的文化理論家愛德華・薩伊德身為支持巴勒斯坦陣營的人士，對於這種堪稱絕望的狀況有什麼樣的預知，還有躺在臨終病榻上的他，儘管沒有接受虛妄的希望性觀測，卻始終堅定抱持著被稱為「基於意志行為的樂觀主義」的原則。除此之外，我還將薩伊德的人生態度，與執筆《野草》期間及其後的魯迅做了比較。

在演講結束後的小宴上，我聽聞北京大學即將出版空海的《文鏡秘府論》[5]校注版共四卷。我立即得意地（？）說道，包括自己在內，如今真正熟讀過這部古籍的日本人想必不多，但是那位著作同樣剛在中國出版新譯本的加藤周一，在書中提到於第一個轉折期中引薦日本文化與中國思想初次交流的那些天才的工作時，引用了前述典籍的空海的漢語序文，不僅頌揚他是一位思路清晰的理論家，並且讚美了其字裡行間的風趣詼諧。

3　該書為中國作家閻連科（一九五八～迄今）的《為人民服務》，英譯本由Grove Atlantic旗下的Black Cat於二〇〇八年出版，譯者為Julia Lovell（一九七五～迄今）。本書作者註記英譯本的出版社為Constable或為誤植，仍依原文呈現。

4　「為人民服務」為中共中央主席毛澤東（一八九三～一九七六）於一九四四年提出的口號。

5　空海（法號遍照金剛、謚號弘法大師，七七四～八三五），日本派遣至唐朝學習佛教的僧人，亦是日本佛教真言宗的開山祖師。《文鏡秘府論》為空海編撰的中國詩文論著。

凝望世界終點的藝術表現者

印象中那是在三十年前，我去池袋出席一場演講，開講前在狹小的地下室房間裡與一個年輕人一起等候出場（但是兩人沒有交談），我到現在依然記得當時的感覺。那個年輕人看上去頗具自我風格並且才華洋溢，絕非泛泛之輩。他身穿女裝，但不會給人一種大塊頭女人的感覺……。

我很快就覺察到此人正是引領戲劇界新潮流的野田秀樹[1]。只不過我多數時間都窩在家裡，從來沒有踏進過野田地圖[2]。

日前我終於去看了野田先生編導的《銀管人》[3]。一個老人徘徊在澀谷街頭尋找著一處似乎不再屬於文化風俗尖端的劇場，這樣的情景想必很是引人側目。等到我總算落了坐，從座位四面八方傳來此起彼落的女孩笑聲，又讓我在看戲之前先有了格格不入的感受。

一會兒過後，結構龐大又前衛的太空船降落到舞台上，組成其結構體的無數管子其實是能夠像人類一樣行動的諸多個體（銀管人），而這些銀管人運用嘆為觀止的方式支撐著來自地球的移民；還有兩位女主角精湛的演技，在標新立異中又帶著親切可近……開演不久，台上的演出已讓人看得渾然忘我了。

儘管經過精心安排的輕鬆詼諧橋段受到觀眾喜愛，然而更令人拍案叫絕的是複雜且無懈可擊的**台詞**的邏輯性！離開地球的移民史是在傑出設計的虛擬實境情景中呈現，藉由饒舌又戲謔的對話予以說明解釋，而一個接著一個時代的發展演繹更是一氣呵成，（包括演出者和觀賞者在內）連停頓下來暫歇一口氣的空檔都沒有。

剎時，一段變奏霍然傳入了我那已經習慣於慶典般喧鬧語聲的耳裡，那是沿襲自魯迅作品的令人懷念的沉重主題：

「想當年剛抵達火星的人們充滿著希望。他們懷抱著希望——倘若於現在的火星生活相比……。

1 野田秀樹（一九五五～迄今），日本劇作家、導演暨演員，於二〇〇九年榮獲大英帝國勳章ＯＢＥ，二〇一一年獲頒日本紫綬褒章。

2 野田秀樹於一九九三年成立的戲劇企劃製作公司「NODA・MAP」。

3 「NODA・MAP」第十四回公演《PIPER》（銀管人），野田秀樹編導，松隆子（松たか子，一九七七～迄今）、宮澤理惠（宮沢りえ，一九七三～迄今）兩位女演員領銜主演，公演日期自二〇〇九年一月四日至二月二十八日，故事的時空背景為距今一千年後的火星。

但是，我對現在的火星生活並不絕望。因為絕望只是人們在腦袋裡虛構的感覺。不過呢，我也同樣不抱有希望。畢竟希望一樣是人們在腦袋裡虛構的感覺。」

看到這一幕，我想起遠在三十年前，之所以覺得那個年輕人不是泛泛之輩（老實說，當時很不願意與他共處一室），乃是由於隱藏在他體內的那個藝術表現者所流露出來的「絕不低頭認輸的氣勢」。那種本質多年來始終不曾消失，並在戲劇界的第一線不斷淬鍊，如今才能透過那些閃閃發亮的銀管人體現出來……。

是那些為數眾多的銀管人使得移居火星的夢想化為現實，他們唯一致力的目標是讓人類幸福。這種機械最基本的功能是用管子吸走會危害幸福的暴力，並且使之無力化。當地球毀滅，無法繼續供給人造糧食的時候，銀管人就開啟了把死人加工成糧食以讓飢餓者感到幸福的運作系統。

移居數百年之後，銀管人研判新世界無法再讓人類幸福，立刻決定把歷史的時間軸倒轉到回原點，返回一開始移居火星前的出發時點。

「莫非銀管人把人類在這火星上發揮施展的巨大力量汲取與儲存起來，然後就是用那股力量在摧毀這顆火星嗎？

不，他們並不想摧毀這裡。他們只是要回到原本的火星生活而已。」

火星生活終於恢復到剛移居時的狀態，移居的倖存者成功讓植物萌發新芽，開始努力培育新品種的糧食……他們的前方露出曙光，舞台落幕。觀眾在這齣舞台劇的後半段幾乎不再發出笑聲，我覺得這是觀眾在「思考」充滿恐懼的未來圖景的一段深刻而沉重的時間。然而這段時間在他們心中，不會成為一個不愉快的回憶。

我想，在所謂世界性大蕭條的文字敘述下，置身於真實殘酷的貧窮困境中的年輕人，大概不會坐在這座劇場裡；但是在觀眾席上，應該總有幾個年輕人在不久後的將來會面臨到類似的現實狀況，而不得不把觀賞與思考這齣舞台劇的感受拿出來重溫與思索吧。

我覺得評論現況的專家們似乎分成兩派，秉持樂觀主義的一派認為這次的大蕭條以及衍生出新貧階層的狀況，再過一陣子就能安然度過；而秉持悲觀主義的另一派則認為這種狀況在不久之後必將重返，雖然可以再次順利過關，但是更加嚴重的危機顯然會一次又一次捲土重來。難道這些專家打算把思考與系統轉換這些最重要的事，統統交給新面孔的專家去想辦法嗎？

劇作家和小說家都不是這方面的專家。正面直視世界的終點，絞盡腦汁發揮貼近現實的想像力的，始終都是外行的藝術表現者的工作。野田先生將這齣舞台劇的「現在時刻」，訂在上演日的百年之後。

挽回那不可挽回之事

本文的標題是我記憶中那段話的大意，但究竟是在哪一篇文章裡讀到的呢？我的個性是，假如無法確切想起來某件遺忘的事就會耿耿於懷，或許這也是我將文學當成畢生志業的原點之一。

不過，至少我非常肯定那段話出自誰的作品。事實上就在不久前，我才剛引用過他的莎士比亞譯文，此人就是劇作家木下順二[1]。只是當我遇到這位寬容溫厚又嚴謹的人士時，卻又提不起勇氣請教他：「請問這句話是哪一部戲劇中的**台詞**呢？」

經過連日來的奮戰，我終於在幾個星期前的某一天查到了那段**台詞**——為了無論如何都要挽回那無論如何都不可挽回之事。

我之所以忽然想要查出這段文字，是在觀賞井上廈的《武藏》[2]後受到震撼，從位於埼玉

1（一九一四～二〇〇六），日本劇作家，獲獎無數。
2 二〇〇九年首演的舞台劇。

的劇場搭乘晚班電車返家的途中陷入深思之時，一張卡片倏然浮現在了眼前。

長子光出生時頭部畸形，對身為父母的我們的叫喚沒有任何反應。後來妻子發覺他會仔細聽野鳥的啼聲，便引導他聆聽人類的音樂，接著又發現他擁有絕對音感，於是繼續協助他直到能夠親自譜出簡短的曲子。

我把那十年間發生的事情寫成了文章，木下先生垂讀之後，贈與一本他當時出版的新作《關於遺忘》（平凡社）[3]，並在書裡夾了張親筆卡片，上面寫著「此次拙作內容與你的親身經歷或有共通之處，好極好極！」

木下先生在完成《神與人之間》[4]這齣大作完成且上演之日迫在眉睫之際，卻打算改寫第二部《夏日．南方的愛情故事》，造成了劇團的困擾。他後來寫了一篇隨筆反省此事的**前因後果**。就是在這篇文章裡，他引述了那段我只記得大意的**台詞**。

那段**台詞**的背景是二戰結束後，名叫獃助的女性對口相聲師有個情人被判為乙級戰犯並已於外地處死，她在萬般思念與極度不甘心的情況下，毅然決然說出了那番話。

木下先生大約可以想像我的家庭遭逢的狀況（對於有腦部疾患的光，我悲觀地認為**無論如何都不可挽回**，但妻子則始終**為了無論如何都要挽回**而堅持到底），以及今後將會面臨的困難，於是特意捎來鼓勵。因此，這段**台詞**可以說是舍下的座右銘，時不時總會浮現在腦海裡。然而如此重要的話語，我卻忘記它的出處，更不應該的是，沒能把一字一句記得清晰分明。

木下先生在稍早提到的那篇隨筆（這篇寫於三十五年前的文章，令我聯想到當下的社會現況）裡如下寫道：

「（前略）例如，即便看似在醫院壽終正寢的人，也不可忽略此人或許是被現代社會的異常狀態所**殺害**的可能性，與此同時，亦不可忽略逍遙地活在這個失常的現代社會裡的我們，其實在不自覺中成為**殺人兇手**之一的可能性。如果把『忽略』所指稱的範圍擴大一些，也可以置換成『遺忘』這個字眼。我們真的經常遺忘不可遺忘之事。有時甚至是刻意遺忘。於是，我們往往等到幾乎無可挽回的時候，才會覺察當初遺忘的罪愆和過錯。」

如同一開始寫到的，我非得刨根究底查出獻助的**台詞**，原因必然在於當我非常興奮地觀賞（還有雖然些微不同、但仍屬於典型的木下先生式詼諧也同樣令人懷念）同世代的劇作泰

3 一九七四年出版。

4《神與人之間》為二部曲的劇作，第一部《審判》於一九七〇年首演，第二部《夏日．南方的愛情故事》於一九八七年首演。

斗的新作時，顯然感受到兩者間的共通之處。

儘管我查清楚了木下先生的**台詞**，可惜沒能在井上先生刊於文藝雜誌的劇作（《昴》二〇〇九年五月號）中，找到足以類比的**台詞**。《武藏》敘述在那場名震古今的決鬥[5]過後六年，沒有死於決鬥的佐佐木小次郎（這個設定是井上先生的巧思）想與宮本武藏再度分出高下，但是那些沒能前往西方極樂世界的亡靈**無論如何**都要阻止兩人決鬥，因而不得不在深夜時分，**為了不讓兩人決鬥而竭盡全力**（與他們假扮成活人在明亮的舞台上使出渾身解數的精彩場面同樣竭盡全力），最後，那些亡靈成功阻止了決鬥，也得以前往西方極樂世界……。

在處處充滿伏筆的井上廈劇作裡，最關鍵的伏筆是這段台詞——**倘使二位不再決鬥，吾等心願足矣**。如果有年輕的觀眾對此表示不滿，認為這段**台詞**雖然明快，但未免太簡單了吧？那麼，我願意代為解釋：這是藝術表現者井上廈先生藉此呈現出對於**無論如何都不可挽回之事**的現實狀況的深刻認知，也是他為了**無論如何都要挽回**那一切而從事的「晚年的工作」。我想，這就是同樣年邁的我在井上先生的舞台劇裡，聽到了木下先生那段**台詞**的理由。

5 史稱「巖流島決鬥」。相傳兩位江戶時代初期的劍術家宮本武藏（一五八四～一六四五）與佐佐木小次郎（生年不詳～一六一二）曾於巖流島（現今日本關門海峽靠近山口縣下關市的一座小島）上展開一場知名的比劍決鬥。

充滿智慧且在平靜中透著悲傷的神情

四十年前的初夏，我為了校對已開始在《世界》雜誌連載的《沖繩札記》而去到岩波書店，在那裡翻閱了分批出版的《奈良六大寺大觀》套書第四冊《興福寺之一》。書中的十大弟子像，尤其是須菩提和羅睺羅那平靜中透著悲傷的神情，震撼了我。

那部美麗的大開本套書，單冊的價格即相當於我答應妻子的每月購書費的四成，但我還是預購了一整套。不過，若問我有沒有充裕的時間精讀陸續出版配送的分冊，答案是沒有。當時的彩色印刷不容易乾透，因此書頁裡夾了一些薄紙，從那些薄紙目前的狀態看來，我頂多隨意瀏覽而已。

回顧我的前半生，那一年算得上是最為四處奔波的一段日子。繼長子的妹妹誕生之後，期盼能多個幫手協助撫養身障長子的妻子再度如願以償，又在這年給他添了個弟弟。

讓我了解何謂沖繩問題的古堅宗憲[1]先生也在那時候意外離世。那一天，我搭上一艘載著美軍士兵和一群豬的船隻抵達伊江島，拜訪了住在島上的古堅先生雙親，可惜語言不通，我們只能相視而笑。隨後我分別在那霸、胡差參加完大規模示威遊行後剛返回東京，那一夜，我旋即趕往加入（非得見證那歷史性的一幕不可）沖繩之日當天激進團體無預警發起的臨時活動。

即便在這樣忙碌的狀況中，我仍不曾停止思維，並且為了確認此點而去了東京國立博物館參觀「國寶．阿修羅展」[2]。我沒有勇氣夾雜在一群素有涵養的人士和專家之間於貴賓預展日觀覽，只敢等到日後才隨著嚴格限制入館人數的隊伍，循著順時針方向繞行阿修羅像緩步前行，化為祥和群眾（這是我心目中的表述方式）之中的一員。事後證明這項決定是正確的。

首先由較高的地方遠觀佛像。能夠按照自己的意志拜謁整尊佛像只到這個時刻為止，接下來就必須在承受著來自四面八方徐緩的人潮壓力，依序前進。由於沒辦法一直保持著昂頭挺胸的姿勢，只得像游泳時換氣那樣，有時抬起頭來仰望佛像的頭部，有時低下頭去確認腳下的安全再踏出一步。縱使如此（抑或正因為如此），每一次的仰望，佛像的容顏總會呈現不同的面貌（這亦是我心目中的表述方式），而那種微妙且確實的全新展現，令我為之折服。

我從年輕時即深受影響的文學理論之一是俄羅斯形式主義，此流派有一種稱為「異化」的小說寫作技法，也就是將眾所周知且習以為常的標的物，呈現出不同以往的嶄新樣貌，使得人們視之為新奇的事物。

越過人群頭頂上一瞥即逝的（某個角度的）阿修羅像頭部，美得令人屏息。然而，我俯下看著自己腳邊以便保持平衡移動，再抬起頭來的瞬間映入眼中的佛尊頭像，還層疊著稍早前留在眼底的佛頭殘影，於是此一剎那的佛尊頭像被「異化」，從而突顯出其未知的角度，並且是新鮮的、深化的、經過綜合之後的相貌……就是這樣的一種技法。

祂那合十的雙手有著纖長的手指，我感到自己彷彿要被吸入唯有從正面才看得到的兩掌間的縫隙裡了。又挪動半步，再一次瞻仰佛像正面的尊容，從清瘦青年的輪廓透顯出渾厚穩重的安定感，我甚至覺得自己整個人宛如被祂擁入懷裡。

看完展覽回到家裡，深夜時分，攤開來的《興福寺之一、之二》兩冊占滿了我的桌面。隨著書頁揭翻而過，我忽地想起這輩子唯一一次陪同家母前去京都的寺院時，家母對我說過的幾句話：

「在神佛的面前你就這麼急匆匆地走過，連停都沒停下來。當學生時也是這樣，我在一旁瞧

1 古堅宗憲（一九三〇～一九六九），日本沖繩同鄉會事務局局長，積極投入沖繩歸還運動，死於火災意外。
2 展期自二〇〇九年三月三十一日至六月七日止，展期內的參觀人潮超過八十萬人次。

著你讀書的模樣（其實我是在查字典），就是這麼慌裡慌張的……我說得沒錯吧？」

在繞著阿修羅像觀覽的三十分鐘中得到感召與教誨的我，重又走回了能夠自由行動與停下腳步的十大弟子像的展區。方才提過的照片在腦海中記憶猶新，它們引領著我來到眼前的佛像實體，在這裡度過了好一段時光。映入眼簾的皆是清瘦的立姿，其身著裝束或披上袈裟的樣態相互「異化」，令我看得入迷，我不禁回想起當年那個年輕的自己，在看到這些青年、壯年和老年的僧侶所流露出的充滿智慧且在平靜中透著悲傷的神情時，有多麼震撼。

我當時心裡甚至泛起一股幼稚的悲觀主義——儘管這些雕像總不至於是在釋迦牟尼佛的十大弟子面前臨摹而成的，但是看看那些被當成參考原型的一千三百年前的人們其面容流露的神色，再瞧瞧我們這個時代、這個國家的人們臉上的表情，兩相比較之下，我們後世之人豈止是相形見絀！

然而現在，當我在觀覽這些佛像時，一段久遠的記憶猛然襲來，我想起自己這數十年來其實曾經遇過好幾位像這樣面容充滿著智慧與平靜的人士，而且他們的臉上也都透著老邁的悲傷，無一例外。

原子彈爆炸究竟是威力，還是人類慘劇

二〇〇九年六月二日，「九條會」創立五週年的慶祝大會於這一天舉行。我想，大會主題訂為「繼承加藤周一先生遺志」，應該是全國共計七千四百四十三個相關團體的會員所秉持的共同信念。

二〇〇七年，我們失去了一位獨卓不凡的先行者，亦是九條會發起人之一的小田實，眾人商議該用什麼方式遞補遺缺，那時加藤先生以宛如文章裡常出現的「詼諧戲謔」一詞之實際體現的瀟灑口吻說道：雖然一開始九個人發起時恰好和會名的數字相同，我們還是把這位無可取代的伙伴記在心底永誌不忘，由剩下還活著的人繼續奮鬥吧。

當天會場的日比谷公會堂，充滿了大家對加藤先生為人與思想的回憶，也迴盪了具有詩人加藤周一之韻律形式的歌曲〈櫻花小巷〉[1]。

相較於日漸壯大的「九條會」的實質性活動（尤其出席各縣市聚會時的感受更是深刻），發起人的貢獻其實是微不足道的，真正發揮實際作用的是平常負責運作相關團體的每一個人，比方本次的演講會，為了將各地的力量凝聚在一起，祕書處與志工的工作成果就相當出色。展望未來，當下最緊急的課題是如何把熟知戰爭且最值得倚重的世代（尤其是女性）的經驗，傳承給年輕的世代。

我期許自己能讓聽眾對加藤先生有更深一層的了解，並且將之流傳後世，於是暗自思忖倘若加藤先生親自出席今天這場盛會，台下的聽眾應該會請教他對世界局勢的觀察，尤其是全球關注焦點的北韓發射飛彈及試爆核彈的話題。我想像了一下加藤先生將會如何回答。

我的工作需要想像力。這一行的從業者應當銘記在心的箴言是：幻想和想像的差異在於，後者有憑有據。這段話出自柳田國男的定義。我從柳田國男的全集裡將他對這兩個詞彙的解釋完整抄錄於卡片上，此後極少出現誤用的狀況。

我如此想像的依據來自廣島與長崎原子彈爆炸五十週年的那一年，加藤先生在廣島舉辦的帕格沃什會議上發表的演講內容（《加藤周一選集》第五冊，平凡社叢書）。

加藤先生是在原子彈爆炸後，第一支挺進廣島的醫學調查隊成員之一。演講一開始，他先談起一件傷心的往事：某個相識的原子彈輻射受害家庭裡的年輕人原以為自己康復了，後來加藤先生卻在他身上發現了致命性的輻射病症。

面對核武時代，居間阻撓軍備管理及裁減武力的障礙和壁壘究竟是什麼？是廣島的慘狀沒能廣泛傳遞到全世界的每個角落，以及相關的訊息沒有傳承給下一個世代。另外是國際地位不對等的問題。換言之，亦即擁核國與非擁核國之間的不對等、擁核國彼此之間核彈數量的不均等，還有核彈試爆的模擬技術水準的差距。這些都是思考核武問題時的關鍵。

加藤先生於是下了結論，如果要打破核武現況的僵局，就必須確保擁核國彼此之間，以及擁核國與非擁核國之間的信賴關係。

就理論面而言，加藤先生的結論是正確的，可是從實務面來說，這樣做真能奏效嗎？若有人提出這項質疑，我要用以下這個例子來說明當前的世界政治大國對此有何看法。

根據《朝日新聞》的報導，在北韓情勢影響下，日本國內正在討論能否對敵方基地發動攻擊，而新上任的美國國防部助理部長（主管亞太地區安全事務）對此發表了立場：「一旦日本做出相關決議，美國當然會盡全力給予支持」。關於北韓基地的攻擊能力，我方得到的消息

1　加藤周一與幾位詩友於一九四二年共同發起名為「Matinée Poetics」的定型押韻詩的文學運動，並於一九四八年出版詩作合集《Matinée Poetics詩集》，其中一首詩是加藤周一的〈櫻花小巷〉，後來有兩位日本作曲家分別將這首詩譜成同名歌曲，一首是中田喜直（一九二三～二〇〇〇）譜於一九五〇年，另一首由別宮貞雄（一九二二～二〇一二）譜於一九五一年。本書作者此處並未註明是哪一首。

是他們部署了兩百枚射程範圍涵蓋日本的中程彈道飛彈「蘆洞」。

與我相熟的廣島的新聞記者金井利博[2]先生在其一貫論述中提出了這樣的質問——世人對於原子彈爆炸的記憶，是它的威力？還是人類所遭受的慘劇？

有一年，在廣島舉行的會議直至深夜才結束，之後我去探望了住院的金井先生。他在昏暗的病房裡一認出我，立刻嚎啕大哭起來，我頓時心頭一揪，擔憂那是因為癌症帶來的疼痛。等到平靜下來，他才告訴我，這是為了廢核進度太慢而感到憤恨不已。我想，將來的某一天，自己一定會想起金井先生痛哭的這一幕。

所幸還是有令人振奮的新聞報導，例如東京高等法院對於原子彈輻射症訴訟案做出了「『與原子彈爆炸輻射線具有關聯性之審查』應予擴大範圍」的判決。

我要問那些將於十五年後攀上人生顛峰的年輕人：你們那個時代的世界和平，是基於包括核武在內的武力制衡，還是基於消弭國家之間的不對等與確保信賴關係？而哪一種才既符合理論又兼具務實的呢？

2 金井利博（一九一四～一九七四），日本廣島《中國新聞》報社記者暨評論員，致力於原子彈爆炸後的相關研究報導，曾與本書作者合著《日本的原爆文學第九卷》。

給小說新手的建言　2

我從長篇小說〈流放〉開始閱讀這部裝幀美麗的大部頭著作《帕韋澤[1]文學集成》（岩波書店）。那位來自義大利北部的主人公被流放到該國南端的濱海小鎮，最先注意到的是當地植物的仙人掌果。看到這裡時，不禁叫了一聲：啊，我在那霸的旅館裡讀過這一段！

經過查證，我看的是一九六九年的舊版，書封內側還有我那時素描的具有沖繩特色的植被圖案。當時我原本準備寫成小說，卻彷彿被某個重要的問題推往另一個方向從而寫下《沖繩札記》，連同被捲入那場訴訟案在內，四十個年頭就這樣過去了。我不由得聯想到譯者在完稿之前的那段「集成」歲月。

帕韋澤長篇小說處女作的主人公是個年輕的知識人，由於庇護疑似與地下組織有關的女性友人，而遭到在墨索里尼政權下企圖剷除反法西斯運動勢力的警察逮捕拘留，並被判處流放之刑。帕韋澤將親身的經歷寫成了這部小說。

1 Cesare Pavese（一九〇八～一九五〇），義大利詩人、小說家暨翻譯家。

「不時開開關關的門、整理妥當的衣物、小巧的桌子和鋼筆——自由之身能夠享受的一切——再度得以擁有那些東西的喜悅，就像恢復期那麼樣地久，也像恢復期那般悄悄地在他的體內蔓延。斯特凡諾很快就察覺到，那種感受既脆弱又短暫。所有的新發現，都將被納為習慣的一部分吧。不過，他還是決定盡量在戶外生活，這是為了讓自身痛苦的感覺能夠從傍晚一直持續到深夜。」

一九〇八年出生之後，帕韋澤受到法西斯主義的壓抑，歷經了世界大戰，挺身反抗德軍，又熬過內戰，終於走向解放。他寫下當代的驚濤駭浪，最後順利出版。現在，我們能夠透過最精彩的譯文，讀到他所有的小說。我之所以特別提到這部早期的作品，是因為包括他獲釋後馬上完成的短篇小說在內（那部〈流放〉也被收錄在《文學集成》裡），對於小說新手具有豐富的參考價值。

仙人掌果也出現在他的短篇小說裡，一位優秀的年輕作家的觀察本能由此可見一斑。從這個基礎上延伸而成的對於故事人物的剖析與呈現，以及如何細膩地打造出獨特的文體，乃至於發展成長篇小說，這就是我希望小說新手能夠學習的創作歷程。

我國文學界新人的年齡有逐漸降低的趨勢，帕韋澤踏入文壇時雖然也很年輕，但他不僅經過當代知識階級同道的切磋砥礪，自身更慧眼獨具地精選迻譯了梅爾維爾[2]《白鯨記》[3]、喬伊斯《青年藝術家畫像》[4]等等英美文學作品。另外，他最重視的詩作也寫了不少。

很明顯地，他的文學基礎極為深厚。與當年的我一樣太早在文壇出道的新人們，當你們準備憑藉一己之力重新建構這項終生志業的時候，相當於高級教科書的這部《文學集成》必將有所助益。

河島英昭[5]先生獨自譯竣《文學集成》全書，如此純熟的文字近來已不多見，小說新手應該可以從他的譯文學習到文體的本質。他那篇耗費時日從多方角度勾勒描繪帕韋澤其人與那個時代的解說文章（舉例來說，文中敘述了那個女性友人背叛了流放外地的他而與別人結婚，這件事背後的政治因素甚至影響了帕韋澤去世後其日記公開出版的箇中原委），幫助讀者了解身為小說寫作者與文學研究者的兩種「生活的本分」（這是帕韋澤日記的標題）。

時值太宰治百年誕辰紀念，有人問了我對於作家輕生的行為有何看法？我的答覆是，太

2 Herman Melville（一八一九～一八九一），美國詩人暨小說家。
3 發表於一八五一年，被譽為美國最偉大的長篇小說之一。
4 發表於一九一六年，為喬伊斯的自傳體小說。
5 河島英昭（一九三三～二〇一八），日本的義大利文學研究家暨翻譯家。

宰治[6]和帕韋澤同樣克服了二戰後的重重困難、成就一番事業並且得到了聲譽，這兩位作家輕生的時間，前者是一九四八年、後者為一九五〇年，他們甚至連出生的年度都很相近，不妨仔細閱讀比較兩人的作品。

從兩人的作品中似乎都看不出對於輕生的舉動感到多愁善感的共鳴，尤其帕韋澤，他在寫作時不論面對其所處時代抑或自身景況都不曾退卻，完成了鏗鏘有力的作品。他在去世前一年的日記裡這樣寫道：

「你已經把你這個時代的歷史之環首尾相扣了。《流放》[7]（被流放者的反法西斯）、《同志》[8]（地下運動的反法西斯）、《山上的屋子》[9]（抵抗）、《月亮和篝火》[10]（抵抗之後）。」那些作品不僅捕捉社會的各個面向，也構成一套完整的系列作，以每兩部作品為一組，分別呈現出義大利的青年、壯年的庶民和知識人的樣貌……也就是說，他身為這個時代、這個社會的作家，已經善盡一切職責了。

他所列舉的那幾部長篇小說，我全都在《文學集成》裡讀過了，也認為他給自己的評分非常恰當。話說回來，這樣一位有自覺且全面性的作家暨知識人，怎麼會輕生了呢？

我沒有答案，只盼望提醒年輕作家對此要特別小心。且將這個問題留做年老作家的習題，繼續閱讀他的作品。

6 太宰治（一九〇九～一九四八），日本無賴派小說家。
7 *IL CARCERE*，發表於一九四八年。
8 *Il Compagno*，發表於一九四七年。
9 *La casa in collina*，發表於一九四八年。
10 *La luna e i falò*，發表於一九五〇年。

從其執念之色，絕非泛泛之輩

讀高中的時候，壓根沒想到自己以後會寫小說，卻還是擬定了兩個題目和寫作大綱，分別是「水死」和「尸童」。現在回想起來，這兩個主題都與在戰敗前夕過世的父親有關。

前者的內容是父親去世當天，身為家中男丁年紀最長的我，為了父親死亡的時點而與母親起了爭執，我堅持父親是在洪水氾濫的深夜出門去河邊時遭逢意外身亡的。至於後者的內容則是在《漢和辭典》裡查到這個詞彙得到啟發之後，憑空幻想出來的故事。

我的祖傳家業是將紙幣原料的結香樹皮處理成白色的之後上繳。每到出貨的季節，就要把那些白色樹皮捆成長方體，以便貨車載運到位於大阪的內閣印刷局。

村裡的女孩們會來到家裡的內廳幫忙把樹皮紮成小束，她們工作時也和負責監督的母親閒話家常。一天，說是鄰家那個才剛辦完結婚儀式就上了戰場的青年，他的陣亡通知書送來了，新娘子哀慟逾恆，竟被「怨靈」附身而神智失常，家裡請來大師作法，結果跟隨法師前來的小孩以「怨靈」的聲音開口說話了：

「我還活著呀！」那個「怨靈」連聲喊道。

新娘子聽到這句話立刻清醒過來，拒絕返回娘家。之後果然收到了那個青年的親筆信！

在隔壁小房間裡檢查紮好的小束、順手剝除殘餘粗皮的父親忽然喃喃自語起來：

「那是shidō。」（一旁的我聽到後詢問那是什麼意思）而父親只答了一句，「屍字頭」。

父親去世之後，我得以隨意瀏覽《漢和辭典》，查閱時發現「屍字頭」的部首應該是「尸」。接著又看到與尸童一詞語意相同的「乩童」。但是最令我訝異的是，屍原本寫做尸，以象形解字，還附上了圖樣。我從躺著的人體形狀實際感受到了古代的文字，嘖嘖稱奇。

進入高中之後，我在選修的古文課上讀到了《平家物語》[1]第三卷裡有一段情節敘述日後院號為建禮門院的年輕中宮皇后[2]臨盆之際被許多「怨靈」附身，法師藉由「乩童」讓他們現形發聲，之後得以鎮魂慰靈。我大為興奮，央請老師告訴其他的古文範例，向來不喜歡我的老師只冷冷扔下一句，「《源氏物語》[3]裡有，自己查。」

---

1 日本鎌倉時代的戰爭小說，作者不詳，描述平氏家族和源氏家族爭奪政權過程的興衰史。
2 平德子（一一五五～一二一四），平清盛之女，高倉天皇之皇后，號中宮，院號建禮門院。
3 日本平安時代中期的長篇小說，相傳由女性作家紫氏部著寫，主角為俊美的皇子光源氏，內容描述他和諸多女子的愛情故事。

暑假回到坐落於山谷裡的老家，我翻找母親的有朋堂袖珍版的殘本，心想其中必有描繪臨盆的場面，後來雖沒查到「乩童」的字眼，卻看到一處情節令我非常篤定就是這裡，旋即得意洋洋地謄寫到筆記本上，甚至到現在還能大致背誦出來。

葵姬[4]臨盆在即，玉體違和，竟被眾多亡魂、分身魂[5]之類的「怨靈」附身，其中包括六条妃子[6]的分身魂，即使找來法力術高強的大師施術，這個「怨靈」依然保持緘默，頑強抵抗，不肯改附於大師帶來的「乩童」身上。

「被召喚而出之諸多怨靈及分身魂紛紛報上名號，唯獨其中一魂始終不離葵姬玉體改附人身，卻也無嚇唬等惹厭之舉，只是與葵姬形影不離。該魂任憑大師作法全不奏效，從其執念之色，顯見絕非泛泛之輩。」

這段文字裡的「人」是指「乩童」，而主要描述的「怨靈」則是六条妃子。自從找到這一處之後，我反覆閱讀〈葵姬〉之卷，深深被這位知性的女子所吸引。即便在國外大學講學的時候，每當有人問我覺得《源氏物語》中哪個女子具有魅力，我的答案從未改變。

這段內容對「乩童」雖然並未多所著墨，但是我進一步推測，這個少年由於同情六条妃子，希望讓她繼續以「怨靈」的形態自由行動，因而抵抗法師的施術，沒有讓她移轉到自己身上。

於是，我那部名為「尸童」的小說構想由此誕生了。事實上，我寫過好幾個像這樣的段落：由村民的祖先或傳說中的人物所化成的「怨靈」，甚或把故事背景從國內擴大到世界上形形色色的人物所化成的「怨靈」，透過坐在四國森林裡的一棵大樹底下的「乩童」之口，訴說自己的故事。我也曾期許自己能夠充當廣島和沖繩那些未能安息的靈魂的「乩童」，代替他們發聲。

儘管高中時代的夢想終究沒能實現，然而我至少寫出了書名為《水死》（講談社文庫）[7]的小說草稿，目前正在仔細潤改當中。

「從其執念之色，絕非泛泛之輩」這段話是對「怨靈」的評語。我始終勉勵自己，小說家身上或許兼具「怨靈」和「乩童」的特質吧。

4《源氏物語》的故事人物，原文為「葵之上」，光源氏的正室夫人。
5 活人靈魂出竅的狀態。
6《源氏物語》的故事人物，原文為「六条御息所」，光源氏的情人，氣質高貴且才德兼備的寡居美女。
7 於二〇〇九年十二月出版。

文化是直面危機的技術

第一次聽到巴哈那首樂曲是一九六三年的秋天，地點則是在武滿徹先生的工作室。我其實愛極了那支曲子，卻擔心武滿先生覺得我這個門外漢偏要冒充內行，因而沒敢向正在收拾唱片的他請教那位鋼琴家的大名……。

我與他結識的經過是在聆聽《為弦樂而寫的安魂曲》[1]之後，友人隨即介紹了作曲家，我從沒想過世上竟有這麼特別的人，印象十分深刻。不久後，距離舍下大約兩百步的地方成為武滿先生的新居，此後我們幾乎天天互相造訪，快意暢聊。

不料，我的生活遭逢巨變。第一個孩子誕生時頭部出現異狀，從此我每天在大學附屬醫院的新生兒加護病房與妻子的病房之間來回奔波，直到深夜時分才返家。一天清晨，武滿先生的聲音喚醒了我，起床應門一看，只見點點露珠閃耀的圍籬後方站著手上拎提兩只偌大紙袋的武滿先生，他說：「我在ＮＨＫ工作熬了一整夜，順便借來幾套ＬＰ[2]，一起聽吧！」

兩人並肩走向武滿家的路上，他談的話題是《馬太受難曲》[3]，我卻選擇聆聽《平均律鍵盤曲集》[4]的第一、二卷。貌似稍有不悅的他並未出言反駁，而是寬大包容地為我播放了將近四個鐘頭的唱片。聽完之後，我像是做國民健康操那樣抬起手臂繞著圈，逕自回家去了，這件事後來成了他拿來調侃我的笑柄。

武滿先生為音樂知識貧乏的我簡要解釋，這首樂曲中的每一個調都有前奏曲和賦格曲，這種特別的旋律深深吸引了我。在音樂的陪伴下，我得到「**人們就像這樣在考驗之下繼續前進**」的啟發，終於從長達一個月左右的黑暗隧道走了出來，開始提筆寫下《個人的體驗》的序章。

其後，我蒐集了《平均律鍵盤曲集》的好些版本（進入CD時代後，仍有復刻盤陸續上市），有時候覺得似乎找到了，可是內心裡總會響起一個聲音告訴自己不是這個版本。

1 原文為『弦楽のためのレクイエム』（法文：*Requiem pour orchestre à cordes*），武滿徹受東京交響樂團的委託，於一九五七年作曲的弦樂合奏曲，為武滿徹初期的代表作。

2 即黑膠唱片。

3 原文為*Matthäuspassion*, *BWV 244*。巴哈於一七二七年創作的清唱劇，描述聖經馬太福音裡關於耶穌受難的內容。

4 原文為*Das Wohltemperierte Klavier*, *BWV 846–893*。巴哈於一七二二與一七四二年分別創作了兩組樂曲，每一組的十二個大調和十二個小調均有前奏曲與賦格曲，後人將這兩組樂曲稱為《平均律鍵盤曲集》的第一卷和第二卷。

今年的梅雨季節格外漫長。綿綿陰雨的某一天，光照例忠實地收聽吉田秀和[5]先生的廣播節目，一旁的我正在修改小說，也跟著有一搭沒一搭地聽著節目。突然間，那首樂曲在耳畔轟然響起。我甚至不由自主轉過頭去尋找武滿先生的身影。

憑藉光的記憶，我們開始探尋安潔拉．休伊特[6]彈奏的CD，幸運地找到了直接進口其《平均律鍵盤曲集》唱盤的人士。她的音符勾起我濃濃的思念。時序已入秋，我依然陶醉其間。

目前仍活躍於樂壇的這位加拿大女性鋼琴家，自然不是當年那個版本的演奏家。不過，我聽到廣播節目時的感動絕對毋庸置疑。我人生中最為精采絕倫的音樂體驗，終於在暌違四十六年光陰（恰為光的年齡）之後，由這片CD得到了圓滿的完結。

接下來，我又從一本書上獲得了相同的體驗。在整理郵寄到家裡的書籍時，發現了山口昌男[7]撰寫的《學問的春天——「知識與遊戲」講義十章》（平凡社新書）[8]。看到作者之名，頓時湧起一股懷念之情，隨著揭頁展讀，更是難掩內心的激動。

我在大學研習的中途察覺到自己的學力不足，決定轉往小說寫作的領域另闢新天地，以致於在專業知識方面只習得了皮毛。不過，我還是在環繞臥床的書架上擺滿了渡邊一夫教授的所有著述，以及獨自持續閱讀至今的艾略特、奧登的詩集和相關研究書目，遇上意志消沉的那幾天就窩在書架底下，埋首書堆之中。這樣的日子一直到了四十歲那年發生了某一件事，促使我全面更換架上的書籍。

用當時的流行語來說，那一場地殼變動的震央是山口昌男的《文化與兩義性》（岩波現代文庫）[9]。在這位比較文化學者著作裡，我讀到了猶如義大利喜劇的阿爾萊基諾[10]那般令人驚艷的表現，從此陷入另一群陌生的世界知名作家的魅力之中。

我抱著溫故知新的態度閱讀這冊小開本的書（將十年前的講義予以重新編輯），對照他過去的寫作風格，那些脫離軌道的一連串顛覆常識的論點，曾讓當年還是一個中年小說家的我焦躁不耐，但是這回的新書讓人驚喜地發現，縱使跳躍性思維的力道強勁如昔，不過足以讓

5 吉田秀和（一九一三～二〇一二），日本樂評家暨散文作筆。
6 Angela Hewitt（一九五八～迄今），加拿大鋼琴演奏家，國際樂壇公認詮釋巴哈作品的當代權威。
7 山口昌男（一九三一～二〇一三），日本的文化人類學家。
8 於二〇〇九年出版。
9 此書初版為一九七五年的岩波書店哲學叢書，二〇〇〇年移至岩波現代文庫系列出版，此處作者標注的是後者的版本。
10 Arlecchino或Harlequino。盛行於十六至十八世紀的義大利即興喜劇（Commedia dell'arte）常出現一些定型角色，其中之一即為丑角阿爾萊基諾，其原型為聰明機靈又促狹狡猾的僕人。

人安全著陸的一片新地貌也儼然成形了。

不僅如此，山口先生更從正面闡述思想的本質：

「若論目前從事比較研究最重要的課題，雖然鮮少有人從這個角度去想，事實上文化才是直面危機，亦即crisis的技術。」

現如今，危機正盤踞著全世界，日本這個國家亦不例外。我們還必須克服伴隨而來的（甚至更為孤絕的）個人危機。書店已然淪為包羅萬象的實用類圖書的書山了。

值此時刻，我關注的焦點是談論文化的書籍，也就是用於直面危機的**最古老**的技術。

可是自然並未擁有權利

村子裡剛設立的新制中學成立了學生自治會議，有個女學生開會時發言表示，校門旁的石像搖搖欲墜，怪可怕的。主持會議的我必須負責歸納意見，由於沒有其他提案，我就把這一條呈報上去了。

教務主任看完會議紀錄之後，只扔下一句那個年代執教鞭者的口頭禪「自動自發！」，我只好一個人爬上底座，左看右瞧了好半晌，接著請大家退開一些，然後推倒了石像。

原先矗立在底座上的銅像被當成軍需資源繳了上去，舉行更換石像的揭幕典禮時，文部省派來的官員在致詞中提到：各位該如何為國學習，言行舉止該如何符合規矩，他就是你們的榜樣。我望著那一尊背著木柴邊走邊看書的少年二宮金次郎[1]，心裡嘀咕著這簡直莫名其妙，我們連一本值得坐在課桌前仔細閱讀的書本都沒有哩。

1　即二宮尊德（一七八七～一八五六），正式文書多作二宮金次郎，其親筆文件寫為二宮金治郎，日本江戶時代後期農政家、思想家，生於貧苦農家仍立志向學，日本校園裡常見他的銅像。

儘管心裡這麼想，當老師稱讚我「非常好！」的時候，我覺得自己不過是故作帥氣罷了，十分難為情。

有一次，我把這件事告訴了芝加哥大學的哲夫・奈地田[2]教授。將他介紹給我的，是我從第一次在美國的大學短期講學研究以來一直視為兄長的三好將夫[3]教授。

奈地田的父母是來自廣島的移民，戰爭開打後就受雇於一處農場，專為夏威夷軍事基地供給蔬菜，隨著戰爭結束旋即失去了工作。他們一家人開著小型車撤退，奈地田獨自一人站在後方的載貨台上，迎面駛來的龐大卡車上滿載著準備歸國的美國大兵，雙方錯車而過，車身的震晃與對未來的不安令他渾身顫抖……。

我們一起回到奈地田老家位於深山裡的舊址，一邊啃著幾乎已經野生化的酸橙一邊聊天時，也導正了我多年來的先入之見。他認為二宮尊德其實是在教誨廣大的農民，**只要獲得知識，就能讀懂自然。自然就是語言，了解自然的文法，我們才能培育出素養，從而依循素養採取正確的行動。**

我人生中的幸福，就是把友人的治學工作拉到文學的現場，按照自己的習慣解讀，並透過直接對話予以深化。然後，我再循著這條理路重讀友人的著作，從中獲得新發現。

他於近期著作《Doing 思想史》（日文版由平野克彌[4]編譯，MISUZU書房）中論述如何解讀**自然的文法**，這與二宮尊德同屬近世後半期的、亦被視為異端的農業改革者安藤昌益[5]的主張不謀而合。譬如書中提到的「自然是人權的基礎，可是自然並未擁有權利」便是其中一例。

我是在五年前紐約大學舉辦的主題為「重大且緊急之各項問題」的三好將夫紀念會議上，聽到奈地田的這番話。**現在**檢視了印刷文字之後，愈發覺得奈地田的建議格外迫切。他看見日本政府為了與布希[6]總統維持「友誼」或將不惜拋棄《和平憲法》而感到憂心忡忡。「情勢相當不利，令人無法不感到悲觀，但是此時絕不可放棄。或許應該呼籲日本大眾重新審視憲法，不要叫做《和平憲法》而改稱為**和平與生態學的憲法**。和平是生態學不可或缺的，生態學亦是和平的前提。《和平憲法》不單是禁止參加海外聯合軍事作戰的政治性文

2 Tetsuo Najita（一九三六～迄今），美國歷史學家，專長領域為日本思想史。
3 Masao Miyoshi（一九二八～二〇〇九），日裔美籍比較文學家暨文化研究家。
4 平野克彌（一九六七～迄今），日本的歷史學家。
5 安藤昌益（一七〇三～一七六二），日本江戶時代醫生暨哲學家，主張應建立以農業為主的無階級社會。
6 應指小布希總統（George Walker Bush，一九四六～迄今），美國第四十三任總統，任期自二〇〇一年一月至二〇〇九年一月。

書（中略），更必須將其解讀為禁止使用暴力介入自然界秩序的文書。」

如同本文標題所示，奈地田談到自然並未擁有守護自身的權利，這讓人想起兩百年前法國的《人權宣言》。他的書從序說的開篇處就一連出現三次droits naturels（書裡譯為自然權[7]），特別強調這個詞組裡包含的詞彙nature，要求我們應當再次意識到「自然是人權的基礎」。

奈地田對於書名做了這樣的說明：「『Doing』這個字賦予過去未曾記載的歷史某種具體的形態，藉以呈現出為了尋找適宜記載的新方法有多麼費力耗時。」實際上，鑽研近世後半期和現代的各種困境並且同步性地「做[8]」思想史，一直是他歷來從事研究與教育的方式。

實現了政權交替的民主黨鳩山[9]先生與歐巴馬[10]總統同樣主張廢除核武，並且率先倡議對抗地球暖化的政策。從這些行動中，我彷彿聽到了奈地田堅強意志的回音繚繞。

然而，早自布希時代就藉由放棄《和平憲法》的精神而得以順利協助美國軍事行動的民主黨諸公，這些人士在黨內依然握有影響力亦是不爭的事實。如果二宮尊德和安藤昌益依然在世，他們肯定會「做」的是不斷大聲疾呼人們必須突破**核保護傘**[11]的盲點，切勿輕信戰爭是為了追求和平這種本末倒置的論調。反觀執政黨人士，有人會這麼做嗎？

7 Droits naturels為法文，又譯為自然法、自然權利、天賦權利或天賦人權。

8 作者在此處用了「する」（做）以呼應前文的「Doing」，意思是「構建」思想史。

9 應指鳩山由紀夫（一九四七～迄今），日本政治家，日本第三十九任總理大臣，任期自二〇〇九年九月至二〇一〇年六月。

10 Barack Obama（一九六一～迄今），美國第四十四任總統，任期自二〇〇九年一月至二〇一七年一月。

11 Nuclear Umbrella，擁核國對其盟國的安全保護承諾，盟國遭受攻擊時視同本國受到威脅，將動用核武協助反擊。

創造未來的拼裝

從報上讀到克勞德・李維史陀[1]訃告的那個早晨，我隨即動手找出了自己三十歲出頭時辛苦研讀的這位大學者的文本。當時*La Pensée sauvage*[2]的譯本尚未出版，基於個人的閱讀喜好，我還是到丸善書店買下了這一本廣受業餘愛書人好評的結構主義名著。

法文報紙的相關報導中，bricolage[3]這個字令我眼睛一亮。我用較為新近版本的厚重《法日辭典》查詢該詞彙的定義，大意如下：一、（家中的）修繕、施工；二、應急修理。至於最後的第三項，辭典先說明了本用法由李維史陀率先提出，意指拼裝，非經縝密計畫地運用現有的材料和工具組裝起來以解決問題的方法。

父親過世之後留下了一只小工具箱，我總是把這件遺物備在手邊。我們的住屋已相當老舊，家裡一些購於戰前的留聲機和電風扇也屢屢故障，總得靠我動手修理，雖然有時反倒弄巧成拙，依然深受母親倚重。

成年之後，我在箱子裡補充了一些工具備品，仍然繼續使用它。智能障礙的兒子每晚都靠著一盞夜燈前往廁所，或許是因為情緒上的依賴，慣用多年的這盞燈對他來說是必不可少的，但是燈身經常故障，不是開關部位的塑膠零件缺損，就是金屬薄片脫落，造成兒子不少困擾。

那盞燈是一只穿著粗紋紅裙的青蛙，神情一派天真，一旦壞了修理起來棘手得很，到處找零件可惜已經停產。我總得花費很多時間拆開來重新組裝，卻往往在鎖緊正中央的螺絲時傳來啪嗒一聲，所有的零件又散落一桌了，這樣的場景屢見不鮮。不過，歷經多次失敗以後，當光線從青蛙內部亮了起來，在一旁守候的兒子臉上也跟著綻放出同樣柔和光芒的微笑……這對我來說也相當重要。

閱讀那本書的時候，我只是很想知道自己為何熱衷於「拼裝」，直到其後寫下《萬延元年的足球隊》時，這才感覺到有一股不同於李維史陀的歷時性[4]史觀的力量，為我開闢了另一扇

1 克勞德・李維史陀（Claude Lévi-Strauss，一九〇八～二〇〇九），法國人類學家。李維史陀於二〇〇九年十月三十日離世，本文於同年十一月的新聞專欄刊載。

2 即《野性的思維》的法文原名，一九六二年初版。

3 即後文提到的社會學名詞「拼裝」，近似於英文DIY（do-it-yourself）的概念。

4 Diachronique，最早由語言學家提出這個概念，將相關的多個現象或體系按照時間演進或歷史變化予以記載。

窗。

包含這點在內，我想先引用已經取得的譯本《野性的思維》（日文版由大橋保夫[5]翻譯，MISUZU書房）[6]的部分內容，再將我重新閱讀找到的那本舊書時，寫滿頁面的鉛筆批注誘發出喚醒自我的新思想歸納摘要於後。

人類是在新石器時代擁有了製作陶器、織布、農耕、畜牧之類創造文明的諸多重要技術，這些「具體的科學成果」有別於不久之後出現的精密科學和自然科學所帶來的成果。然而早在一萬年前既已發展成形的技術，至今仍然**構成我們的文明基礎。與其稱之為原始科學，我更希望將之命名為「第一」科學的這種知識，從施做的面向來看，能夠更明晰地理解它在思考的面向中曾經是何種存在，而這樣的活動形態依然留存在今日我們的體內，**那就是拼裝。透過這個行為，我們得以區別不同於科學性思考的神話性思考，**也可以說是某種知識性的拼裝。**

我之所以從書庫翻找李維史陀的書，起因是想印證書中提到「拼裝」相關文字的記憶，但也與思考歐巴馬總統在布拉格的演講中提及的**從今而後**一事[7]攸戚相關。倘若當真決心廢除核武，那麼無可迴避的浩大工程，就是逐一銷毀在二〇〇九年的此時此刻，數量已經超過兩萬枚的核彈。

核武總量的超級巨大化，極有可能造成這個星球的毀滅，如此迫在眉睫的離奇現實，已經遠大於人類史上所有神話性、巫術性想像力累積起來的規模。是科學性思考的總和致使人類陷於這樣的困境，然而迄今依然沒有科學家提出足以揮別這個噩夢的哥白尼式的轉變[8]的新方法。

在我的記憶中，人類在這方面盡過最大的努力，就是包括物理學家和氣象學家在內的各領域科學家們為了「核冬天」[9]恐將導致人類滅亡而進行了詳細的計算。這項計算結果確實促使許多項縮減核武的國際條約啟動執行，因此絕非白費力氣。問題是，當初那個震撼全球的「核冬天」議題，人們是否依然認真看待呢？

5　大橋保夫（一九二九～一九九八），日本的法國文學研究家暨翻譯家。
6　此日譯本於一九七六年初版。
7　二〇〇九年四月五日，美國總統歐巴馬於捷克首都布拉格的哈德卡尼廣場發表演講，宣布美國將致力實現無核世界以求和平與安全，並且提出美國將採取具體的廢除核武措施，因而獲得了當年度的諾貝爾和平獎。
8　The Copernican Shift，又稱 The Copernican revolution（哥白尼式的革命），意指徹底顛覆的理論學說變革，出自德國哲學家康德形容自己的論述推翻了歷來的觀點，猶如哥白尼的地動說造成了天文學的重大革命。
9　Nuclear winter，一九六〇年代某些大氣物理學家提出的假說，推測如果發生核戰，大量煙塵進入大氣層導致溫度驟降，形成地球的氣候災難。

假如廢除核武的行動確實展開，我夢想著有一天能夠看到由部分公民運用技術和手持工具破壞眼前那枚二萬分之一的核彈，並將廣場上的這一幕透過衛星轉播到全世界，以向全球公民展示廢核的決心。

在某個晴朗冬日裡的發現

長達半年以來，我心無旁騖地改寫與數度校潤長篇小說，好一段時日彷彿置身於某種脫離現實的場景之中。過後，一個晴朗冬天的早晨，我醒來走出臥室卻找不到事情可做，只得在長凳上躺了下來。

已經四十六歲的光與往常一樣，將剛取得的ＣＤ播放一小段之後，旋即拿去按照順序插進收藏架上。妻子正在小院子裡照料滿園的玫瑰。最初的一百株樹苗是女兒婚後買來的，栽種過程不免有些夭折，妻子每年總會按數補充。在她的照料下，原以為遭受蟲害的可憐的野玫瑰交配品種，竟然綻放出顯眼的白花。妻子還刻意將那些白玫瑰移種至從客廳可以清楚欣賞到的位置上。

這兩人毫不在意我的視線。若是我開口問問妻子，想必她會回答：起初花兒只開得稀稀落落的，隨著一年年過去，躲過蟲害的品種無不綻放出讓她思念的花來，譬如這一種，還有那一種。

此刻光正在按照自己的規則，分門別類擺置巴哈《平均律鍵盤曲集》。我在前面的隨筆曾經提及，這些CD都是從四面八方蒐集而來的。我寫小說時參考用的卡片、筆記本和各個階段的草稿陸陸續續入侵到客廳裡了，儘管有心好好收拾，還給家人一個煥然一新的空間，卻遲遲提不起勁去做。

年輕時，寫完小說後總得費上一番功夫才能澆熄心中焰火猶存的餘燼，如今停筆之後就無所事事的我，倘若還有幾分力氣**敦促**自己前進下一個目標，已不再是往後打算或是不打算撰寫什麼樣的小說，而是如何著手準備現實生活中面臨到的那些躍躍欲試已久的陌生題材了。我還有一股預感，那種作品絕不屬於能夠抱定決心果斷下筆的類型……。

渡邊一夫先生對於我在二十幾歲時立定寫小說的志願並未表示反對，只是建議我「除了寫小說之外應當從事的勞動」是每三年定下一個主題，然後每天按此主題閱讀相關書籍，我也一路走來遵行不悖，只是年過六十之後，閱讀主題的週期逐漸縮短成兩年，乃至於一年了。但即使縮短週期了，我在小說進入尾聲前開始閱讀的加藤周一著作，亦即最近重新發行的《加藤周一自選集》（岩波書店）[1]，到現在依然疊放在長凳旁的桌面上。我總算拿起來翻閱了，從而發現有一篇對我意義非凡的文章，居然沒有收錄在第一卷裡！

這套自選集的編輯工作早在加藤先生生前已經展開，其後接手的編者更是足以繼承作者遺志的鷲巢力[2]先生。難道因為那是加藤先生的早期作品，所以讓出位置給其他文章了嗎？於是我查找由另兩位更年輕的編者做出的一冊選集，也就是魅力十足的《凝視語言與坦克——加藤周一的思想》（筑摩學藝文庫），果真找到了。

在〈知識人的任務〉一文的標題旁，附上了以法文書寫的致渡邊教授的獻詞。加藤先生曾向教授借得紀德[3]編纂的托瑪斯．曼的反法西斯論集通宵捧讀。當渡邊一夫教授迻譯的《五段證詞》[4]於二戰結束不久出版，隨即勾起加藤先生的回憶，因而寫下了這篇文章。由同為法西斯主義盛行的國家發起的戰爭如火如荼進行當中受到托瑪斯．曼著書的感召而與之對話，此時使用的語言自然不會是日文了。

將近二十年後，渡邊教授把它送給了同樣在找這本書的我，至於書中紀德序文的譯文部分則已裁下來挪做他用了。我因而得以體會到加藤先生當年的感悟。約莫又過了二十年，新

1　全套共十卷，第一卷於二〇〇九年初版，其後卷數陸續發行。
2　鷲巢力（一九四四～迄今），日本記者暨評論家。
3　André Paul Guillaume Gide（一八六九～一九五一），法國作家，一九四七年諾貝爾文學獎得主。
4　本書於一九四六年由高志書房初版，二〇一七年由中公文庫再版。內容分為兩章，第一章由渡邊一夫選譯四篇托瑪斯．曼的反納粹文章以及紀德的文章，第二部則是渡邊一夫的重要散文。

一代的小森陽一[5]先生在前文提及的單冊選集裡這樣寫道：

「加藤周一於〈知識人的任務〉（一九四七年）一文中拋出了一個問題：若想『拯救』那『已然無力的日本知識階級』，『除了投身於人民當中並與人民一同奮起，還有其他途徑嗎』。而實踐此一立場的，正是『九條會』運動。自提出『九條會』構想的那一刻起，我始終追隨加藤周一的腳步，覺得自己見到了加藤思想的根源。」

我終於從長凳上起身了。妻子正在那一片有著玫瑰花盆環抱、幾乎已轉為黃葉的叢林般庭園一隅修理飼餌台，以便那些已有好幾代長大離巢又再度歸來的日本山雀和綠繡眼進食。我朝妻子喚問道：

「光在十來歲開始作曲之前經常講話，雖然用的是他自己的語法，為什麼後來變得不喜歡開口了呢？」

「也許他覺得創作成音樂，更能表達自己真正想說的話吧……。」

「假如你們和光本人能夠同心協力，把他這三十年來所寫的樂譜轉譯成語言，或許就能寫成他的傳記了。」我說道，「縱使工程浩大，仍然相當值得。」

5 小森陽一（一九五三～迄今），日本文學研究家，亦為「九條會」重要幹部。

唯獨不會寬容

二〇一〇年元旦這天的《朝日新聞》書香特刊有一篇我的專訪。我讀著報頁上簡鍊通曉的歸納文字，心想自己的確一直維持著這樣的「人生習慣」，但是仍須借此機會檢查一下是否鬥志昂揚一如往昔。

我在專訪裡提到，自己的閱讀方式是藉由一本書延伸到另一本書這種自然的「脈絡」遞延下去的，並且認為經過一段時間沉澱之後的「重新閱讀」相當重要。這是一個不曾接受過專業研究者之閱讀訓練的外行人養成的習慣。

我從疊成一座小山的新書堆裡挑出了君特．格拉斯轉換文體之後續寫的第二部自傳作品《盒式相機》（日文版由藤川芳朗[1]翻譯，集英社）[2]。他在第一部自傳作品[3]裡坦承了年少的

1 藤川芳朗（一九四四～迄今），日本的德語文學研究家暨翻譯家。

2 格拉斯的自傳作品三部曲，第一部為二〇〇六年出版的《剝洋蔥》（*Beim Häuten der Zwiebel*，日文版由集英社於二〇〇八年出版、依岡隆兒翻譯），第二部為二〇〇八年出版的《盒式相機》（*Die Box*，日文版由集英社於二〇〇九年出版、藤川芳朗翻譯），第三部為二〇一〇年出版的《格林的詞語》（*Grimms Wörter*，日文版尚未出版）。

格拉斯在大戰末期曾是納粹武裝親衛隊的隊員，旋即引爆了世界性的憤慨。然而這並非他備受矚目的唯一焦點，其後發表的《鐵皮鼓》綜合表現了少年與青年在那個動盪社會中的成長過程，亦在文學領域取得了豐碩的實質成果。

關於第二部自傳作品，雖在新書銷售時打出了「赤裸裸地勾勒出猶如『火宅之人』[4]的作家私生活」的廣告賣點，但是透過同父異母的八個孩子各自描繪其眼中的父親樣貌，而這樣的文體確實從側面鮮明地刻畫出活躍於當代創作和社會運動的格拉斯身影。

讀完專訪後，我立刻走進書庫，從格拉斯相關書目的龐大書山中挖出《母鼠》（日文版由高本研一、依岡隆兒合譯，國書刊行會）[5]並且重新閱讀。這部長篇小說令我格外印象深刻的是，格拉斯執筆寫作時特別把家人致贈的耶誕禮物——一只鼠籠擺在身旁，當成激勵創作的力量，這個理由促使我必須再次溫習這部作品。

若說這篇專訪需要做些補充，那就是我從加拿大的文學研究家諾斯洛普·弗萊[6]那裡得到的啟示。他說，初次閱讀時通常會被困在語言的迷宮裡徘徊遊蕩，等到「重新閱讀」時就能夠掌握方向深入探索了。

在《母鼠》的尾聲，核戰爆發，人類滅亡，老鼠統治了地球，鼠族的女性首領批判人類什麼事都辦得到，唯獨不會寬容。格拉斯創作這部小說的時空背景是在冷戰結構中擁有足以多次毀滅世界的核武的東西方陣營處於國際高度緊繃的八〇年代。至於悲慘的結局，則被作者設定於歐威爾預告過的一九八四年[7]（換做是現在，絕大多數的年輕讀者會聯想到的應該是《1Q84》[8]吧）。

由於翻譯作業的時間落差，我直到一九九四年才讀到這部小說。譯者基於「擴及全球的核戰危機雖然暫時解除」的前提之下提出了「然而本書描繪的噩夢仍舊可能發生」的警語。

我與格拉斯於隔年開始通信，他在第一封信裡這樣寫道：

「我們曾於一九七八年的東京、以及多年後的一九九〇年的美茵河畔法蘭克福會面。無

3 請參見前注。

4 《火宅之人》為日本作家檀一雄的長篇小說遺作，自一九五五年開始在《新潮》雜誌上長達二十年的不定時連載，後於一九七五年由新潮社出版。「火宅」為佛教用語，譬喻眾生渾然不覺處境危險，依然耽於嬉戲享樂。

5 《母鼠》（*Die Rättin*）於一九八六年出版，日文版於一九九四年出版。譯者高本研一（一九二六～二〇一〇）與依岡隆兒（一九六一～迄今）皆為日本的德國文學研究家。

6 Northrop Frye（一九一二～一九九一），加拿大文學評論家。

7 喻指英國作家喬治·歐威爾（George Orwell，一九〇三～一九五〇）的知名小說《一九八四》（*Nineteen Eighty-Four*，一九四九）。

8 日本作家村上春樹（一九四九～迄今）於二〇〇九年發表的長篇小說。

論是私下或者公開場合的談話，我們總能立刻找到「雙方的共同主題」，那就是始終無法癒合的傷口。」（《為反抗暴力而寫——大江健三郎書簡往返》，朝日文庫）[9]

我們同樣意識到，**始終無法癒合的傷口**不僅根植於過去，甚至阻攔我們邁向不遠處的未來。隨著重讀這本書到最後一頁，我再度深刻感受到的是「敘述者」說出的「倘若人類還會存在」這句假設性的話語，以及相對的回應：「『這一次我們一定要為彼此著想，並且愛好和平。聽好了，大家都要相互體貼友愛，如同最早的時候那樣唷……多麼美的夢哪。』母鼠臨去前如此說道。」

上回見到格拉斯是在斯德哥爾摩舉辦的「諾貝爾獎一百週年紀念會」上，雖然文學獎得主的人數遠遠不及其他獎項，但由於我們都相當了解彼此的作品，反而更能融洽密切地齊聚一堂。某位法國記者問道，文學獎得主這邊的慶祝氛圍似乎淡了一些？

我回答他，這應該是因為我們在二十世紀後半葉，站在遍及世界的各自崗位上努力呈現出了人類所承擔的傷痛（不過，這並不表示我們不曾探索過能夠克服傷痛的希望），並且誰也沒有隱藏起自己用畢生經驗換得的體悟吧？而我們也秉持正向的思考，在一起談論著經由這番過程才完成的作品，用著靜慢的聲音……。

這時，格拉斯靠過來伸手為我調整了領帶。一旁的夫人臉上的那抹微笑留在了我的記憶裡，且與我現在從《盒式相機》裡讀到的那段記述，亦即小說中致力於海洋汙染調查的那些女性身上帶有格拉斯孩子們的母親們的影子，疊合在一起。

9 二〇〇〇年於朝日新聞社初版，其後移至朝日文庫出版。

給小說新手的建言 3

生日那天早晨，客廳的門上貼著兒子做的卡片，上面的圖是我雙手握著以紅藍鉛筆塗色的棒子站立的模樣。自從讀到某個女性時事評論員在專欄文章裡嘲笑我家以致贈卡片表達祝賀之意的習慣之後，雖然我已經用一位不擅言詞者幾年來累積的卡片作為主題寫了一部短篇小說，基於一個父親的憤慨，我一直把它收在「未發表作品」的箱子裡。

由於卡片上畫有兒子積極投入步行訓練時期的輔助器具[1]，表示他本人打算重啟練習，我也跟著摩拳擦掌準備再次陪同，妻子卻沒好氣地說胸骨挫傷的疼痛還沒痊癒。一想到卡片還畫有標示了「75」的旗子表示我的新年齡，只得把卡片收藏起來，順便從方才提及的那只箱子裡翻出幾部作品溫習一下。

這次重讀的感受是，尤其在剛開始寫小說那段時期，我做的事都是為了把每一天的憎惡和悲哀（也有自我批判的幽默就是了）具體地鐫刻在記憶裡。

這些作品包括了戰敗的幾天後占領軍搭乘吉普車來到村子裡，隨同他們前來的口譯員的故事（後來改寫成〈不意之啞〉）；還有從橫須賀的熟人那裡聽來的，一群美國大兵大模大樣搭巴士還找上一個懦弱的年輕人勒索取樂的故事（不久之後寫成〈人羊〉）。

我第一次廣受矚目的作品〈奇妙的工作〉也是一位住院的朋友告訴我，大學附屬醫院飼養的許多實驗犬會在早晚的某個時刻齊聲吠叫，這個影像震撼了我。我把寫於筆記本上的這篇文章謄寫到四百字稿紙上，總共將近三十張（我至今依然認為這是短篇小說的最佳長度），投稿到《東京大學新聞》。故事內容是一個學生受雇屠宰過度繁殖的狗隻，可是他非但不僅沒有領到酬勞，甚至還被狗咬傷，不得不去接受狂犬病疫苗注射。

「我們原本打算殺狗——我含糊不清地說道——沒想到被殺的卻是我們。

女大學生皺起眉頭，無奈地笑了一聲。我也疲憊不堪地笑了。

狗被宰殺就當場倒斃，接著被剝去狗皮；可我們即使被殺了還能到處走動。

不過，人皮倒是被剝去一層嘍——女大學生說道。」

一位為撰寫日本戰後世代心理調查報告而前來採訪的美國報社特派員看過之後表示，如果把這部短篇小說續寫下去，應該會被譯成英文並且博得佳評吧。他送我幾冊雜誌作為參考

1　請參見本書首篇文章〈關懷的目光與好奇之心〉的相關敘述。

資料，上面刊載的都是短篇小說。印象中我好像是在《紐約客》讀到了猶太裔作家馬拉默德[2]的新作，頓時為之傾倒！

那時候我並不打算當作家，卻接連寫了幾部短篇小說。原因是畢業在即，但我既沒有升上研究所的學力，工作更是沒個著落，只得開始了賣小說維生的生活。坦白說，我的作品篇幅一向偏長，理由即在於稿酬是按照稿紙張數計算的。隨著與長篇作品陷入苦戰，能夠永續創作的主題亦逐漸浮現，而偶然間發生的家庭變故又進一步深化了探討的主題，這就是我的寫作歷程。

不過，即使在寫了不少長篇小說之後，我也曾後悔過當初應該一直專注在短篇上面才對。甚至不久前，我依然受到那宛如濃濃鄉愁般的思緒襲擾，就在讀了剛才提到的馬拉默德的短篇小說集《會說話的馬》（日文版由柴田元幸[3]翻譯，Switch Publishing）[4]之後。

其中一篇〈白癡優先〉敘述了一個有著智能障礙兒子的貧窮老父的故事。他自覺宿疾惡化，想把兒子送去叔叔那裡照顧，先是為了訂到夜行火車的座位而費了一番功夫，好不容易總算要上車時又和妨礙搭乘的男人打了起來……。

所幸堪稱上天恩寵般的幸運降臨，終於順利送走了兒子，這時又開始擔心起那個被他打倒在地的那位男人了。

後來買到的馬拉默德的短篇小說全集一直是我的愛讀書目，那種既具多元性又直搗主題的令人畏懼的衝擊力，雖於他的長篇作品亦可窺見，但在這位大作家賭上一生鑄就而成的短篇小說中，更能目睹到一個超群非凡的世界（譬如由Farrar, Straus and Giroux出版的*The Complete Stories*即為一例）[5]。

日本的出版界不畏景氣蕭條依然堅定守護的文藝雜誌，正是為新人寫作純文學短篇小說打造的最佳舞台。我建議慧眼獨具的編輯若是發現具有潛力的短篇作品，不妨彙集數篇一起刊載，藉此提高其與篇幅較長的中篇小說競爭文學獎時的勝算。

短篇作品其實**就因為它的短**，才能創造出讓寫作者與閱讀者同感驚喜的（馬拉默德短篇小說的結尾就是最好的例子）成果。我建議新手不要急於在短篇的基礎上趕著挑戰長篇，此

---

2 Bermard Malamud（一九一四～一九八六），美國短篇小說家。
3 柴田元幸（一九五四～迄今），日本的美國文學研究家暨翻譯家。
4 本書由譯者柴田元幸挑選十一篇馬拉默德的短篇小說翻譯，二〇〇九年於Switch Publishing（スイッチ・パブリッシング，日本的出版社）初版。
5 馬拉默德的小說輯選，一九九七年初版。

時應該繼續從文體到角色塑造做全面性的研磨拋光。短篇小說最適合用來嘗試各式各樣的主題，最後將會遇見值得終身探究的主題，而這就是我最為期盼的作家養成方式。

二十一世紀的日本有「德性」嗎？

三月伊始，我在芝加哥大學四方院俱樂部三樓的石窗前，望著底下那些身穿厚重冬衣、步伐匆促地來來往往的學生，愣怔了好一些時候。

此次造訪是為了出席該大學為表彰我在這本隨筆集裡曾經提及的那位多年（我更想稱為倖存的同志）老友而舉辦的「哲夫・奈地田傑出貢獻紀念演講會」。寫完《水死》後旋即埋頭撰寫的〈一個作家再讀《懷德堂[1]——十八世紀日本之「德性」諸相》〉的講稿已經遞交，可是……。

那天上午，在位於地下樓層的交誼廳的一個角落，我委請該大學日本委員會的邁克爾・波達斯[2]教授聽我朗讀。長期以來受人詬病的英文能力欠佳問題，我早已習慣一笑置之了，不

1 日本江戶時代官民合辦的學堂，一七二四年大坂富商出資創辦，兩年後得到幕府官方承可，主要傳授儒學思想，學生多為庶民。

2 Michael K. Bourdaghs（一九六一～迄今），美國的日本文學研究家暨翻譯家。

過這一次，我希望用日文宣讀奈地田特別有興趣而精心擇選出來、並以德川幕府中期的儒學者所創的中國古語訓讀（例如於仁字標上「物ノアワレ」[3]「メグミ」[4]的日文假名）標注的文章，那是由近世日本大坂[5]商人們開設且取得官方許可的學堂的學者，懷著堅定信念所寫下的文章。況且，我很想讓這篇文章與充滿奈地田風格的英語文體交織共鳴！

我先朗讀，結束時已經是一個半小時之後的事了。後半段我甚至講得飛快。接下來我請波達斯教授朗讀時僅需簡要歸納注釋部分，饒是如此，還是耗費了預定演講的兩倍時數……。

此後整整兩天幾乎行程滿檔，包括奈地田偕同夫人從其退休後一邊養病一邊繼續工作（我已讀完他那部內容充實的新作）的夏威夷島飛抵此地（夫人給了照片，那是九年前造訪夏威夷時，曾是天文少年的我陶醉在以南十字星為中心的滿天星辰中、以星空下的毛納基火山[6]為背景拍攝的照片）、與大學相關人員一同出席的歡迎會、和學院學生們進行熱烈的問答等等。在這樣的繁忙之中，我依然盡力縮短講稿。

我探問了演講會的籌備進度，得知屆時除了研究日本問題的專家還有其他聽眾到場。既然身為小說家（也就是並非學者），多多少少還是希望博得熱烈的掌聲！我想起少年時代，經商的父親主要與農家往來，曾於小酌時抱怨人們在背後罵他是個「貪財傢伙」。我原本把這件插曲寫進《水死》裡，最後在定稿時刪除了，但後來在研讀奈地田著作的時候，察覺書中有一段論述或許可以告慰我那位不幸父親。

雖然父親和祖父都沒受過高深的教育（母親不顧周圍的反對，堅持送我上大學時，曾拿這個當做例證來說服大家），不過曾祖父在懷德堂的晚期，也就是十九世紀前半葉，去了大坂當學徒，並在好幾處小學堂裡讀過書。他在明治維新之後回到村子裡（我深以為自己身上流著他的血液），隨即辦起了私塾。

私塾早已成了廢居，不過牆上還掛著一塊寫著大大的「義」字匾。父親非常珍惜那塊字匾，曾對著我感嘆自己既沒能力也沒氣力從他祖父那裡將這個字的教誨傳承下去。

我從奈地田的著作《懷德堂——十八世紀日本之「德性」諸相》（日文版由子安宣邦[7]翻譯，岩波書店）[8]裡讀到三宅石庵[9]於懷德堂傳授的第一堂講義，在此為父親引用如下：

3 意指對所聞所見感同身受。
4 意指恩澤、恩惠。
5 大坂為現今日本大阪的舊稱，一八六八年明治政府設置大阪府之後正式改為新稱。
6 形成美國夏威夷島的五座火山之一，海拔約四千兩百公尺，由於山頂非常適合觀測天文，許多國家均將天文台設於此處。
7 子安宣邦（一九三三～迄今），日本思想史研究家。

「所謂利，乃是人的合理判斷，亦即對於『正道』——義——的認識論的延伸。事實上，商人絕不可抱持將自身的職業用於追求利益的想法，而應當將之視為源自於『義』這個道德原理的倫理行為。當義在客觀世界中被轉化成行動之後，無須汲汲營營、亦不受欲望迷惑，『利』就會『自然而然地』到來。『**利也者，無庸相求，自當隨行矣。**』三宅石庵如是說道。」

話題回到我的演講。在波達斯教授的協助之下，將原本為了易於理解而細分的章節全都串連起來，總算在預定時間之內講完了。

翌日清晨，我漫步在美麗的校園建物之間回憶著往事，忽然有個女學生請我留步，介紹自己是正在學習日本史的四年級生，稍後要去上中文課，然後說了昨晚聽講的感想。另外，來程時塞滿了我的小說新書的行李箱已經騰出了空間，我得以去書店愉快地選購圖書準備滿載而歸，在那裡遇見一個男研究生當場買下我的每一本小說譯本（我很滿意的《換取的孩子》新譯本也剛上市）請我簽名，還問了這個問題：

「在您的小說中，名字相同的人物在多部小說裡是截然不同的角色，這和巴爾札克將同名者視為唯一人物安排在不同作品裡出現的寫法不一樣。尤其是古義人[10]，堪稱最典型的例子。

而且以我們的教育體制來說，古義人的身分相當於tutor這樣的輔導教師……那其實就是義兄，對吧。」

8 *Visions of Virtue in Tokugawa Japan: the Kaitokudo Merchant Academy of Osaka* (University of Chicago Press, 1987)。日文版於一九九二年出版。

9 三宅石庵（一六六五～一七三〇），日本江戶時代中期儒學家，懷德堂第一任堂主。

10 本書作者的許多小說裡都有個名為長江古義人的角色。

有利於強者的模糊語言

一九六五年，我帶著美國民政府[1]許可證以及身分證明文件去了沖繩，此行的目的是出席文學講座。造訪過本島和石垣島之後，我意識到自己的無知而陷入沮喪。同行的有吉佐和子[2]女士於是把預計購買琉球花布的美金讓給了我，方便我一個人繼續待在沖繩。

那霸的書店規模小巧，卻有豐富的沖繩相關書籍，我利用上午和晚間時段讀那些書（包括**沖繩學之父**伊波普猷[3]的著作集；初期的民權運動家謝花升[4]的評傳；陪同前往八重山的《沖繩時報》記者新川明就讀琉球大學時的詩作，也是在白天那場被禁止舉行的五一集會上吟唱過的那首詩歌：「**黑暗中／旗幟飄揚／被抹了漆的／悲哀旗幟／獻給被黑夜同化的憎恨／用力揮舞。**」），午後則在引介之下前往拜會幾位鬥志昂揚的學者，以及二戰結束後立刻採訪沖繩戰役倖存者的採訪人士，聆聽他們的心得與感想。

然而我的沮喪有增無減，直到兩年後重返舊地時我已經做足準備，名正言順地在申請美國民政府許可證的旅行目的欄位寫上「To cover the life of young ages in Okinawa」[5]了。

不過除了基於同一主題的延伸而撰寫的《沖繩札記》以外，我並未感到自己發揮了任何實際的成效，尤其是一九九五年十月多達八萬五千人集結沖繩縣宜野灣市海濱公園舉行聲討大會以抗議美國海軍陸戰隊員性侵少女的惡行，隨著追蹤其後續發展，更令我確定並且由衷相信，唯有縣民採取直接的行動才能產生力量。

沖繩縣民的怒吼不僅促成美軍設立「沖繩相關設施及區域之特別行動委員會（SACO）」[6]，並讓美軍明確表示「我方已注意到駐日美軍之設施及區域多數集中於沖繩一事，此後仍將致力協調以達成美日安保條約目標之前提下，**認真且積極地**檢討如何推展整頓、統合與縮小基地之實際有效方案」。

我認為SACO當初所說的不是空話。因為在半年之後，他們公開表示將會歸還普天間航

1　琉球列島美國民政府（United States Civil Administration of the Ryukyu Islands，簡稱USCAR），美國為維持在附近地域的作戰優勢而於一九五〇年設立的占領政府，直至一九七二年廢除並將沖繩交付日本。

2　有吉佐和子（一九三一～一九八四），日本小說家。

3　伊波普猷（一八七六～一九四七），日本沖繩民俗學家，其研究奠定了沖繩學的基礎。

4　謝花升（一八六五～一九〇八），日本沖繩政治家，享有沖繩自由民權運動之父的稱譽。

5　意思是為了採訪報導沖繩年輕世代的生活樣貌。

6　SACO全稱為The Special Action Committee on Okinawa，美國與日本兩國於一九九五年十一月的正式協定。

然存在[7]。

空基地。問題在於日本政府是否同樣**認真且積極地**做了努力。十四年過去了，普天間基地依

美國和沖繩的年輕電影團隊曾用電腦繪圖的最新技術做出可能發生在普天間的兩種場景，來向我展示電影拍攝的構想。他們為了籌措製作資金而做了一些印刷畫，我買下其中兩幅，一幅的場景是設於稠密市區中的機場正在進行火箭攻擊，另一幅的場景則是湧向基地圍柵的大批群眾正要採取實際行動（新聞報導照片裡在宜野灣聲討大會上某些抗議群眾臉上的笑容被換成了急切的神情）。

那場集會的當天與日後，包括人們站在講台上陳述的言詞、集會群眾之一聆聽時在心中表達的反駁，以及直接告訴我的話語，全都刻在了我的記憶裡。

大田昌秀[8]知事的開場白是這樣的：「身為執政者，最該保護的少女尊嚴竟沒能保護到，在此由衷致上歉意。」無法在現場發聲的平良修[9]牧師看法如下：「少女不會因為遭到暴行而失去了尊嚴，因為靈魂是非常強大的，不至於受到這種行為的傷害。」

二〇〇七年九月，同樣在宜野灣舉辦的「要求撤回教科書審定意見之縣民大會」聚集了十一萬人（八重山和宮古也有六千人參加）。這場集會既是至今依然存在的歧視這種沉重負擔

的出發點，亦是針對那些沖繩與本土切割開來的日本人從未正視的諸如二戰尾聲島民被軍方強制集體自盡等等史實正逐一從教科書中刪除和修改之類的舉措而發起的抗議活動。

那場大型集會活動的報導為的是敦促政府和文部科學省檢討反省。由此來看，大會決議文所提出的要求「全體縣民要求國家撤回本次教科書的審定意見，立即恢復『集體自盡』的文字」，是否已經得到官方的允諾了呢？

並非如此。掌權者正在等待這場大型集會的餘波平息下來，伺機恢復以往的論調。面對操弄**模糊語言**從而握有更多權力（以外交關係而言即是強國）的既有事實，唯有**堅持**繼續發出能夠明文化的語言，亦即民主主義的聲音，方可與之對抗。

關於普天間航空基地的搬遷交涉，如果只用**模糊**的「微笑和Trust me!」[10]這種表現做為

7 根據二〇一八年十一月二十七日的日本新聞報導，沖繩縣政府擬於二〇一九年二月二十四日舉辦公投，希望藉助民意迫使中央政府放棄將普天間機場搬遷至名護市邊野古的構想。

8 大田昌秀（一九二五～二〇一七），日本社會學家，曾於一九九〇至一九九八年間擔任沖繩縣知事。

9 平良修（一九三一～迄今），日本牧師。

10 二〇〇九年十一月十三日，日本鳩山首相與美國歐巴馬總統於東京舉行日美首腦會談，會中提到美軍駐沖繩基地問題時，鳩山首相對歐巴馬總統說了句「trust me」，此話使美方以為日方將按照二〇〇六年談妥的方案，亦即將普天間航空基地遷至名護市。不料翌日鳩山首相對記者團表示，雙方今後協商並非根據過去協議為前提，導致美方對日方的態度產生質疑。

回應沖繩縣民的起點，再用赤裸裸的權力之聲喊出讓民眾失望的決定，想必屆時將有超越第一、二次縣民大會的集會人數湧入宜野灣，並使會場充斥著無比高漲的迫切危機吧。政府是否具備足夠的想像力以預見這一幕並且改變主意，還有大型集會上明白宣示的民主主義抵抗力又能否散播到日本全境，此刻就是二戰之後最緊要的關頭了。

萬一有生之年精神失常了

說來那已是三十多年前的事了，到處塞得滿滿的書庫經過改造之後，我的生活空間只剩下擱在角落的那張行軍床，以及床位正上方高處的一扇偌小的採光窗了。爬上梯子朝窗外望去，只見一小叢櫸樹的嫩葉反射著太陽的光輝……。

時光流逝，後來發生了令我陷入低潮的事情。我把自己關在書庫裡，躺在床上反而更疲倦，乾脆爬登上梯子張望，這時櫸樹已是枝繁葉茂，交織出一片新綠之牆了。

這次讓我憂鬱的事件同樣發生在四月中旬左右。為了典藏井上廈先生捐贈的七萬冊藏書而設立的「遲筆堂文庫」於近期增設了「山形館」，原本預定由我主講的開幕演講竟然因為自己的一時疏忽而被迫取消了。老邁導致的機能衰退已經開始了——這個想法使我久久無法走出低潮，不過一等到狀況稍有起色，我立刻提筆寫了致歉函，並且很快就收到了回信：

「您來信開頭寫道，尊夫人訓了您一句『這次你得一個人想辦法自己救自己！』，我既驚訝又銘感五內，可是接著往下讀到『等到我從隱遁了十天的書庫裡出來之後……』這段文字時，很抱歉，我忍不住捧腹大笑了。」

我在信裡報告了自己闖禍之後遭到妻子責備的一幕，而井上先生單是引用那些文字，立刻把整件事轉變成一齣滑稽劇。如此高明的本領與真性情，不禁令我想起每一次看完他的戲劇後回家的路上，總會有同樣的感受！

井上夫人捎來他的死訊後，我久違地又把自己關在書庫裡，那種天崩地裂的感覺更勝以往。我的床邊散布著他的一本本著作和一疊疊信札，一連捧讀數日之後，我開始用那台老式的ＢＯＳＥ[1]播放音樂來聽。與井上先生以及我年紀相仿的愛德華・薩伊德在音樂方面的造詣並不亞於其文化理論。當他從紐約的新聞報導中獲知我妻兄輕生的消息，旋即送來一份「請在人生中的艱難時刻傾聽的ＣＤ目錄」。

這是我第一次耗費長時間一遍又一遍聆聽歌劇全曲，從而邂逅了薩伊德讚譽為「令人驚奇的美妙音樂」的《女人皆如此》[2]，就這樣每天反反覆覆一直聽。我甚至重新閱讀了薩伊德的最後一部著作《論晚期風格》（日文版由大橋洋一[3]翻譯，岩波書店）[4]中關於莫札特的論述。

我不僅從樂聲中得到了安慰，更深入了解到井上廈後期戲曲的結構，甚至是他的遲筆。以他的才華洋溢，按理應當運筆如飛。難道他為了深化主題和徹底喜劇化，亦即基於正向的必然性，因而強迫自己要用慢工出細活的方式寫作嗎？

薩伊德指出，莫札特在寫《女人皆如此》的時候正是人生最痛苦的時期，他當時身處的時代正好是法國大革命，這使得他作品裡的人物百態無不透顯出種種危機，缺乏穩定性。薩伊德還提到，莫札特在寫給父親的信裡坦承自己對死亡著迷。

他在書裡接著寫道，然而當歌劇開場之後，「我們不再迷失於思辨和絕望，一心景仰莫札特完美統御其嚴謹音樂的風采」。

井上廈在美妙的《羅曼史》中，並未含混帶過契訶夫悲劇性的人生；在魅力獨具的《武藏》裡，始終直面人類永遠無法跳脫的爭鬥；而《與爸爸在一起》的親和感竟是來自於核廢

1 美國博士牌音響，揚聲器尤其聞名。

2 *Così fan tutte*，作品編號K.588，莫札特所作的喜歌劇。

3 大橋洋一（一九五三～迄今），日本的英國文學研究家。

4 原名*On Late Style: Music and Literature Against the Grain*，二〇〇六年Pantheon Books初版。日文版於二〇〇七年初版。

墟；還有如果得以寫完，想必可以讓觀眾欣賞到沖繩人特有的反抗風骨的《樹上的軍隊》，更是不可能隱瞞戰爭末期那些島民的犧牲……。[5]

這一切不辭辛勞的準備，都是為了將縱貫歷史、現在，乃至於未來的課題，全部統整起來。他在這個基礎之上，把戲劇情節通篇喜劇化。這個最終階段不可能一帆風順，但是一旦布幕升起，任何會妨礙渾身喜感的演員們表達情緒的東西都不容入侵。我們從歡笑中得到活力，一心景仰井上廈完美統御其戲劇的風采。落幕之後又過了一段時間，他所構思的晦暗複雜的主題這才陡然升騰而起……。

我窩在書庫裡思前想後，直到想起自己能從年輕時就得到天才般的知己實屬幸運，這才心隨意轉，勉強打起精神來。他們都是始終保有孩童心性，同時不斷變強、變深、變成熟的人物。事實上，這種強烈的天崩地裂的感覺，和自己曾經與他們共生共存的思念，彼此並不衝突。

井上廈在戲劇創作方面劃下完美的句點，還留下一齣無異於將他所秉持的信念親手交給年輕人的朗讀劇。在這部《少年口傳隊一九四五》[6]中，受到原子彈輻射而幾乎崩潰的少年，以及鼓勵他的老人，這兩者都是井上廈本人。

「在你有生之年，非得保持精神正常不可。因為你們身上還有任務，必須正面迎戰那些對你們胡亂下達瘋狂指令的傢伙們哩！」

6 這齣朗讀劇是井上廈二〇〇八年的作品，作者亦於本書前文〈突破困境的人類應當秉持的原則〉中提及。

沖繩今後的未竟之事

哲夫・奈地田從夏威夷寄來了一件快遞包裹。打開一看，令人懷念的黃邊框與藍鉛字的封面立刻映入眼簾，是《國家地理雜誌》。我之所以懷念，是因為三十歲那年夏天第一次受邀寄宿在美國中產階級家庭，而那戶人家擁有這本雜誌的完整期數。

當時是去參加由季辛吉教授[1]於哈佛大學主辦的夏季國際研討會，海外與會人士輪流做公開演講，闡述各自國家的問題。就在輪到我演講的那一天，晚餐時段與會者分散在不同後援者家裡用餐，席間卻發生了爭執。

我談到了那年六月出版的《廣島札記》書中內容，以及採訪沖繩戰後世代的心得。當天在會場上亦曾提問過的某位女士此時再度質疑我：你描述了遭到原子彈輻射的受害者有多麼悲慘，可是如果當初沒有發生珍珠港事件，後來也不會投擲原子彈；至於目前遍布沖繩島上的美軍基地，難道日本人有能力保衛自己的國家嗎？……

即使眾人用餐結束後移到起居室喝咖啡時依舊遭到排擠的我，直到瀏覽這套內含系統性地圖與大量照片以明確剖析主題的雜誌時，總算得以從委靡之中重振精神了……。

期號二一七的四月刊運用最新地圖和照片，精確呈現出當期特輯的主題——「地球上的總水量恆久不變。幾百萬年前恐龍飲用的水與今天降下的雨水是相同的。問題是，在這個人口持續增加的世界，我們的水還夠用嗎？」

奈地田用馬克筆圈起這篇文章的其中一段：「目前厄瓜多爾是地球上第一個在憲法中明訂自然權利的國家，河川和森林不僅是國家的資產，它們本身也享有於優質環境中永續存在的權利。」

我曾在這本隨筆集裡介紹過奈地田的相關意見，他**期盼呼籲日本大眾重新審視憲法**，「或許不要叫做《和平憲法》而改稱為**和平與生態學的憲法**。和平是生態學不可或缺的，生態學亦是和平的前提。」

為此，奈地田專程寄來這一期雜誌。今年春天我們在芝加哥見面時，我向他提到即將於

1　此處的季辛吉教授或指美國著名政治家亨利・季辛吉（Henry Alfred Kissinger，一九二三～迄今），他在一九六九年出任尼克森總統的國家安全顧問之前於美國哈佛大學擔任政治學教授多年，並曾主辦與邀集各國年輕學者到哈佛大學參加夏季國際研討會討論國際情勢。依作者於前一段提到的「三十歲那年夏天」推算，作者赴美參加研討會時應為一九六五年，而季辛吉當時仍在該校任教。

六月十九日召開的「九條會」，感嘆往後只能由我們傳承加藤周一的思想了。現在，井上廈的遺志也一樣交給我們延續下去。這兩位的思想基礎都與奈地田的立論具有共通之處。

奈地田是日本近代史的專家，他十分讚賞安藤昌益勇於挺身批判盛行於十八世紀農民之間的儒學和佛教。也因為奈地田的這個觀點，井上先生曾特地邀請遠在海外的他出席於日本東北八戶[2]舉行的一場大型會議。

奈地田代表著述的探討主題是始於十八世紀的大坂商人的學堂，亦即懷德堂的學者們；加藤先生則寫過唯一一部以富永仲基[3]為主角的戲曲。據傳富永仲基這位學堂中的天才青年也對儒學、佛教和神道提出了歷史性與實證性的批判，並且因為抨擊強度過於猛烈而被逐出了師門。

這齣戲曲的文本經過尋覓多時，終於讓我在今年五月發行的《加藤周一自選集》第九卷裡找著了。沒想到更令人喜出望外的還在後頭。我竟在同一卷裡又發現另一篇也是搜尋已久的散文，亦即刊登於十四年前《朝日新聞》晚報「夕陽妄語」專欄中的一篇文章。

加藤先生認為，《美日安保條約》發揮的作用已經和過去大不相同了，「美國非但沒有縮減基地的功能，反倒擴大並且維持駐軍現狀。日本則背離和平憲法的原則，企圖向海外派兵

『以做為解決國際紛爭的手段』。」

不過，加藤先生依然秉持一貫的論述風格，同時指出了具有可行性的**第二條路**，「應將目標放在階段性縮減日本境內的美軍基地，最終達到解除《美日安保條約》的目的。另外，亦需同步構建一種新體制以強化日美之間的非軍事性合作關係。（中略）在國際上，我國不提供軍事協助，而是擴大提供非軍事性的創新貢獻。」

加藤先生為實現上述目標而表示必須**徹底遵循憲法的和平主義、改變我國的基本方針**等意見，直接連結到八年後展開的「九條會」相關活動。

發表日美共同聲明的那陣子，每一次看到鳩山首相出現在電視畫面上，我總覺得這個人說出來的話只不過是去年十一月十三日告訴美國總統的那句「Trust me!」的無聊續集罷了。不僅如此，他還表示「由於我未能信守自己的承諾，甚至因而造成了沖繩居民的傷害，謹此致上最誠摯的歉意」，這更讓人感到負面的感傷主義。

2 日本青森縣的第二大城市。

3 富永仲基（一七一五～一七四六），日本江戶時代學者暨思想家，出身大坂商家，師從懷德堂第一任堂主三宅石庵，其後因批判儒教而遭逐出師門。

自從「Trust me!」事件以來，這位前首相做的每一件事，並不是「**甚至因而造成了沖繩居民的傷害**」，而是當場侮辱了沖繩島民。當一個人受到侮辱時，憤怒是正當的反應。

首相已經換人上任了，據稱新首相[4]的行事準則將遵行「國與國之間的協議」。普天間航空基地的遷移問題被越俎代庖的執政者擅做決定，想必在宜野灣、讀谷的島民大會上的龐大群眾以及邊野古的居民，他們的憤怒和抵抗將會持續下去。要想平息這些憤怒與抵抗，得等到大家親眼目睹**這個國家確實改變了基本方針**的那一天了。

4 第九十四任日本首相菅直人（一九四六～迄今），在任時間自二〇一〇年六月至二〇一一年九月。

何以成為私小說作家

「井上廈先生告別會」的壓軸是丸谷才一[1]先生的演講，他從一九三〇年代的文學史定論，亦即藝術派、私小說以及無產階級文學的「三足鼎立」觀點，對應闡述日本文學的現況。

井上廈在最後一齣戲曲[2]中站在未來的角度重新審視小林多喜二[3]這位作家，劇中愉快的歌曲讓出席告別會的所有人都難以忘懷，每一個人也由衷同意丸谷先生用充滿力量的嗓音說出的這句「唯有井上廈才是繼承無產階級文學的最優秀文士」。

他將村上春樹視為藝術派的代表，我則屬於「作者喜歡從身邊的人事物取材」而被歸在私小說的類型。雖然受到刺激，但在回顧了身為小說家的前半生之後，我並沒有覺得不服

1 丸谷才一（一九二五～二〇一二），日本作家暨文藝評論家。
2 於二〇〇九年公演的《組曲虐殺》。
3 小林多喜二（一九〇三～一九三三），日本無產階級文學作家，遭到思想警察逮捕毒打身亡，代表作為《蟹工船》。

氣。事實上，緊接在丸谷先生之後起身致悼辭的我，講起話來確實是私小說作家的口吻。

井上夫人送來了丈夫留在病床上的一頁筆記。紙上寫的是他在我的小說《水死》出版僅僅七天已經閱畢全書的感想。「阿亮的存在誰都無法忽視。除非是真正發自人性深處的情感表露，否則絕不和解。」

同樣已經過世的朋友愛德華．薩伊德（以文學及文化評論著稱的他亦是一位鋼琴名家）演奏時使用過的親筆批注的貝多芬樂譜《獻給海頓的三首奏鳴曲》[4]由我們共同的朋友轉贈給我，我非常珍惜。豈料兒子光居然拿油性筆在樂譜劃了一個大黑圈並寫上「K五五〇」。我一看頓時氣得七竅生煙，大罵一聲：「你這個笨蛋！」後來我把這一幕寫進《水死》裡。兒子其實想讓我知道這三首奏鳴曲的第一首開頭處引用自莫札特的交響曲，我卻拒絕聽他解釋，導致我們父子之間產生了第一次的、至少在我的記憶中是從未有過的嫌隙。

井上先生首先藉由強調阿亮的存在，暗喻自己站在他那邊，至於小說的結尾雖然出現了父子的日常對話，對於那幕情景的真實性則持保留態度。阿亮的音樂本質是「除非是真正發自人性深處的情感表露，否則絕不和解」。我必須透過音樂再次傾聽他想表達的意思，並且向他道歉，否則再這樣下去，就是一個對阿亮施以壓抑性侮辱的父親！這就是井上先生對我的批評。

在這段文字旁邊還寫著「今日深夜曾醒來三次」。井上先生當時一定非常痛苦。否則這位一向直言不諱但措辭委婉的井上先生，必然會展現他那寬容又公正的性格為我指點迷津，告訴我應該用什麼方式對兒子提出和解。

井上先生過世之後，我也馬上讀了他的長篇小說遺作《一星期》（新潮文庫）[5]。為了那些住在收容所裡的六十萬同胞而頑強抵抗的書中主角，對於千方百計想拉攏他的紅軍法務女軍官，他唯一一次表達了憤怒：這是對一個人的侮辱！

「我的體內有某種東西爆發了。沒想到那竟是憤怒，怒火在身體裡面燃燒起來了。那是對眼前這個女人的憤怒，她以為只要以美色稍加誘惑，就能左右人們的意志……可是，不只是這樣。還有更多難以言喻的無數憤怒正在體內洶湧翻騰。（中略）

要求以日本士兵們的勞動折換成賠償的蘇聯，那種無法無天的樣子；輕而易舉接受如此無理要求的大日本帝國政府，那種不負責任的樣子；尿液直接凍成冰塊的西伯利亞，那種天

4 一七九五年，貝多芬出版了名為作品第二號的以三首為一組的鋼琴奏鳴曲，並且題獻給海頓。

5 二〇一〇年由新潮社出版，其後於新潮文庫繼續出版。

寒地凍的樣子；把日軍往昔的階級秩序帶到收容所裡，還沒收我們士兵的糧食大快朵頤的日本軍官們，那種恣意妄行的樣子；饑腸轆轆，那種難以消解的樣子；窩藏在收容所的稻草被褥裡的虱子，那種惹人厭煩的樣子；不管熬了多久依然無法回返故鄉，那種哀傷的樣子。」落在句末的一連串「**樣子**」，呈現出一種既悲苦又荒謬的文體。

井上先生在這部小說裡，巧妙地把過去從世界文學中廣泛習得的手法，與自力積累的社會問題意識連結起來。我與他屬於同期出道的新銳作家，理應和他一樣，超越日本式私小說的主題範疇才對。可是下定決心與具有智能障礙的孩子一同生活的我，終究成為一個把私生活當做素材基礎的小說家了。

致悼辭結束後，在曾經演過井上先生劇本的那些年輕演員真情流露的表演開始前，黑柳徹子[6]女士靠過來問了我早前提到的（如同井上先生洞悉的）尚未與之和解的兒子。

「我還沒收到光君為我作曲的那首〈快言快語〉的樂譜……他近來可好？」

告別會結束後我直接回家，與光一起坐在播放設備前面，依據井上先生對我的批評主軸，和他做了一場長談。光用自己喜歡的弗里德里希・古爾達[7]演奏版本播放了引發父子隔閡的那組奏鳴曲，並以斷奏方式敲著樂譜為我解釋與莫札特樂曲相同的部分。

隔天，光開始動手把鋼琴和小提琴合奏的六頁〈快言快語〉謄寫到五線譜上。一如往常，我在他身旁做著自己的工作。

6 黑柳徹子（一九三三～迄今），日本電視節目主持人、作家暨和平運動家。
7 Friedrich Gulda（一九三〇～二〇〇〇），奧地利鋼琴家暨作曲家。

關於原子彈受害國的道義責任

一位美國記者舊識寄來電子郵件，說他從參加完廣島的和平紀念儀式之後就忙著整理自當晚到隔天陸續發布的相關報導，並於當地瀏覽《紐約時報》電子版在八月六日上傳的文章時，恰巧讀到一篇是我寫的，對於我的文字很有同感。

「經過兩百年來的近代化，日本人特有的最具道義且莊嚴肅穆的例行儀式，就是祭祀。」然而，菅首相[1]在那項儀式上以及儀式結束後的發言是前後一致的嗎？

我決定彙整歸納相關資訊，從頭檢視一遍。首先引述他的致辭如下：「身為戰爭中的唯一原子彈受害國，我深信我國具有率先採取行動的道義責任，以實現『無核武世界』[2]的目標。」

幾小時過後，他在記者會上卻表示：「基於我國的立場，有必要繼續維持核武嚇阻效用。」此外，菅首相在先前的致辭中宣誓將會堅守非核三原則[3]，但是就在同一天，他的內閣官房長官卻明確表示沒有必要將該原則納入法條。

首先，「唯一原子彈受害國的道義責任」這段文字是二〇〇九年歐巴馬總統在布拉格發表演說的五個月後，民主黨的鳩山前首相於聯合國安理會首腦會議中使用的表述方式。我在剛才提到的《紐約時報》的文章裡寫下「具道義性且莊嚴肅穆」的文字時，心中想到的是歐巴馬總統的那場演說。他當時指出，「身為曾經動用過核武[4]的唯一擁核國，美國具有應當採取行動的道義責任。」在此為一些不熟悉漢語的年輕讀者說明，道義是moral的對應譯詞。

相較於前面使用「核武嚇阻效用」與「非核三原則」這類不得不說是**定義模糊**的宣示，我想起曾在上個月底讀過一則報導，有一所名為「關於新時代安全保障暨防衛能力之懇談會」的機構呈送了一份措辭極為露骨的報告書給菅首相，裡面有一段文字如後：「關於非核三原則，採取這種單方面束縛美國的手段未必明智。」

我在寫給那位記者的回信裡說，菅首相於八月六日的發言出現了前後不一的矛盾，而造

1　即日本首相菅直人。請參閱前文〈沖繩今後的未竟之事〉中的譯注。
2　請參見本文稍後關於美國四位前政要聯名發表文章的譯注。
3　一九六七年十二月，當時的日本首相佐藤榮作於國會答辯中陳述，日本政府對於核武的立場是不製造、不持有、不引進，後來被簡稱為「非核三原則」。
4　請參閱前文〈世界的順序就這樣由下而上改變〉中的譯注，第一代核武通常稱為原子彈。

成那種問題的病因堪稱是沉痾頑疾。我還提到自己這次有了一個新發現，恰好與菅首相的發言完全相反。

第一位出席這項儀式的聯合國祕書長潘基文[5]抵達日本後，旋即前往長崎的原子彈爆炸資料館與原子彈爆炸受害者谷口稜曄[6]做了交談。我曾看過許多令人難以忘懷的照片，當中的一幀是有個少年的背部在原子彈爆炸中受到燒灼傷，而影中人就是這位谷口先生，他在今年五月的那場「重新檢討《核武禁擴條約》[7]會議」演說時亦手持那幀照片。當我讀到報導指出，擁核國的首腦們並未出席那場會議時，立刻回想起谷口夫人曾在五年前說過，她天天都要幫丈夫無法排汗的背部抹藥，因此每次出國時總是十分掛心。

廣島市的秋葉[8]市長在和平宣言中明確重申其多年來的信條，亦即要求日本必須脫離美國的「核保護傘」，還有將非核三原則予以立法明訂。潘基文先生在廣島的演講中提到對於北朝鮮和伊朗研發核武的疑慮，警告必須嚴防部分恐怖分子正試圖取得核武，並且強調「若要避免核武引發的危機，唯一的辦法就是徹底廢除核武」。我從他的這項強調中確知了對未來可以抱持更為樂觀的展望。

今年夏天，美、英、法三國的代表首度來到了廣島。是前面引述過的歐巴馬總統的布拉格演說促成了這些國家的表態。歐巴馬總統以道義責任為基軸提出緊急且具體判斷的主張，與方才的潘基文先生的演講正是一脈相通。

況且在早於布拉格演說的二〇〇七年，前美國政要G．舒茨、W．佩里、H．季辛吉、S．納恩等人已經先行倡議[9]，依循他們的建言採取直接的行動可謂至關重要。「對許多國家而言，若是在其他國家將會造成威脅的前提之下，嚇阻仍然是相當值得考慮的選項；但如果為了這個目的而仰賴核武，只會愈發陷入險境，其效用亦將愈來愈低。」

包括那位曾於歸還沖繩[10]之際大顯身手斡旋核武密約的季辛吉先生在內的走務實政治路線

5 潘基文（一九四四～迄今），南韓政治家，第八屆聯合國祕書長。

6 谷口稜曄（一九二九～二〇一七），日本長崎原子彈轟炸的受害者，他在爆炸中嚴重受傷的新聞照片後來被多次引用。

7 一九六八年由五十九國共同簽署的國際條約，主要目標是透過國際合作方式達到防止核武擴散、推動核武縮減以及促進和平運用核能。

8 秋葉忠利（一九四二～迄今），日本數學家暨政治家，曾任廣島市長。

9 美國前國務卿喬治．舒茨（George Pratt Shultz，一九二〇～迄今）、前國防部長威廉．佩里（William J. Perry，一九二七～迄今）、前國務卿亨利．季辛吉（Henry Alfred Kissinger，一九二三～迄今）以及前參議院軍事委員會主席山姆．納恩（Samuel Augustus Nunn Jr.，一九三八～迄今）四人曾於二〇〇七年與二〇〇八年兩度聯名發表《無核武世界》和《邁向無核武世界》兩篇文章，建議美國領頭採取縮減核武的行動以促進各國積極跟進。

10 亦即美國的占領政府於一九七二年將沖繩政權移交給日本政府。

的這幾位沙場老將，已為再次呼應歐巴馬總統的演說而於日前展開了積極的行動，在美國與歐洲引領一股「無核武世界」的新潮流。

在此基礎之上，擁核國專程派員出席了今年夏天在廣島舉行的儀式，而這些貴賓也已經聽到我國首相為了儘速回應國際關注焦點所說出的「基於我國的立場，有必要繼續維持核武嚇阻效用」這段話。

回頭談一談那位來自遠方的朋友於即將飛往沖繩時從機場寄來的電子郵件。我忽然想到，所謂原子彈受害國的道義責任，難道就是首相不告知國民「核保護傘」的危險性嗎？難道就是首相不允許國民抗拒設置「核保護傘」的基地嗎？

我想，那位記者現在應該正在邊野古，與那些靜坐已經超過兩千天的示威者談論「無核武世界」吧。

給小說新手的建言　4

我和西班牙作家哈維爾・賽爾卡斯[1]在東京的「賽萬提斯[2]文化中心」做了一場公開對談。他的《薩拉米斯士兵》（日文版由宇野和美翻譯，河出書房）[3]是一部傑出的小說。

內容敘述在西班牙內戰中，被一路逼退到加泰隆尼亞的共和軍正要槍殺軟禁中的某位法西斯勢力的重要人物，一名年輕士兵卻放走了他。這部小說繼續追蹤那位重要人物日後的經歷以及那名士兵的下落。據說，人們在前一晚跳起了鬥牛舞……。

由於佛朗哥軍隊壓倒性的勝利而淪為難民的年輕人加入了法國外籍部隊並隨之轉戰非洲。其中一支由無名戰士組成的小隊以游擊戰打贏了占有絕對優勢的德軍。他們守住了法蘭西文明。在後續作戰中負了傷的士兵如今已經老邁，格外思念鬥牛舞。這段內容將故事連結

1 Javier Cercas（一九六二～迄今），西班牙作家暨學者。
2 Miguel Cervantes Saavedra（一五四七～一六一六），西班牙小說家，代表作為《唐吉訶德》。
3 原名*Soldados de Salamina*，二〇〇一年初版。日文版於二〇〇八年初版。該小說以發生在西班牙內戰的真實故事做為藍本。

到過去那段歷史。

我進入書庫為這場公開對話預做準備，在瀏覽擺放西班牙內戰相關書目的書架時，竟然出現驚喜的重逢——是喬治．杜哈梅爾[4]著、渡邊一夫譯的《文學的宿命》及其原著 *Deux Patrons*。後者的直譯是「兩位守護者」，其主旨是將伊拉斯謨[5]和賽萬提斯視為文明的救星。我將這兩本書拿在手裡，思緒頓時飛到了五十多年前在東京大學校園一處地下室咖啡廳的那一幕。

我在渡邊一夫教授講述人文主義的著作吸引下進了這所大學，卻聽不懂他的專業講座，只能去舊書店找出教授在二戰開打前和二戰結束後出版的書設法研讀。鬱悶的心情讓我開始練習寫小說。

其中一篇習作刊載於大學校刊的五月份紀念專號的隔週，我恰巧從正在喝咖啡的教授身旁經過，教授開口問道：「我已經讀完學生殺狗的故事囉。你打算朝那個方向發展嗎？」我一時語塞，所幸同行的友人見狀為我解圍：「他其實正在研讀教授您的人文主義研究專書，現在手上不也拿著一本嗎？」

教授接過我遞去的《文學的宿命》，問道：「有意思嗎？」我回答：「正在讀第一章和譯後記。」教授揭開書頁，開始朗讀我劃上紅線的部分。

不接受由於宗教對立而流淌鮮血。「……不僅是信奉這項真理的伊拉斯謨行走在苦難的道路上，就連身處這個比起計策或瘋狂更喜愛美好人格與明晰理性的這項真理還無法實踐的時代、而充其量只能嚮往這項真理的賽萬提斯，也度過了悲慘的人生。（中略）伊拉斯謨和賽萬提斯同樣絕非英雄豪傑，頂多是**無名戰士**罷了。」

教授似乎打算連我寫在這個段落後面的批注也接下去讀了，我一時慌張起來，突然迸出了這段話：「我好像明白了這本書為什麼要在西班牙內戰爆發的第二年完成，也懂得為何選在日本發動戰爭的前一年出版它的譯本了。」[6]

「杜哈梅爾教授對於歐洲法西斯勢力擴張的示警，用字遣詞相當明確；但是你看我的後記，文字力道顯得有些軟綿綿的吧？那是顧忌國家的審閱還有其他限制。先不說這個了，如果你打算繼續寫小說，那麼第二章可得仔細讀一讀！」

4 Georges Duhamel（一八八四～一九六六），法國詩人暨小說家。
5 Erasmus (Desiderius) von Rotterdam（一四六六～一五三六），文藝復興時期尼德蘭的神學家暨人文主義思想家。
6 本書 *Deux Patrons* 原著於一九三七年出版，西班牙內戰發生在一九三六年至一九三九年間；本書日譯版『文学の宿命』由創元社於一九四〇年出版，而日本直至一九四一年底突襲珍珠港後才正式向軸心國宣戰，發動太平洋戰爭。

我拾級走上圖書館的正門，在草坪躺了下來，懷著激動的情緒開始閱讀賽萬提斯的部分。杜哈梅爾在那裡寫下了對於有志成為作家的年輕人的忠告：

「那麼，請先努力過生活吧。是的，請從人生的乳房裡盡量吸吮乳汁。這些養分可以孕育出你未來誕生的創作唷。你不是說想要寫出精采的小說嗎？既然如此，聽清楚了，不管是哪一艘船都得搭上去！在闖蕩世界的同時只能做著微不足道的工作，貧窮也得忍下來。切勿急於提筆寫作。痛苦和試煉都要捱住。多觀察成百上千的人們。並且，我說多觀察人們的意思是，不許逃避人們造成你的不幸，也不許逃避你為了帶給人們幸福而導致自己的不幸。（中略）你不是說想要寫出精采的小說嗎？那麼，聽好了！首先要做的，就是不准認真考慮那件事！不要定下終點，立刻啟程。用力張開你的眼睛、耳朵、鼻子、嘴巴。敞開你的心扉，然後等待。如同那位……」

最後面的文字是「如同那位賽萬提斯一樣」。戰爭結束後，造訪日本的杜哈梅爾帶來了一本內頁包含多達二十幅插圖的特別裝幀版原著致贈教授。教授在過世的前一年，以分贈遺物的名義將它送給了我。我猜想當時或許有朋友向教授報告了我受到嚴重的打擊，於是教授想藉此為我打氣吧。不過，我也明白自己得到了最可貴的教誨。

一位「太不可思議了！」的醫師

十月初，廣島市政府舉辦了主題是「傳播廣島的和平思想」的一系列演講，我搭乘「希望號」新幹線列車前往參加。上車後，一位身形嬌小的外國女士走到我旁邊停下腳步，出示了一本美麗的小開本書籍。我一眼認出那是和田誠[1]裝幀設計的井上廈劇本《與爸爸在一起》日法雙語版、柯琳．昆丁[2]翻譯的 *Quatre jours avec mon père*（KOMATSUZA）[3]。

我向來不善與陌生人交際，這一天罕見地開口邀請她在旁邊的空位落座，然後回答了問題。我告訴她，日本現代作家之中，在小說和戲劇這兩個領域同樣表現傑出的有安部公房、井上廈，年輕一輩的則是岡田利規[4]。他們的共通之處是同樣具有擺脫框架的創新風格，這使得他們在創作時總是意識到了、或者時時意識著具有批判性的當代人士，亦即劇場裡的觀

1 和田誠（一九三六～迄今），日本插畫家、散文家暨電影導演。
2 Corinne Quentin（一九五九～迄今），法國出版業相關人士暨翻譯家，目前於日本東京開設法文著作權事務所。
3 二〇一〇年初版。
4 岡田利規（一九七三～迄今），日本劇作家、導演暨小說家。

眾。這一點是別人難望項背的……。

「雖然您不寫戲曲，可是您不但一直在寫當代議題的隨筆，也編選過原爆小說的文集，並沒有把自己封閉在文學世界裡。我讀過《一無所知的未來》（集英社文庫）的英譯本[5]，它的書名是引用自原民喜[6]的作品吧。」

「我是從他的〈嚮往的國度〉裡面摘引的，還把〈夏天的花〉也一起收錄進去了。[7]那是我十六歲第一次在書中見到原子彈受害者時的文字敘述，我甚至把它抄在隨身攜帶的筆記本上。」

我們一起沉默了。

躺在床上的原民喜輾轉難眠，想像著地球的樣子：

「那顆圓球裡面的核心有著黏稠的鮮紅火團不停旋轉。存在於那座熔爐裡的是什麼東西呢？或許是尚未被發現的物質、還沒被想像到的神祕，諸如此類的東西混合在一起。那麼，當它們一口氣噴出地表的時候，這個世界到底會變成為什麼樣子呢？每一個人大概都憧憬著這座地下寶庫，但當他們走向一無所知的未來，在終點等待他們的究竟是毀滅，還是得救呢……。」

那位女士彷彿也回想起同一個段落，於起身告辭前說了這些話：

「原民喜留下這篇宛如遺書般的作品之後自殺了，那麼您憧憬的是哪一種未來呢？希望能在演講中聽到您的回答。」

在場聽完演講的當地報紙記者向我發問：您提到並不認為廢核的目標能在十年之內達成，可是這就與廣島市這邊希望順勢搭上美國和歐洲正在推動廢核行動的這股熱潮的計畫有所出入了。

我的回答是這樣的：雖然相信距離廢核的終點已經不遠了，卻也無法忘記「**究竟是毀滅還是得救**」的那聲呼喊在心中久久迴盪。我在思考直到達成那個目標之前的各種困難。直截

5 日文原著於一九八三年初版，由大江健三郎編選多位作家的短篇小說集，其中亦包括原民喜的〈夏天的花〉〈嚮往的國度〉。英譯版於一九八五年初版，書名 *The Crazy iris and other stories of the atomic aftermath*（Grove Press）。

6 原民喜（一九〇五～一九五一），日本詩人暨小說家，四十歲時於故鄉廣島遇上原子彈轟炸，距離爆炸中心一公里左右的老家全毀，所幸躲過一劫，此後以此主題創作了多部作品。四十五歲時臥軌輕生，結束了短暫的一生。

7 原民喜最後遺作的短篇小說〈嚮往的國度〉發表於一九五一年五月號《群像》雜誌。其代表作之一的「夏花」三部曲亦為三部短篇小說，分別是〈夏天的花〉（一九四七年六月號《三田文學》雜誌）、〈來自廢墟〉（一九四七年十一月號《三田文學》雜誌）、〈毀滅的序曲〉（一九四九年一月號《近代文學》雜誌）；但若依照故事內容發生的時間順序排列，應該是〈毀滅的序曲〉、〈夏天的花〉、〈來自廢墟〉。後來新潮社在一九七三年於新潮文庫叢書出版合集《夏天的花．嚮往的國度》，除上述四篇小說之外還收錄多部原民喜的早期作品，這本合集的解說由大江健三郎撰寫。

了當地說，日本也和其他國家一樣，篤信「核保護傘」是萬靈丹。接著，我用廣島原子彈輻射症醫院**前任**院長重藤文夫醫師的一生做為例子告訴那位記者，自己絕不放棄希望，但也並不抱持樂觀。

我有幸認識重藤醫師是在二十八歲那一年。當時我把出生時頭部嚴重畸形的長子留在東京的醫院，自己去了外地。

那趟旅程是為了撰寫在廣島召開的禁止原子彈氫彈世界大會的現場報導。借用另一位知名的廣島和平思想傳播者的同志、新聞記者金井利博先生的分析，那場會議形同擁核國（蘇聯）與非擁核國（當時是中國）兩大極端陣營之間的「和平運動家的宗教戰爭」，看在我眼裡簡直了無新意，決定另行尋找不一樣的觀點，於是來到了原子彈輻射症醫院。在那場會議中非常辛苦地義務擔任英文同步口譯員的青年，就是日後的秋葉市長。

重藤院長十分惋惜地告訴我，曾經有個年輕醫師當著許多前來求醫的患者面前問他：「大家都在受苦。人類可以忍受這種事嗎？人生又是怎麼一回事呢？」可是他當下根本無暇詳答，不久之後那個醫師竟然輕生了。如今回想起來，重藤醫師或許是擔憂當時同樣面臨心理危機的我將會重蹈年輕醫師的覆轍，才會不厭其煩地為我解惑吧……。

八年後，我多次採訪重藤醫師之後完成了《對話・原子彈爆炸後的人們》（新潮選書）8一書。當我告訴他，生病的兒子經過兩次手術後活下來了，雖有智能障礙但其他方面還算健康，他聽完以後為我感到高興，說了句：人類的力量很不可思議吧！

以這句話為起點，我們的書裡充滿**驚恐**和**不可思議**的內容。對於原子彈爆炸這種人類史上不曾發生過的大災難所引發的後續狀況感到驚恐的每一個日子（前所未見的原子彈輻射症、白血病、遭到輻射的父母生下的孩子所面臨的人生課題），以及對於醫師處理這些病症的工作與患者的復原能力感到的不可思議。對於與此並存的、接連不斷的死亡感到的驚恐與悲傷。對於建立原子彈受害者援護機制的困難重重感到的驚恐，也對於目睹建立過程中一點一滴聚沙成塔所展現的人類潛力感到的不可思議。

先前提到的那位記者轉述了當地居民對我的批評，認為年輕時的我在《廣島札記》中描繪的人物肖像幾乎無一例外，全都「聖人化」了。我承認，那些不屈不撓的人們確實令當時的我格外感佩，他們面對驚恐從不退縮，即使是微不足道的不可思議也會雀躍不已，這是一群最具真實人性的人。

8 一九七一年新潮社初版。

給小說新手的建言　5

諾貝爾文學獎有一種明顯的傾向，比起聞名全球、文學成就非凡的作家，會先頒發給名氣相對較低的文士。舉例來說，我就比君特．格拉斯、馬里奧．巴爾加斯．略薩[1]更早獲獎，但我那時還只是一個需要央請他們允諾通信的同行，因此老實說，當下只覺得**誠惶誠恐**（請參見《為反抗暴力而寫——大江健三郎書簡往返》）。

不過，如果把時間跨度拉長到五年、甚或十年再回頭檢視這份獲獎名單，我認為每一屆評選結果都相當出色。比如我從前不曉得有一位名為辛波絲卡[2]的波蘭女詩人，在她獲獎之後才讀到藉此契機出版的日譯本，連同英譯本和法譯本也一併蒐集，現在她已經成為我床頭書的詩人之一了。

非常高興在格拉斯獲獎的十一年後聽到今年的得主是略薩。我把日本報章雜誌對此事的迴響剪下來準備寄去給他（附上綜合評論的英譯）。其中一則帶來極大衝擊的是《朝日新聞》的〈池上彰[3]的新聞速讀〉。

池上先生寫道，「不好意思，我也不認識」作家略薩，至於其「製作了一幅權力結構的『地圖』，犀利描繪出個人的抵抗、反抗及挫折」的獲獎理由，則表示「完全看不懂那是什麼意思」。我倒是覺得這段獲獎理由巧妙點出了略薩諸多優秀作品從早期就開始批判秘魯政情和現況的特質……。

池上先生接著提到，各家報紙的解說無不充斥著某些資深專業研究人士在逼仄版面裡的暢所欲言，「至少就我而言，只能說是一頭霧水」。的確，他說得也許有幾分道理，但是身為一個長久以來聽到太多人抨擊看不懂我的作品而拒絕翻閱的過來人，我想對**並非外行**的「小說新手」講幾句話。

首先，請從許多譯文之中，至少挑出一篇略薩的小說閱讀。其次，希望你們學習略薩情理通達的文學論述（前者我推薦《青樓》[4]，日文版由木村榮一[5]翻譯，岩波文庫。後者我推

1 Jorge Mario Pedro Vargas Llosa（一九三六～迄今），秘魯詩人暨作家，二〇一〇年諾貝爾文學獎得主。
2 Wislawa Szymborska（一九二三～二〇一二），波蘭詩人暨翻譯家，一九九六年諾貝爾文學獎得主。
3 池上彰（一九五〇～迄今），日本學者暨媒體人。
4 原名*La casa verde*，一九六六年初版。日文版於一九八一年初版。
5 木村榮一（一九四三～迄今），日本的西班牙文學研究家暨翻譯家。

薦《謊言中的真實》[6]，日文版由寺尾隆吉[7]翻譯，現代企劃室）。

後者是略薩畢生精選出三十五篇二十世紀小說，這本書充分展現出他精闢的見解與對文學的熱情。在此引述他據此闡述的明確歸納如下：

他對於「在將書籍視為落伍之物的那群人之中特別重要的一位」，亦即微軟的比爾·蓋茲在馬德里表示不會把西班牙語不可或缺的「Ñ」從電腦中刪除的承諾深受感動，卻被蓋茲其後宣示**消滅紙張和消滅實體書是自己最重要的人生目標**的這段話所激怒。

「雖說沒有憑據，可是我非常肯定，如果實體書的型態被消滅，將對文學範疇造成嚴重的、恐怕是致命的負面影響。屆時縱使名義上仍舊叫做文學，充其量只是一件與我們今日稱為文學的東西毫不相干的產物罷了。（中略）

對國家的生命而言，文學所展現的另一個重要作用是孕育批判精神，萬一文學消失，國民也就無法指望發生歷史性的變化抑或行使更大程度的自由。傑出的文學是從根底質疑我們生存的世界。」

略薩認為文學最重要的職責是對個人心理層面的深入探究。他挑選的海明威小說《老人與海》[8]是從一個看似簡單的故事揭開序幕。

有個很久沒有收穫的老漁夫總算抓到一條大魚，卻不得不與企圖半途劫食的鯊魚搏鬥，最後這個疲憊不堪的老人終於帶著大旗魚的殘骸回到漁港，他所展現的是「能夠從中發現人生意義的一種希望，也就是即便身處最嚴苛的考驗與逆境，人們依然能夠採取正確的行動將失敗逆轉成勝利」。

而擔心老漁夫的少年，則是「比起這位教他捕魚的不屈不撓的老人給予的疼惜與慈愛，他從老人身上感受更為深刻的崇拜使他的淚水奪眶而出。」

「為了誘發出如此強烈的——小至一段情節，大到涵蓋所有類型——故事變化，只能靠著慢慢堆砌情感和感受、暗示和省略，繼而延伸情節的地平線，再由此拓展出完全廣泛性的平面。《老人與海》之所以能夠達到這樣的成就，應當可以歸功於文體和結構的高明技巧。」

略薩在這本書裡對每位作家個別評論一部作品，但是為海明威選評了兩部（格雷安·葛林[9]儘管享有同樣的特殊待遇，卻只得到「作品稱不上偉大」的評語）。除了《老人與海》之

6 原名 *La verdad de las mentiras: Ensayos sobre la novela moderna*，一九九〇年初版。日文版於二〇一〇年初版。

7 寺尾隆吉（一九七一～迄今），日本的拉美文學研究家暨翻譯家。

8 Ernest Miller Hemingway（一八九九～一九六一），美國作家。一九五二年的小說作品《老人與海》（*The Old Man and the Sea*）為其代表作。

外，另一部是《流動的饗宴》[10]。他選入這個晚年作品的理由是想呈現出在這部回憶錄裡的那個年輕的海明威，看似在巴黎過著神話般的波希米亞式生活，其實是一個「以冷靜沉著的目光凝視一切，經過選擇取捨之後累積經驗」的擁有謹慎勤勉意志的人。

略薩是一位大作家，這本書堪稱世界文學的最佳導師，尤其對立志成為小說家的人來說，更是誠實的私人教師。請務必把握這個能夠認識他的難得機會。

9 Graham Greene（一九〇四～一九九一），英國小說家暨劇作家。

10 原名*A Moveable Feast*，一九六四年初版。

是誰一直防範著忍無可忍的爆發

多年的寫稿生涯，是時候回頭審視了。一幕幕昔日的情景浮現腦海——就在那一秒，我得到了從此出發的諭示；就在這一刻，我領悟了持續寫作的意義。

三十歲時，我曾坐在由年紀相仿的《沖繩時報》新川明先生駕駛的吉普車奔馳在甘蔗田上聽著他說話。我問他，難道沖繩的年輕世代不會「忍無可忍」嗎？

那些禁錮著他們的多重暴力。那些貫穿戰爭前、中、後的尖銳又強烈的言語。

當我回到宿舍在漆黑中躺下，這位記者四處奔走蒐集的傳說與歌謠卻在耳畔響起。死者的魂魄回歸大海，為投胎而再度前來。我想起了留在東京那個已經三歲卻依舊不聽聲不講話的長子。我要將他與八重山的大海和四國的森林直接扣合在一起……。

我的故鄉也曾在明治維新前後各發生過一次揭竿起義，體內依然記憶著在邁向現代化過程中為了反抗國家暴力而產生的集體意識。這種意識與我白天剛聽過的琉球處分[1]、徹底施行國家主義教育、沖繩戰役等等話題相互呼應，於是我在黑暗中起身，寫下了《萬延元年的足球隊》的綱要。

完成這部長篇小說之後執筆的長篇隨筆《沖繩札記》到了二〇〇五年遭受控告，而提告人擁有包括自稱**靖國後援團**的律師群、「自由主義史觀研究會」及「新歷史教科書編纂會」等等團體在背後撐腰。我起初很緊張，所幸後來在公開審判的過程中，原告方的前守備隊長親口證實自己從未讀過《沖繩札記》而氣勢頓減。

當時，青年作家目取真俊[2]先生從沖繩的民俗信仰中取材，揉合社會與人們的現狀，寫成相當出色的短篇小說。他從我的書裡摘出「有機會再說」這句關鍵語，做了精闢的解讀。

就連沖繩戰役期間日軍對那些島民做過的事，隨著歲月流逝都將被逐漸淡忘。甚至那個下令島民集體自盡的主謀，也可以用「有機會再說」的這套說詞躲過批判，重遊舊地吧。永遠不可遺忘沖繩戰役的悲慘經驗的這條底線，將會遭到這種「有機會再說」思想的一再踐踏。莫非已經有很多翹首企盼「有機會再說」的人再次粉墨登場了嗎？那些人有何盤算呢？

與此同時，沖繩縣民已經展現出截然迥異於「有機會再說」那種將錯就錯的態度，開始為自己發聲了。那就是一九九五年為抗議美國海軍陸戰隊員對少女施暴，而有多達八萬五千位民眾集結在宜野灣市海濱公園舉行的縣民大會。

那股巨大的聲量持續發威至今並且樹立典範，促成了其後高達十萬人參加的第二次縣民大會。他們透過有條不紊、鏗鏘有力且意義明確的語言表達了自己的意願。在現場代表發言的大田[3]知事採取不讓美軍任意使用強徵而來的駐軍用地，以及拒絕代理署名等有效手段展開了抵抗行動。那一連串的對抗政策令人記憶猶新。

接替村上[4]首相繼任的橋本[5]首相與美國駐日大使孟代爾[6]發表了一份聯合聲明表示「雙方同意於五年至七年內全面歸還普天間航空基地」。我從這個迅速的回應中發現，那場縣民大會已經讓美軍認清現實，瞭解有一股「忍無可忍」的力量正在醞釀。儘管想像空間可大可小，仍然可以確定有某種力量推動了美日兩國政府達成這項協議。不單如此，那亦代表一種足以成功召集如此龐大規模和匯聚能量的和平集會的民主實力。

1 日本明治時代政府自一八七二年至一八七九年間對現今的沖繩強制施行廢藩置縣的政策，廢除並吞併琉球國，設置沖繩縣。
2 目取真俊（一九六〇～迄今），日本小說家，沖繩人。
3 大田昌秀（一九二五～二〇一七），日本社會學者暨政治家、於一九九〇年至一九九八年間擔任沖繩縣知事
4 村上富市（一九二四～迄今），日本政治家，曾任日本首相，任期自一九九四年至一九九六年。
5 橋本龍太郎（一九三七～二〇〇六），日本政治家，曾任日本首相，任期自一九九六年至一九九八年。
6 Walter Frederick "Fritz" Mondale（一九二八～迄今），美國律師暨政治家，曾於一九七七年至一九八一年間就任美國副總統（總統為吉米．卡特），其後於一九九三年至一九九六年間出任美國駐日大使。

二〇〇〇年五月，我在沖繩待過一段時間，聽到了許多人的看法。令我印象最深刻的是，雖然站在第一線推動的奮鬥者們皆已形成共識，絕不允許美軍航空基地遷建邊野古，然而他們也擔心還有許多持不同立場的另一群人恐怕會「忍無可忍」。

我聽著他們的憂慮，心中浮現了一個想法——反過來說，縱使普天間航空基地問題遲遲沒有進展，但始終沒有演變成「忍無可忍」的激進狀態，這不正是沖繩縣民的民主實力展現嗎？

我還想到，那種民主實力也使得沖繩知事仲井真[7]為了尋求連任而必須改變立場，明確宣示能夠接受的唯一選項是將美軍航空基地「遷出本縣」。遷建邊野古的解套方案是在公海水域填海造地，而沖繩知事握有許可權限，萬一菅首相強行立法剝奪了這項知事的權限，我們將會在第四次超級規模的縣民大會上讓他見識到我們的民主實力。

雖然「遷出本縣」的方案會使原本屬於**他們**的課題變成了**我們**的課題，而我們的日常生活想必也會因此承受新的壓力。但請記得，長久以來沖繩縣民一直生活在那樣的壓力之中。

7 仲井真弘多（一九三九～迄今），日本政治家，於二〇〇六年至二〇一四年間擔任沖繩縣知事。

仔細用心閱讀

新年（二〇一一年）早晨，《朝日新聞》的專欄「人」吸引了我的注意。文中那些堅持「盡可能慢讀」的教師和學生們令我佩服，也很羨慕他們一同度過的時光。

我既不用「慢讀」也不用「快讀」這兩個詞彙，至今依然無法釋懷當年在森林裡的那所新制中學裡曾向老師抱怨已經沒書可讀時遭到訓斥，說是該怪自己讀得太急了。於是我滿腦子只想著自己缺乏用心閱讀的能力（以及養成這種能力所需要的耐心、細心和訓練）。

雖然有過這般遭遇，我依然沒有及時矯正這個毛病，等到我做足了再讀（reread）的準備，具體而言，就是養成邊讀邊拿彩色鉛筆劃記線條黑色鉛筆寫上批注、隔一陣子再重新閱讀的習慣，已是四十歲以後的事了。

去年我把書庫改小，打造了一個能夠展示全部收藏的CD櫃給視音樂如生命的光。我把難以辨識書脊英文字體的B6尺寸薄書，集中擺到書櫃的下層。我打算大量淘汰用不著的書，逐一檢視時赫然發現了苦尋已久的威廉．斯泰倫[1]的*Darkness Visible: A Memoir of Madness*

(Vintage Books)[2]，「紙本書」的重要性不言可喻。我決定從一年之始重新閱讀它。

這是一位既雄偉又篤實的作家於六十歲時不得不「與精神委靡奮戰」的紀錄。我只讀過美國雜誌上節錄的段落，也不知道大浦曉生[3]先生的譯作《看得見的黑暗》(新潮社版，亦為以下引文來源)已經出版了。

後來之所以在訪美期間買下這部作品的紙本並且埋頭詳讀，是因為伊丹十三結束了自己的生命。週刊雜誌等等媒體都把原因歸咎於他的憂鬱症，但我完全無法接受。早在少年時他就是我的師父了，如此優秀的奇才絕無可能發生那種情況。

「對於那些曾經住在那座憂鬱症的黑森林裡、深知有苦難言的愁悶的人們而言，從無底深淵歸來，幾乎像是詩人但丁由黑暗地獄的最下麵步履蹣跚地不停往上走，終於走到看得見『光明燦爛世界』的地方了。到了那個時候，但凡每一個已經痊癒的人，幾乎都會找回感知悠閒和喜悅的能力。那或許是給成功捱過了『比絕望更絕望』的相對補償。

於是，我們走出來，再次仰望繁星。」

我讀完這部作品，充分瞭解憂鬱症的可怕，於頁面加上了批注。斯泰倫在這本書的最後寫下《神曲・地獄篇》最後一行的英語譯文(大浦先生亦忠實迻譯)，我則有不同的看法。

歷經地獄之旅歸來的人**盼望**走出洞穴**看**天上的**群星**——「**盼望看群星**」，這是普遍的譯法。既然心中先升起想看星星的殷切期盼，那麼走到外面之後不就看到了嗎？我想起了沒能走到外面的妻兄。

但是，我隨後查閱最新出版的羅伯特．平斯基[4]譯本也是如此，在「走向前」的後面是逗號，接著是「**於是看到了群星**」。這時我才發現，多年來閱讀的辛格爾頓[5]譯本對此做了詳盡的注釋，上面寫道：《神曲》全詩共三部，每一部皆以「群星」（stelle）[6]這個單詞做為結尾，這是但丁強調旅人總是保持往上走的姿勢，並以自己的真實人生亦是如此為例，熱切地勸告（exhort）讀者。

我在客廳耽於書堆直至深夜。光忽然站到身邊，語帶委屈對我說：

「貝多芬的大提琴奏鳴曲，怎麼弄都是F大調！」

---

1 William Styron（全名William Clark Styron, Jr.，一九二五～二〇〇六），美國作家。
2 英文原著於一九九〇年初版。日譯本於一九九二年初版。
3 大浦曉生（一九三一～迄今），日本美國文學研究家。
4 Robert Pinsky（一九四〇～迄今），美國詩人、文學評論家暨翻譯家。
5 Charles S. Singleton（一九〇九～一九八五），美國文學研究家、文學評論家暨作家。
6 義大利文的「星星」，單數形是stella，複數形為stelle。

自從前年夏天兩人發生衝突以來，光就不太對我說話了。這回為他重做一個更大的ＣＤ櫃，也是我嘗試與他和解的方法之一。他年底整理收藏品時，似乎找到了完整收錄由羅斯卓波維奇[7]和李希特[8]演奏的五首樂曲[9]的ＤＶＤ。照他現在的語氣聽來，大概是在自己房間裡觀賞時無法順利操作播放設備吧。

我陪著光看完全曲，總共兩個半小時。隔天，他坐在客廳的電視機前，按下遙控器的開關收看小澤征爾[10]先生的節目，還留了位置給我。光曾經為這位大師的花甲之壽作曲道賀，並得到了演奏這首樂曲的羅斯卓波維奇先生的大聲讚譽。模仿當時稱讚的樣子為光加油打氣是我最擅長的拿手好戲。

「癌症是克服了，可是腰疼得厲害，齋藤紀念管弦樂團[11]公演時只能撐到指揮完柴可夫斯基的《弦樂小夜曲》第一樂章。」小澤先生平靜講述時透著幾分悲傷，然而只要進入練習，他的喊聲便如同exhort那般強勁而懇切，儘管可以看出臉上罩著一層與病魔搏鬥以及老邁的陰影，但是因而變得更深邃的容顏線條，還有長年來不曾懈怠鍛鍊的身體動作，是我在電視畫面看過的同時代人物中最為徹底展現自我的一位，無人能及。

只對音樂的本質有所反應的光和我一起鼓起掌來，久久不停。

7 Mstislav Leopoldovich "Slava" Rostropovich（一九二七～二〇〇七），俄羅斯大提琴演奏家暨指揮家。

8 Sviatoslav Teofilovich Richter（一九一五～一九九七），德裔烏克蘭鋼琴家。

9 貝多芬一生寫了五首大提琴奏鳴曲。

10 小澤征爾（一九三五～迄今），日本指揮家。

11 為紀念日本音樂家齋藤秀雄（一九〇二～一九七四）而成立的管弦樂團。

魯迅的「瞞人眼目之言」

魯迅逝世七十五週年，日中雙方從他的全集選出幾篇短文，採用思想詩集的方式編輯出版。我受託在書腰上寫推薦語，藉此機會回顧自己與這位二十世紀極具代表性的亞洲文學家多年來的緣分。

在北京的魯迅博物館參觀時，意外經由導覽進入了地下資料室，領略了一段堪稱撼動靈魂的經歷。歸途中偶然得到實力派作家閻連科的英譯書，通宵閱讀時深深覺得這部作品與白天受到的感動相互呼應。

在恰於兩德統一之日舉辦的法蘭克福書展的研討會上，我見到了那位穩重中帶有機敏、堅持貫徹意志的東德作家，也就是將《阿Q正傳》改編為舞臺劇的克裡斯多福．海因[1]，感受到他確實是恰當的人選。

有太多事想寫了，最後我寫的一小段文字是關於進入村裡新設立的新制中學就讀時，母親送了我《魯迅選集》做為升學賀禮。我以前也寫過，有人懷疑一個沒念什麼書的村婦怎麼會知道魯迅呢？其實是母親的青梅竹馬之中只有一位繼續升學了，母親生下我之後在家調養身子時，那位兒時玩伴把該年度剛出版的岩波文庫《魯迅選集》袖珍本送給了她打發時間。

我經常找來弟弟或朋友玩起雙人模仿遊戲，模仿的對象分別是這本書的〈故鄉〉裡面的少年，亦即敘事者「我」，以及較「我」年長一歲的閏土。我們仿效故事情節，曾在大雪的早晨設下圈套誘捕小鳥，也曾進到森林深處尋找那種從沒看過的名叫猹[2]的小動物……。

我為了上大學而前往東京，兩年過後（第一年沒考上）總算戴著學生帽返鄉省親，母親問我最近有無重讀〈故鄉〉，我旋即背誦了結尾那一段給她聽：「我想，希望本是無所謂有，無所謂無的。這正如地上的路；其實地上本沒有路，走的人多了，也便成了路。」（日文版由竹內好翻譯）

母親露出了失望的表情說：「我還是喜歡那個留在故鄉的閏土。」現在，我終於明白母親與兒子不一樣的心情。

---

1 Christoph Hein（一九四四～迄今），德國作家暨翻譯家。

2 這是魯迅造出來的字，代表某種動物。他曾在寫給友人的信裡提到，自己也不知道那是什麼動物，也許是獾，那是按照鄉下人的發音所造出來的生字，讀做「查」。

很幸運地，我得到了一群使用中文寫作的優秀作家知己。莫言、鐵凝[3]和閻連科目前在大陸十分活躍，鄭義[4]依然流亡美國，而高行健已入法國籍。我想，大家應該能夠了解我為何以**使用中文寫作**的描述方式來統稱這些作家的理由。

另外還有一點，無論從人生觀來看，抑或就文學信念而言，我和他們同樣都對魯迅極為推崇，而這亦成為我們互敬互愛的基礎。去年底，我收到了鐵凝女士從北京帶來的贈禮《魯迅日文書信手稿》[5]。那是魯迅親筆書寫的七十三封信函的影印本，黑色的墨字與紅色和格線，美麗極了。

最後一封信的日期是一九三六年十月十八日，他在離世的前一天寫給相熟的書店店主（老板）內山完造[6]央求協助聯絡醫師，這封哀切的短信令我心頭一窒。多數手稿都是寫給年輕研究學者增田涉的信，其字裡行間對於教育的熱情和持續性也讓我深受感動。

在這許許多多信函中真情流露的魯迅，於辭世那年接下東京一家綜合雜誌社社長的邀稿，同樣以日文寫下了「我想要瞞人眼目」這幾個字。

魯迅已經寫得非常小心了，卻還是受到日本方面的審查塗改。魯迅提到發生在上海的**戰爭**，這在日本方面的措辭是**事變**，就這樣被改成叉號了。「我翻閱五年前的報紙，讀到小孩的╳╳數量之大，以及沒有交換╳╳之類的報導，如今回想起來依舊悲痛萬分。」這裡用叉號置換的字詞是「屍體」和「俘虜」。

魯迅不得不謹慎的原因，不單是為了防備日本的相關單位，同時也是為了防範中國的權力高層。所以他才說自己想學著「瞞人眼目」。

「寫下這樣的文章，感覺並不是太舒服。想說的話很多，但得等到『日中親善』關係比現在友好的時候才能講。或許不久的將來，兩國的親善程度會變得非常密切，屆時甚至在中國會把排日分子當成叛國賊，（中略）就連每一座斷頭臺上也都隱約可以看見╳╳在飄揚，然而縱使到了那一天，也還不是可以講真心話的時機。」

竹內好在這裡加上譯注說明：被改成叉號的那幾個日文字，相當於中文的「太陽的圓圈」（太陽旗）。

文章的結尾如下：「最後，謹將在下的預感以血書添寫，以致謝意。」

3　鐵凝（一九五七～迄今），中國作家。
4　鄭義（一九四七～迄今），中國作家，於一九九三年流亡美國。
5　一九九七年北京出版社初版。
6　內山完造（一八八五～一九五九），日本人，曾於中國經營內山書店多年，與魯迅相交至深。

歷史上出現過如此艱苦的時代——日本與中國爆發全面戰爭、戰爭敗北、泡沫經濟時期的繁華榮景，而今天在亞洲熠熠發光的是中國。當大陸與世界各國對於諾貝爾和平獎得主劉曉波[7]先生的評價出現了極大的落差之際，日本的新聞報導與出版刊物非常詳盡地轉載了他的言論，我也站在這一方。

相較之下，雖然聽見來自大陸的批判聲，身為一個活到晚年一再重讀魯迅文章的人，日後若有機會見到中文作家，我會告訴他我支持劉先生。並且，不需要「瞞人眼目」的修辭。

7 劉曉波（一九五五～二〇一七），中國作家，二〇一〇年諾貝爾和平獎得主，獲獎時遭到囚禁，直至病逝都未能親自領獎。

不斷講述氫彈爆炸遭遇的人

十九歲那年春天，我在東大駒場校區的教室上完基礎法文的第一堂課，領到一冊柿橘色硬殼書封的動詞變化表。只要全部背誦完畢，秋天開學時就可以進入福樓拜短篇小說的研修班了。問題是，我有辦法從頭到尾背完嗎？

放學回家途中，看見幾個人揹著大字板站在學校正門旁發表演說抗議比基尼環礁的氫彈試爆，我駐足聆聽，聽到其中一個受到氫彈輻射的年輕人就讀新制中學時由於父親過世而不得不休學了，頓時為他與自己相仿的境遇而心頭一凜。

先是深夜的海面染上一片夕陽的顏色，接著傳來轟然巨響，兩個小時過後天空降下白灰——我彷彿就站在那個年輕人身旁與他同時經歷了這一切。我很希望能去醫院探望他，直接聽他敘述這段遭遇。可是一搭上電車，便全神貫注在那本柿橘色封面的書裡了。

在那段對政治無感的學生生涯中，我的課業依舊不見起色，三年後，發表在大學校刊上的那部短篇小說促使我朝作家方向發展。其中一段是這樣的：

「我們原本打算殺狗——我含糊不清地說道——沒想到被殺的卻是我們。女大學生皺起眉頭，無奈地笑了一聲。我也疲憊不堪地笑了。狗被宰殺就當場倒斃，接著被剝去狗皮；可我們即使被殺了還能到處走動。不過，人皮倒是被剝去一層嘍——女大學生說道。」

重讀一遍後，我意識到比基尼事件早已深植於自己的內心。得知久保山[1]先生死於急性輻射症候群之後，我打從心底厭惡日美政府交涉過程的不透明（雙方皆刻意如此）。每隔上一段時間就會讀到相關的新聞報導，例如原本決定把那艘受到輻射汙染的船沉入大海，後來又被人發現船身已被棄置於夢之島[2]……總會想起那位年輕船員的遭遇。

後來我在一九九一年讀到《背負著死亡之灰》（新潮社）[3]，非常敬佩書中的主人公能夠克服此等苦難，成就如此偉大的人格。現在，大石又七[4]先生的這本書《比基尼事件的真相》（MISUZU書房）[5]很容易買得到，謹將內容歸納引述如下。

一九五四年三月一日，美軍進行了一千五百萬噸當量的氫彈試驗，其威力相當於廣島原子彈爆炸的一千倍。

「那件大事，是當時正在比基尼海域捕鮪魚的我們這艘第五福龍丸所發現的。

「雖然距離爆炸中心地還有一百六十公里遠，但是純白的『死亡之灰』還是像大雪一般下個不停，踩在甲板上還會留下腳印。我們覺得奇怪，把白灰帶了回來，從裡面驗出了超高劑量的輻射能，以及美軍視為最高軍事機密的氫彈結構。（中略）

……氫彈真正可怕之處，不僅是其爆炸的威力，更在於同時釋放出大量的輻射能。了解氫彈爆炸的破壞力以及看不見的輻射能有多麼可怕的全世界有識之士唯恐人類正走向滅亡，無不提高了危機意識。」

日本科學家們從「死亡之灰」中檢驗出原本不存在於地球的鈾２３７，他們憑著自己的力量衝破美軍祕密主義的壁壘（那亦是試圖探究經過比基尼試爆後徹底強化威力的氫彈機密

1 久保山愛吉（一九一四～一九五四），日本第五福龍丸漁船船員，在比基尼海域從事捕鮪魚作業時不巧遇上美國進行氫彈試爆而受到大量輻射曝露，半年後過世。
2 第五福龍丸漁船經過除汙之後曾經做為東京水產大學的實習船，一九六七年由於過於老舊而報廢，被棄置於夢之島（東京灣填海造地）旁邊的掩埋地，由東京都職員發起保留運動，如今在夢之島公園內的東京都立第五福龍丸展示館永久展示。
3 完整書名為《背負著死亡之灰：改變了我的人生的第五福龍丸漁船》，大石又七著、工藤敏樹編，一九九一年新潮社初版。
4 大石又七（一九三四～迄今），日本反核運動家，曾是日本第五福龍丸漁船船員，同樣在比基尼環礁氫彈試爆中受到輻射曝露。
5 完整書名為《比基尼事件的真相：站在生命的分歧點上》，二〇〇三年MISUZU書房初版。

的美國核武競賽對手——蘇聯的壁壘）。那種祕密主義不僅全面控制政治圈與新聞界，甚至下令封鎖醫療第一線人員洩露病狀，而這一切出自當時奉為圭臬的威嚇論者的隻手遮天，都被大石先生逐一揭發開來。

我之所以重溫大石先生的書以及他現身說法的世界級水準的電視紀錄片，是因為前首相在沖繩表示自己學習「嚇阻效用」觀念之後改變了想法，而新首相則沒有絲毫猶豫地從去年夏天開始強調「核保護傘」的必要性。當世界各國的領導人（包括前領導人）紛紛表示將會調整原有的「嚇阻效用」策略之際，日本的領導人為什麼會做出這種反其道而行的宣示呢？直白地說，日本這個國家根本不曾反省當初盲目相信「嚇阻效用」，不是嗎？

「嚇阻效用」。這個名詞來自動詞 deter，意思是威嚇逼退對手。如此帶有暴力性語感的字眼在譯成日文的過程中，卻被置換成兼具理性與穩定性的詞彙了[6]。

氫彈試爆，代表所謂的「嚇阻效用」達到了足以摧毀世界的規模，況且第一次實驗也已經顯現出其立論矛盾與危險性。具有公信力的核子物理學家拉爾夫．拉普[7]認為，第五福龍丸漁船恰恰見證了這個轉捩點。大石先生身為遭遇過氫彈爆炸的人，也將不斷講述這段符合原理的翔實證詞，那亦是對核電廠發出的警告。

大石先生的影響力，將會透過他製作的第五福龍丸漁船模型在下一個世代之間傳遞擴散。而那些被遺棄在朗格拉普島[8]上的老人擁有的勇氣，也會受到國際社會的尊敬。不論就時間或空間來看，坐落於夢之島公園的都立第五福龍丸展示館應該會是一處恆久存在的廣闊展場，只要我們永不遺忘。

雖然已經晚了五十年，我還是想去聆聽大石先生細訴從頭。

6 日文為「抑止力」。

7 Ralph Eugene Lapp（一九一七～二〇〇四），美國核子物理學家，曾經參與曼哈頓計畫。

8 屬於馬紹爾群島之一的朗格拉普環礁中的一個島嶼。美國於一九四六年至一九五八年間於距離朗格拉普環礁二四〇公里處的比基尼環礁進行多次核子試爆，尤其是一九五四年三月一日的氫彈試爆更是導致第五福龍丸漁船人員以及朗格拉普島居民受到嚴重輻射曝露。試爆三天後，全體六十四位島民被強制遷至他處接受治療，三年後在美國宣稱朗格拉普環礁安全無虞之後同意島民回家，然而島民與生下的子女仍陸續出現輻射症候群，甚至死亡。儘管後來當地獲得美國的高額賠償，但是對環境與人體的造成傷害至今依然無法復原。

即使不在當地也要仔細傾聽

十一號那天，我正在專心詳讀渡邊一夫教授那冊小筆記簿以日法文夾雜寫得密密麻麻的一頁影本內容，忽然間一陣左右猛烈搖晃，幾乎把我拋上了空中。[1]

那份影本就是日後公開出版的《戰敗日記》（《渡邊一夫著作集十四》補遺．下卷，筑摩書房）[2]的原稿。渡邊教授從一九四五年三月九日、十日的大轟炸[3]翌日開始寫起，因此我每隔幾年總會選在同一天再次溫習。

三月十五日的《朝日新聞》刊登了中井久夫[4]先生沉重而具體的談話：

「日本從來不曾同時發生這麼多災難。就算是遭到空襲時，受害範圍也沒有那麼大。我認為某些災害甚至在過去的資料裡完全找不到。阪神大地震發生之後，神戶人提出了各種改善方案。與其由我們主導訓誡，更應該仔細傾聽當地人的聲音。」

印在這段談話旁邊是我提前交稿的「定義集」專欄隨筆——一篇與災情無關的文章。這篇隨筆彷彿垂頭縮身，羞愧地與中井先生的文章並排在一起。

儘管如此，這一天我還是答應了《世界報》記者的採訪要求，畢竟我的所在位置比起巴黎更接近災區。我按照提問單寫下答覆之後通宵趕譯，該篇採訪後來刊登於十七號的《世界報》上。

新的一週開始了，有智能障礙的長子原本預約的定期回診與領藥因故取消，只能在無法預約的狀態下前往醫院候診，我接下了陪同前往的任務，將那幾天的私事在此記上一筆。

前一篇隨筆我以受到威力大於**廣島原子彈爆炸**千倍的**氫彈試爆**輻射的大石又七先生為主題，也提到他對**核電廠**發出的警告，雖然只有短短一行。原本有個電視節目要將我剛才加粗的三個項目串連起來製作專題報導，可惜目前決定延期，希望日後仍能順利播出。

我想，那個專題節目應該會針對我答覆《世界報》的下面這段內容——亦即引述自那位

1 意指日本於二〇一一年三月十一日十四時四十六分發生芮氏規模九．〇的大地震，史稱「日本三一一大地震」或「東日本大震災」，震央位於日本宮城縣仙台市以東的太平洋海域，震源深度為二十四公里，引發高達四十公尺的海嘯，各地災情不斷，包括最嚴重的福島第一核電廠核災。

2 筑摩書房出版的《渡邊一夫著作集》由大江健三郎、二宮敬共同編纂；一九七〇至一九七一年出版，共十二卷；一九七六至一九七七年再發行增補版，共十四卷。

3 二戰期間美軍對日本首都東京的一系列大規模轟炸，其中以一九四五年三月十日及五月二十五日這兩波轟炸造成的災情最為慘重。

4 中井久夫（一九四四～迄今），日本醫學家，專長為精神病理學及病跡學領域。

繼廣島和長崎原子彈之後受到氫彈輻射的大石先生對於核電廠事故的看法——做進一步的探討吧。

「目前籠罩東日本的福島核電廠輻射威脅，如果足以摧毀日本人對美國那套核武嚇阻理論的深信不疑（難道那與對核電廠安全性的信賴不是同一回事嗎？），也就能夠告慰廣島和長崎罹難者們的在天之靈，甚至可以讓日本人重拾二戰剛結束時上下一心的信念。我期待這一天的到來。」

至於本文一開始提到的影本在我這裡的原因是，渡邊教授過世以後，其專長領域的拉伯雷相關書目全部轉由二宮敬[5]先生繼承。二宮先生在那批書裡發現了教授的日記，猶豫著是否該公開出版，於是找上了共同編輯教授著作集的我商量。

日記裡的法文部分是教授為了防範有心人士向當局告密而刻意使用的，裡面的內容明白表示自己對於發動戰爭的軍部[6]、追隨軍部的絕大多數國民，以及那些為虎添翼的知識人的痛恨。除此之外，教授也寫到曾經考慮與其活在如此痛苦的社會裡，不如自行了斷。

我不確定自己有沒有資格將教授的**弱處**公諸於世，因此打算歸還影本。沒想到一向溫文的二宮先生竟怫然作色，訓道：你的年紀不是已經和教授當初寫日記時相差無幾了嗎？於是我們拜訪了師母，央求首肯出版。

從十一號起，我不斷收到來自國內外的聯繫，由於急著逐一回覆而罕見地闔上了讀到一半的記事簿影本，並與日本全國各地（除了**當地**的人們之外）的每一個家庭一樣，天天坐在電視機前面很久很久。

我和長子進入醫院的候診區後，兩人各自專心閱讀樂譜及記事簿影本。因為那裡雖然人滿為患，卻呈現一片**異樣**的肅穆。

那是不同於各位最近應該都看過的電視廣告「大家一起為日本加油！」的號召，而是根植於個人心底、並且是日本這個國家與國人的「哀悼」之情，還有疊加上去的濃濃不安，以及相當克制自持的肅穆。

話本就不多的長子感到周圍氣氛不同以往而變得更加安靜，我在這樣的氛圍中對於教授在日記中表現希望的強烈話語也更有同感。「絕不低頭——我如是想。奮力活出自己的精神與思想。（中略）封建之物、瘋狂信仰之物以及排外主義，終將盡皆失敗。自然的、人類的

5 二宮敬（一九二八～二〇〇二），日本的法國文學研究家，渡邊一夫的得意門生與繼任者。
6 特指由軍事高層組成的握有政治權力的軍事當局。

理法必定勝利。Vive l'humanité.」我把最後一句譯為「人性萬歲」。

每當想起候診區裡那些憂愁沉默的人，我總會思考福島那些倖存的日本人發起大規模公民不服從行動的那一天，目的是抗議那些在核災發生前計畫於目前五十四座核電廠之外再增建加超過十四座的勢力團體。

不准繼續曖昧下去

車諾比核災[1]發生的時候，隱居於當時仍屬於東德的一座波羅的海岸邊農村的女性作家寫了一部小說，我讀過它的英譯本。

福島核災之後，不管是自己的所見所聞或與家人的交談，時常讓我產生一種似曾相識的感覺。我想起那種感受原來出自這本書，到書庫找了找卻未能尋獲。前陣子為出席《沖繩札記》訟案勝訴的記者會而前往市區，順道在轉乘站的大書店逛一逛，這才發現直接用事故名稱當作書名的日譯本已經出版了，作者是克里斯塔．沃爾夫[2]，譯者為保坂一夫[3]（恒文社）[4]。

小說採用如實詳述的報告形式，將核災發生的第五天，也是書中主人公胞弟動腦瘤手術

1 一九八六年四月二十六日一時二十三分，位於蘇聯烏克蘭共和國的車諾比核電廠的四號反應爐破裂爆炸，釋放出大量輻射物質，汙染範圍不僅是蘇聯本土，還擴散到歐洲甚至北美。
2 Christa Wolf（一九二九～二〇一一），德國作家暨文學評論家，於東德時期享有高知名度。
3 保坂一夫（一九四一～迄今），日本的德國文學研究家。

的日子，記敘這憂心忡忡的一天中對鄰居們的細膩觀察和深刻思考。深夜時分，主人公接到手術成功的電話，從流著淚的夢中醒來放聲大喊：

「要與這個地球告別了吧？若是這樣，你，想必，很痛苦吧。」

我重新讀了一遍，一字一句記在心裡。對於爐心熔毀的恐懼而不許孩子喝牛奶，也不許吃菠菜和沙拉。碘片銷售一空的原因是母親們要保護孩子們的甲狀腺。

反核電理論家暨實踐者的高木仁三郎[5]先生在來得太早的晚年時期於繁重的工作中受邀為日譯本撰寫了文章，其中一段如後：

「……我在這部作品裡感受到作者透過對科學的詰問，預言全體人類的未來將是晦暗無光。（中略）身為一個科學工作者，我只能無奈地低下頭來。但若容許多說一句，我無法抑制反駁的衝動質問作者：「沃爾夫女士，想請教您，文學方面又會變成什麼樣呢？講完『若是這樣，你，想必，很痛苦吧』這段話後就結束作品，這樣好嗎？」

沃爾夫在進入被噩夢侵擾的夢鄉之前，曾經以非常清醒的意識說過這樣的話：「我想過，自己非得——用比平常更尖銳的聲音——告訴某個人不可，告訴他核子技術的風險遠遠超過其他任何東西，因此，哪怕只有最低程度的不穩定因素，也務必放棄利用這項技術。」

這番苦口婆心是對於車諾比核災的完整調查結果遲遲沒有公布的焦躁。高木先生有位德國科學研究學者的朋友，在論文即將完成之前放棄了研究。

「……更讓我苦惱的是，情況已惡化至此，各國政府和IAEA（國際原子能總署）非但不努力消除基本疑慮，反倒把那件事故當做發生過就算了，照舊執行幾乎大同小異的核能計畫。（中略）核子時代的濫用即將透過各種形式的混亂與疑慮蔓延開來，我們可以預見諸如「下一個車諾比」的例子將會一再發生，然而幾乎全世界都裝作視而不見。」

現在，福島核電廠發生了與車諾比核電廠規模相當的嚴重事故。就在災害爆發後不久，過去強力擁護核電的自民黨總裁也明確表示了就現況而言難以推行原有政策。不料才過了一週他又改變說法，「如果不能維持電力的穩定供應，製造業與其他行業恐怕無法支撐下去」。

五月五號的《朝日新聞》有一則報導，「『維持核電』勢力的行動已經展開了。支持核電派的議員集結起來舉行新政策會議，目標是對抗『反核電』的輿論。」

4 德文原著*Störfall. Nachrichten eines Tages*，Büchergilde Gutenberg於一九八七年初版；英譯本*Accident: A Day's News*, New York: Farrar, Straus, Giroux於一九八九年初版；日譯本『チェルノブイリ原発事故』，恒文社於一九九七年初版。

5 高木仁三郎（一九三八～二〇〇〇），日本物理學家，專長領域為核化學。

相較之下，菅首相於六號下令濱岡核電廠[6]停止運轉，我認為這是正確的判斷。但是後續報導強調了濱岡核電廠所在地的**特殊狀況**，「學者指出在三十年內發生震級（M）約為八級地震的可能性為百分之八十七這個數字」，不禁讓人再度心底發涼，多了另一層隱憂。

首相旋即於八號表示，除了濱岡核電廠之外，不會下令其他核電廠停止運轉，這代表他沒有採取「脫離核電」路線。

難道真如高木先生擔憂的**核子時代的混亂與疑慮**，步上車諾比核電廠後塵的福島核電廠慘況，將由我們照樣承接下來嗎？

從年齡看來，我的文筆生活已經接近終點，至今國內外仍然常用「屬於曖昧日本的我」這句話來形容我。假如沒有妥善收尾，就把福島核災當做發生過就算了，依舊推行原有的核電計畫，那麼屬於那個**曖昧日本的我們**新世代，還有未來可言嗎？

---

6 位於日本靜岡縣的核能發電廠。

釐清責任的歸屬

一位編輯舊識知道我最近一直閉門不出，便以拍攝照片為藉口邀我到市區，拍完之後再把我帶去赤坂一家巴黎風格的咖啡廳。忽然有位幾乎難辨國籍、服飾裝扮青春洋溢的老人走向我這個畏縮膽怯的老人，朗聲說道：「判決勝訴，恭喜！」

我從座位上跳起來，緊緊抓住這名臉戴墨鏡、身穿夾克者的肩頭。他就是於身體有恙的狀態下，再度成功征服了紐約舞台的小澤征爾。

我曾在這部隨筆集裡寫過，他由於健康因素而不得不縮短了齋藤紀念管弦樂團公演的指揮時間，但其同意拍攝的練習情景在電視螢幕上顯現的人性深度震撼了我。接著是年底指揮的布拉姆斯《第一號交響曲》同樣令人讚嘆，而當天錄音製成的ＣＤ封面上那張莊重中帶有悲劇性的相片，仍舊是一派棒球帽加牛仔褲的裝束。

小澤先生就這麼站著和我聊起來了。他問我有沒有感覺到自從三一一以後，已經被定調的社會氛圍完全反映在這個國家的電視廣告中？

「像我們這一輩在戰爭中長大的孩子，常常聽到翼贊[1]這個字眼吧？（我解釋給身旁的那幾個年輕人聽，這個字眼就是大政翼贊會[2]中的那兩個漢字，辭典裡的說明是『盡己所能輔佐天子』。看起來像是自發性的協助組織，其實背後有人計畫操控。）沒錯，就是『日本加油』『日本是安全的』。」

五月初，我與那位當年於比基尼環礁氫彈試爆中全身覆滿「死亡之灰」的大石又七先生，在第五福龍丸展示館那艘風格獨特的木造船旁展開了一場對話。

這段對話由ＮＨＫ電視台播映，大石先生於對話即將結束時問了我：「關於責任的歸屬，您有何看法？」他提出的這個問題與目前福島核電廠尚未落幕的重大事故具有相關性。我回答了自己的觀點，而這種觀點的形成依據來源有二，依序列在這裡。

首先，從大石先生的著書內容列述年表如下：一九五五年一月，日美兩國就比基尼事件簽署協議文件；同年五月，第五福龍丸漁船的二十二名船員出院（不包括過世的久保山先生）；同年十一月，大石先生放棄捕魚工作，前往東京；同年十二月，公告《原子能基本法》與《原子能委員會設置辦法》（核能和平利用的起始點）。

一九五七年四月，開始實施《原子彈輻射症醫療法》（但是比基尼事件受害者不適用本法）；同年七月，成立國際原子能總署（IAEA）。一九六〇年一月，簽署《日美新安保條約》。一九六一年十月，蘇聯進行五千八百萬噸當量的氫彈試爆。一九六二年十月，爆發古巴危機。一九六三年八月，美英蘇共同簽署《部分禁止核子試爆條約》。一九六四年十月，中國進行原子彈試爆。一九六五年五月，日本第一座商用核電廠——東海第一核電廠一號機反應爐首次達成臨界。一九六七年三月，更名為隼丸的第五福龍丸漁船報廢，被棄置於夢之島；同年六月，中國進行氫彈試爆；同年十二月，佐藤[3]首相明確表示非核三原則。

從這裡可以看出，以比基尼事件為開端（輻射雨如今已成為國民的共同經驗），反對核彈試爆的輿論很快就促成了禁止使用原子彈及氫彈運動，然而就在同一時間，日本由美國進口反應爐和濃縮鈾，建造了核電廠。

一九八六年四月發生車諾比核電廠災變，現在又發生與其規模相當的福島核電廠事故，這件災害的範圍並非僅限於國內，外洩的放射性物質甚至影響（此時此刻仍然持續造成影響）

1 輔佐之意。
2 日本於二戰期間成立的全國性法西斯組織，以一黨專政的模式完成建設軍國主義國家的目的。
3 佐藤榮作（一九〇一～一九七五），日本政治家，第六十一至六十三任首相，任期自一九六四年至一九七二年。

全世界。大石先生通盤了解之後提出的質疑是，面對如此慘重的犧牲，究竟該由誰來負起這個責任？根據他本人的經驗，又是誰都不必負起這個責任嗎？

我的第二項資料來源是引領了前述時代的政治家中曾根康弘[4]先生接受《朝日新聞》的專訪如下：

「日本於二戰結束後面臨的最大問題是能源缺乏。（中略）為了從戰敗中重建與自主，如何確保能源是最重要的課題。我們注意到了核能，並且認為這項能源可以與發展科學技術齊頭並進。」

「雖然這回受到了嚴重的災害，但是能本次核災為鑑，對所有的核電廠進行詳盡的檢查，並且一定要以此為教訓，繼續推動核能政策。（中略）核能是今日的日本民族的生命力！不可諱言的是，世界的主要趨勢是核能和平利用，亦即將核能做為能源用途。」

「萬一再過不久，又發生一次類似福島核災的事故，屆時您們還能說日本民族的生命力是永垂不朽的嗎？」

柏林的新聞記者向我提出了這個問題。他又繼續問道：「您曾批判過政府要求國民對廣島的過去和長崎的現狀『忍耐吧』，請問貴國主政當局是否繼續搬出這句口號呢？」

「你應該知道沖繩縣民目前還在邊野古持續進行大規模的抗議活動吧？」我回答說，「現在，在日本本島的我們正向他們學習。」

4 中曾根康弘（一九一八～迄今），日本政治家，第七十一至七十三任首相，任期自一九八二年至一九八七年。

並且「我的靈魂」亦將記憶

原先已經約定前往水戶新開設的文化學院演講，公告也張貼出去了，後來因為大地震而另擇期舉行。演講那天，一位成為地震災民的國文女教師提問如下：

在這個時刻，伊東靜雄[1]的詩《黃鶯（一個老人的詩）》其中兩行特別觸動我的心弦，不曉得有沒有辦法讓學生也有同樣的感受？想請教您的看法。

「（我的靈魂）不可言說」

「並且（我的靈魂）亦將記憶」

一般人聽到自己的靈魂這種概念總覺得十分抽象，不過只要回想過去痛苦的經驗，就能夠憶起（我的靈魂），化為前進的力量。以我的狀況來說，這種體會是透過與出生時患有腦疾的長子相處的經驗而得到的。我從長子創作的音樂裡可以感受到，那也是他把自己的靈魂從其他地方領略所得的記憶寫在了紙上的紀錄。

不知道這位教師是否滿意我的解釋？

演講結束，一位聽眾拿著我本來在完成這部長篇作品後打算封筆不寫小說了的《偉大的日子》（「燃燒的綠樹」第三部，新潮文庫）[2]請我簽名。他欲言又止，似乎想問些什麼，最後什麼也沒說就離開了。由於小說的最後描述了要求停運核電廠的示威遊行，沒有給出一個明確的結局，所以這位聽眾大概想批評我：您認為這部小說發揮了敲醒警鐘的作用嗎？

回到東京，恰巧收到了當初為寫這部小說而讀過的參考書籍的改版新書——鎌田慧[3]的《日本的核電廠危險地帶》（青志社）[4]。我還想起了當年讀完這位年齡相仿的鎌田先生撰寫的《汽車絕望工廠——一個季節工人的日記》（講談社文庫）[5]之後大受打擊，深切反省身為年輕作家的自己不僅社會性薄弱，更欠缺實際經驗。

1 伊東靜雄（一九〇六～一九五三），日本詩人。
2 本書作者於一九九三至一九九五年前完成了長篇小說「燃燒的綠樹」三部曲（初版為新潮社，其後移至新潮文庫），發行日期第一部《救世主被毆打》於一九九三年十一月、第二部《動搖》於一九九四年八月、第三部《偉大的日子》於一九九五年三月。作者當時將這套作品定位為「最後的小說」，因而備受各界關注。
3 鎌田慧（一九三八～迄今），日本記者暨紀實文學作家。
4 本書原名《日本的核電廠地帶》，一九八二年潮出版社初版，其後經過多次添筆改版，包括一九九六年岩波書店、一九九八年河出文庫、二〇〇六年新風舍，再於二〇一一年移至青志社出版並改名為《日本的核電廠危險地帶》。
5 一九七三年現代史出版會初版，其後移至講談社文庫。

三一一大地震後，他這部因其預言性而遭到政府與官方機構及擁護核電派專家嗤之以鼻的著作，歷經三十年來的數度改版，現在再次發行新的版本。鎌田先生早就在這本書裡警告了從地區住民手中奪取用地的後果，以及如今攤在檯面上的核電廠除役難題。他為此書的各個版本[6]撰寫的每一篇**後記**我全都讀過。

「地區與住民的生活史是這本書的主題。我造訪了每一座核電廠的所在地，最後得到的結論是：核電廠位於民主主義的對立面。一九八二年」

「……我希望閱讀這本書的各位，能夠了解您居住的地區發生了什麼事，而那些勾當又與公民的良知及民主主義相距多麼遙遠。二〇〇六年」

最後是二〇〇一年的**前言**：「今後，災區的不幸將有增無減。為了杜絕那種不幸再度出現，唯一的辦法是脫離核電的控制。做法非常簡單。只要宣示「脫離核電」，不再使用核電，毅然決然開發替代能源，這樣就行了。這同時是日本走向民主化的道路。」

自從三一一以來，我常在深夜透過電話長談，對方請我解讀東京的新聞報導中那些（用一種老派的形容詞叫做）高深莫測的政治家的動態，而我則請對方摘要歐洲民眾對於日本的批評。與我結為盟友的是外國報社的特派員。

現在仍能看到各界對於受災日本人秩序有禮的行動給予讚譽，但是對於從福島擴散到日本其他縣市（然後擴散到全球？）的輻射汙染提出疑慮的聲量也日漸增強。知識界戒慎恐懼著日本政府並未跟上世界關注的反核電議題，甚至很可能背道而馳。

我在思考下一代日本人在已經背負的物質性重擔之上，還要背負懷疑恐懼的重擔。在陷入一段痛苦的沉默之後，我刻意主動提起樂觀的話題。既然政府和官員的毫無章法，還有企業財界高層對於產業用電的絕不妥協，皆已一一在國民面前曝露無遺了，那麼我們曾在二戰後那段艱苦的歲月裡，以及在泡沫經濟時期的紛紛擾擾中，同樣展現過的那股民主主義潛力，將於由國民的小規模集會集結而成的大型集會上，**矢志**決行國家的根本變革。我們不妨來確認國民會否行使意志吧（如同前一段加粗的字詞在我國《憲法．前文》中出現過兩次那樣）！

「其實令人真正害怕的是出現一頭噴著輻射能火焰的國家主義的哥吉拉[7]！」這是對方的回答。

6 請參見前前譯注。

7 日本東寶株式會社製作的怪獸電影系列的巨大恐龍型怪獸主角。

我曾經藉由《偉大的日子》裡示威遊行號召人之口，說過這段話：

「當西方的新聞記者帶著惡意詰問，『對於此刻從頭頂上飛過的美軍偵察機搭載的原子彈和氫彈，你的非暴力抵抗毫無招架之力吧？』甘地[8]答道：『並非如此。』新聞記者們都笑了。話說回來，我們只能祈禱美軍偵察機上的核武不論是意外或刻意總之千萬不要爆炸，除此之外，人類過去曾以任何手段成功防堵核武爆炸嗎？我還想反問，難道祈禱就沒有力量可言嗎？」

總而言之，我要參加九月十九日在明治公園舉辦的「核電廠告別會」，並把在那裡聽到的各種新聲音留存在記憶裡。

8 莫罕達斯・卡拉姆昌德・甘地（英文寫法為Mahatma Gandhi，一八六九～一九四八），印度國父，帶領印度脫離英國殖民統治，世人尊稱為聖雄甘地。

從廣島、長崎到福島

我收到了肥田舜太郎[1]醫師的來信。原子彈轟炸後，他立刻加入緊急醫療的行列，即使後來離開廣島到別處行醫，仍然關注那些受後遺症所苦的人們。他身為日本被團協[2]組織內部少數受過原子彈輻射曝露的醫師，於退休前曾經接觸過的輻射受害者高達數千名。

肥田醫師為目前福島縣的孩子們感到憂慮。由於原本就是這方面的專家，「他了解並不斷講述著美國和日本政府刻意隱瞞由放射線物質造成『體內曝露』[3]的受害狀況，這才是人類未來的最大威脅」。

醫師在信裡首先提到，從二〇〇三年起耗費七年的光陰，聯合各地的原子彈受害者控

1 肥田舜太郎（一九一七～二〇一七），日本醫師，廣島人，廣島原子彈爆炸後隨即投入救災工作，本身亦受到輻射曝露。

2 「日本被團協」為簡稱，全名為「日本原子彈及氫彈被害者團體協議會」（Japan Confederation of A- and H-Bomb Sufferers Organizations）。

3 由於攝入體內的放射性物質所造成的輻射曝露，例如攝取了含有天然放射性物質或受放射性物質汙染的空氣、食物、水等。

告政府，針對包含體內曝露在內的放射線危害性提出集體訴訟，而這段苦戰的紀錄已經出版（《原子彈輻射症認定之集體訴訟奮鬥紀錄——揭發輻射曝露的真相》，日本評論社）[4]。

在原告共三百零六名原子彈受害者之中，有二百六十四名獲得認定，可謂贏得了絕大的勝利。

「可是，政府至今依然不肯承認錯誤，仍舊一本正經地堅持所謂的體內曝露受害者並不存在，其依據則是『按照美國的說明，體內曝露的放射劑量非常輕微，對人體沒有影響。』」

這本書是記載許多原子彈受害者證詞足以填補放射線醫學至今未盡明瞭之處因而贏得勝訴的完整紀錄。在長崎原子彈轟炸中幸運生還的作家林京子[5]女士在《一段漫長歲月的人生經歷》（講談社文藝文庫）[6]一書中寫到一位S醫師，其實描述的正是肥田醫師奮力不懈的樣貌。

福島核災發生之際，當日本政府對二十公里以內的居民發出避難通告時，美國卻對八十公里以內的所有美國人發布了同樣的警告。林女士在《活在輻射曝露下——細數作品與一生》（岩波小冊）[7]書裡就此差異提出了質疑：

「於是醫師立刻回應，那是對於人命、對於人權的認知差異。我深表同感。」

當林女士在電視節目裡聽到某位相關高層人士「第一次使用了『體內曝露』這個詞語的

剎那，我潸然淚下。他們明明知道呀！他們知道有『體內曝露』的問題！直到這次核電廠事故發生後，終於說出來了。

（中略）長崎的朋友們一個接著一個死了。而且都是死於腦瘤、甲狀腺癌、肝癌或胰臟癌。幾乎沒有一個被認定病因乃是源自於原子彈輻射症，因為他們一直否定所謂的『體內曝露』。那些活在黑暗之中又死於黑暗之中的朋友們，真的太可憐了。」

面臨此刻的危機，肥田醫師基於長久以來的經驗所提出的緊急建議得到愈來愈多人的重視。

「肇因於福島核電廠事故而出現初期輕微症狀的受害者，首當其衝的當然是福島縣，然而關東平原也開始大量出現。日本政府當前的緊急要務之一是以國家名義命令日本幾所大學的醫學部（例如廣島和長崎這兩所大學的醫學部），針對放射線體內曝露者的診斷和治療展開研究，並且由政府撥支相關經費預算。其次是透過各個醫師會請求協助，對於自訴為福島

4 二〇一一年初版。
5 請參見前文〈世界的順序就這樣由下而上改變〉。
6 二〇〇〇年於講談社初版，其後移至講談社文藝文庫。
7 二〇一一年初版，訪談撰寫者為日本文學研究者的島村輝（一九五七～迄今）。

核電廠放射線受害患者給予親切的治療，以及建置一套新系統以因應今後可能出現更多輻射曝露受害者。」

林女士還提到，有鑑於福島核災而間接影響核電國策大轉彎的德國的某家出版社請求授權，以便盡快翻譯出版前面提到的長篇小說。

「核災發生以來，我聽著種種新聞報導，深深為了某些人的不學無術而感到絕望。日本分明是個曾經遭到原子彈轟炸的國家呀？這件版權申請案把我從絕望的深淵救了出來。

原來世界上有懂我的人！原來還有會思考事物本質的人！我真的得到救贖了。寫出那部小說是對的。」

她在小說的最後基於當年廣島和長崎的經驗寫下了鼓勵，我把德國年輕人即將讀到的這段話抄錄於此，送給福島的年輕人：

「S醫師說道，二十世紀是用人為製造出的核能來殺人的世紀。這將造成種族規模的人命滅絕。我不允許科學家們和執政者們明知其對人體的影響卻繼續推行。

（中略）他說，在核子裡面藏有消滅人類的劇毒，在尚未找到解方的情況之下，掌權者們依然朝向核子的道路狂奔而去。但是我並沒有放棄希望，而那一線希望就在凡夫俗子身上。庶民將會得到如何倖存的智慧和力量吧。畢竟生物都會基於本能努力掙扎，不願意束手等死。」

古籍基礎語彙與「未來的人性」

我從學生時代展開的寫作生涯，到了一九七〇年代後半期，漸漸產生一種不夠篤實的感覺。於是我開始研讀過去不曾學習的專業文學理論，並且做了筆記。

我把這些心得寫進《小說的方法》（岩波同時代圖書）[1]，除了文章該怎麼寫和不該怎樣寫的理論之外，另外也收錄一些範例。

國文學者大野晉[2]先生為當時最寫實的課題「狹山案件」[3]撰寫了一篇文章，結論是「恐嚇信不是被告人寫的」，我也把這封恐嚇信的翻拍照片放進書裡了。

「如右所見，恐嚇信的起草者在信裡用了罕見的字詞文句，我認為此人刻意藉由這種做法，希望誤導警方以為嫌犯的學識不高。不過，這種做法仍有百密一疏之處，那就是在恐嚇信中使用古怪的漢字，反而愈發突顯其具有高學識的背景。」

雖然法官沒有採納大野的見解，但是這篇論文清楚證明了他身為國文學者的縝密解讀具有社會的公信力。還有他為對抗不公義而奮鬥到底的熾烈意志，更加彰顯了一個知識人的有所為，這一切都讓我銘記在心。

　而如今，從三一一大地震發生後，在這段愁苦的日子裡，我一直讀著即將於十月出版的大野晉編纂《古籍基礎語彙辭典》（角川學藝出版）[4]校樣，得到了無比的撫慰。

　不同於他本人此前編纂的辭典那種一絲不苟的記述文字，大野先生在這部辭典裡**敞開心懷**寫下與其他詞條複合解釋的詞彙，讓讀者學習之時宛如身處大野教授的研討小組，如沐春風。

　在此全文引用■もののあはれ【物之哀】的「解說」，也就是不經過摘要，直接整段抄錄如下：

「モノノアハレ是由名詞モノ（物）和格助詞ノ（之）以及名詞アハレ（哀）構成的詞組。モノ的意思是『規定、命運、不可撼動的事實。世人只能隨之逐流，順應自然而行，譬如

---

1 一九七八年於岩波書店的岩波現代選書初版，其後變更書系，移至岩波同時代圖書，以及岩波現代選書。

2 大野晉（一九一九～二〇〇八），日本的國文學者。

3 一九六三年五月，日本埼玉縣峽山市發生一起高中女學生慘遭強　強姦殺害的案件，震驚全日本。警方逮捕了一名嫌犯，但這名出身受歧視部落的嫌犯是否為真凶在法庭上引發激烈的攻防戰，並有各方團體加入聲援，一九七七年判決無期徒刑，一九九四年假釋出獄，及至二〇〇六年仍繼續申請再審。

4 大野晉遺作，二〇一一年初版。

季節』。ノ是介於名詞和名詞之間，確定『存在場所、所屬場所』的格助詞。アハレ則是『以富有同感的眼神看著人事物時的心情』。但是這種心情並不是喜悅，而是蘊含著哀傷的幽思。」

這裡對於「モノ」的周詳定義，在其單獨呈現的詞條〓もの（物）之中，以及「アハレ」，亦即〓あはれ（哀）的詞條裡，同樣都有詳細的說明。尤其強調有些人在不了解「モノ」正確字義的狀況下，將「モノガナシ」[5]「モノサビシ」[6]中「モノ」誤譯成「不由自主的」。他對此提出鏗鏘有力的論證，並且進一步舉出另一個令人心有戚戚焉的範例：

「例如在《源氏物語・嫩菜・上卷》裡，光源氏[7]迎娶三公主[8]之時依循世間慣習，三日不與紫姬[9]相會。紫姬不曾受此對待，『雖萬般強忍，仍難掩悲傷』。她並不是『不由自主覺得落寞』，而是對自己只能聽天由命感到悲哀。」

此外，我在《小說的方法》裡引用日本現代文的反面教材是「電力事業聯合會」的廣告。

「……話說回來，電力幾乎都得仰賴石油，讓人挺不放心的呀。有其他方式嗎？」

「那就是核能囉。」

「太好了。我就說嘛，核子又不是只能拿去做炸彈呀。（中略）真希望能夠多多宣傳它的安全性。其實核電是很安全的，對吧？（笑）」

「是的，它完全不會產生對人體造成影響的那種放射能。」

「既然如此，那還有什麼問題嗎？果然世界上最可怕的事就是無知了。真希望能想出廣為宣導的辦法來。」

托瑪斯・曼認為，文學應該展現出「未來的人性」。

目前有一派說法是，核電廠使用過後的核廢料，只能留給以後的人善後處理了。每當聽到有人大言不慚地講出這種話，我總會懷疑他們對於被迫承擔這項重責大任的人類的「未來的人性」有何看法。難道現在的人類已經拋棄了為下一代創造美好未來的意識，或者是道德了嗎？

縱使如此，我還是從《古籍基礎語彙辭典》之中得到鼓舞。因為隨著每一個詞彙的解讀過程，藉由過去的文字對「未來的人性」的探究，依然一脈相承，繼續進行。

5 物悲し。意思是「悲傷的」。
6 物寂し。意思是「淒涼的」。
7《源氏物語》上半部故事的主角，俊美的皇子。
8《源氏物語》的故事人物，原文為「女三宮」，朱雀帝之女，光源氏的第二任正室夫人。
9《源氏物語》的故事人物，原文為「紫の上」，光源氏第一任正室夫人過世後，其地位幾乎等同於正妻，直到光源氏奉旨迎娶三公主，因鬱鬱寡歡而離開人世。

核電廠是「潛在性核武嚇阻效用」嗎？

《原子彈受害者自述史通訊》（栗原淑江[1]編輯與發行）第二二五期寄到家裡了。開篇述及日本被團協迎來五十五週年，藉此機會重申創會宣言。我聯想到今年是福島核災元年，痛切之情溢於言表。

「我們發誓，在拯救自己的同時，也要運用我們的經驗拯救人類的危機。」透過積極展開一連串密集的活動，他們呼籲的「別再製造原子彈受害者了！」應該已經根植於我們的文化之中。

多年以來，這本小冊子都是由一位女性獨力編撰至今。內容含括各個時期的世界各國和日本國內的核子資訊動態摘要，以及貼近日常生活的短文，我一直是忠實讀者。其中最特別的是每一期精選多篇「轉載文章」。不過這畢竟只是「自述史通訊」，所以沒有寫上發行單位。

以下是本期令我心頭一驚（並且即便反應遲鈍如我，仍然膽寒不已）的「轉載文章」部分內容：

「日本……獲得同意使用可轉為核武原料的鈽[2]。此一現狀於外交方面得以發揮其潛在性核武嚇阻效用，亦是不爭的事實。」《讀賣新聞》社論，二〇一一年九月七日

「維持核電廠運轉的意義在於，需要製造核武的時候即可在一段時間之內製造出來，也就是具有『核武的潛在性嚇阻效用』……倘若關閉核電廠，也就等於放棄這種潛在性嚇阻效用了……」石破茂[3]．時任自民黨政調會長，《SAPIO》雜誌，二〇一一年十月五日

正是這兩段引文中均出現的「潛在性核武嚇阻效用」與「核武的潛在性嚇阻效用」的表述方式（儘管並未刻意強調）令我心頭一驚。

核武嚇阻思想起源於冷戰時期，但在冷戰結束之後，大量核武就這麼積存下來，猶如超級棘手的龐大遺產。近十年來，歐美各國曾經積極推動這項政策的各界領袖皆紛紛發表轉向宣言，但是實際狀況並沒有任何改變。

嚇阻，亦即deterrence，乃是使用我方的攻擊力威嚇阻止對方的攻擊意圖。以事情的本質

1　栗原淑江（一九四七～迄今），日本原子彈及氫彈被害者團體協議會職員。
2　日本核電廠某些機組使用鈽燃料棒，台灣全部使用鈾燃料棒。
3　石破茂（一九五七～迄今），日本政治家，歷任防衛廳長官、防衛大臣、農林水產大臣、自民黨幹事長等職。

而言，這種方式可以立刻扭轉情勢，接下來就成了一場永無止境又極端危險的大型遊戲。

假如「核武的潛在性嚇阻效用」相當於誇示這個國家的核電廠隨時可以製造原子彈，那麼防範國籍不明的恐怖分子對核電廠發動攻擊勢必成為一項緊急的課題，也將導致東亞區域的緊張情勢升高。至於前面提到的那幾位大放厥詞的人士，他們究竟在思考將於何時、採用何種方式，把確信具有非凡效果的「潛在性」力量轉變成「顯在化」戰略，可就不得而知了。

此次嚴重災害發生之後，回顧當初建造核電廠的過程以及目前東電[4]和政府揭露資訊的做法，無不讓我們驚覺民主主義精神的涵養不足；然而，這種嚇阻論對於民主主義的視若無睹更是前所未見，不是嗎？

那位總是垂著一臉愁容、語帶威脅的政治家，全無掩飾地說出了真心話：**倘若關閉核電廠，也就等於放棄這種潛在性嚇阻效用了**。到底國民是幾時授權同意他可以握有那柄致命性的雙刃劍的呢？

另外附上一篇我提供的「轉載文章」。原文出自「核子情報」網站的田窪雅文[5]先生所撰寫的〈原子能發電與轉用為武器〉（《終結核電廠》，石橋克彥[6]編，岩波新書）[7]。

「濃縮鈾就是含有較高比率的易裂變的鈾２３５。從廢燃料棒中提煉出只能在核反應爐裡生成的鈽以及剩餘的鈾，即為核燃料再處理技術。即便是做為民生用途的鈾濃縮工廠，也能夠生產出核彈所需的高濃縮鈾。核燃料再處理工廠製成的鈽，可以直接做為生產核彈的原料。」

田窪先生認為，那些關注日本核子技術發展的海外人士對此嚴肅看待，不像我們這樣不當一回事。他督促大家必須下定決心，突破眼前的困境。

「其他國家無法理解日本為何要不斷製造不必要的鈽，因而不得不懷疑日本執行這項政策的企圖。舉例來說，外務省的外交政策計畫委員會於一九六九年制訂的《我國外交政策大綱》明文表示，『關於核武，無論是否參加NPT（《核武禁擴條約》），當前政策雖是不持有核武，但仍須維持製造核武的經濟面及技術面的潛力』。如此表述方式當然會受到外界關注。假如要表示清白，應該以這次事故為契機，立刻停止核燃料再處理計畫。」

接下來，只要國民站出來表明廢除核電廠的意願，這場嚇阻競賽就可以到此落幕。

4 另一簡稱為東京電力，成立於一九五一年的電力公司，原名東京電力株式會社，二〇一六年改為東京電力控股株式會社。東日本大地震時發生核災而除役的福島第一核電廠即由東京電力營運。

5 田窪雅文（生年不詳～迄今），日本的原子能及核武問題分析專家，二〇〇五年起設置網站「核子情報」發表相關文章資訊。

6 石橋克彥（一九四四～迄今），日本地球科學家，專長地震學。

7 二〇一一年初版。

另一首前奏曲和賦格曲

算來恰是四十年前的一個夏日清晨，我前往國際基督教大學校園，目的是訪談從巴黎回來開設短期講座的哲學家森有正[1]先生。

協助引見的是法文科的學長，他提醒我最好事前提交訪談大綱。由於教授每天早晨六點固定在禮拜堂以管風琴彈奏巴哈樂曲，因此學長也安排好日期和時間，等教授練習結束後共進早餐。

學長熟知音樂，曾向我誇耀過自己之前去拜訪教授時，聽出了那是「d小調托卡塔與賦格」[2]。然而那天站在露濕草坪上豎耳細聽的我，聽到的好像同樣是d小調的前奏曲和賦格曲，感覺卻比較灰暗，彷彿是一面思考一面反覆彈奏。我心裡頓時升起了某種預感。

為了寫這篇文章，我詢問雖已四十八歲、卻很少主動開口講話（只整天聆聽古典音樂）的長子，終於解開了心裡的芥蒂。稍後會寫到，這天未能見面讓我非常沮喪，後來也沒去找那首曲子的CD來證明我的懷疑。

練習雖然結束了，教授卻沒有從禮拜堂的正門走出來。我只瞥見一個低垂著頭的人影離去，隨即消失在一旁武藏野景色猶存的小樹叢裡了……待在原地等了三十分鐘以後，由於不知道教授的宿舍在什麼地方，只好回去了。我非常自責很可能是在提問中引述了教授的隨筆，壞了他的心情，因而無意接受訪談。當時引述的段落如下：

「不久前，一位年輕的法國女士來訪。（中略）我們隨意聊天，後來談起了在日本的生活，尤其是在東京的生活。（中略）那位女士突然抬起頭來，喃喃自語般說道，『我認為第三顆原子彈還是會落在日本。』（中略）令人撕心裂肺的事情將在日本發生，而且正在發生。聽完那位女士的話之後，我茫然若失地望著大學校園裡沐浴在陽光下的燦爛樹木。」

我寫在訪談大綱裡的問題是，希望教授能說一說他和這位法國女士接下來的對話內容。

等到我在回程的電車上重讀這一段時，發現隱藏其間的沉默的內在其實已經全然顯現。教授會不會是覺得我竟然沒有解讀出來，況且又受到一個年紀尚輕的日本人用帶有譴責語氣詰問，於是不想浪費時間見面呢？我決定寫信向教授道歉。

1 森有正（一九一一～一九七六），日本哲學家暨法國文學研究家，定居法國。

2 *Toccata and Fugue in D minor, BWV 565*，又名d小調觸技曲與賦格曲，巴哈名作。

沒想到當天夜晚，我先收到了教授寄出的限時專送郵件。現在好像已經沒有這種深夜投遞的郵務了。教授的信文內容，某些部分與我猜測的一樣，但也有觀點相異之處（而這個相異的觀點一直留在我的記憶之中）。

後來的事，教授的信裡雖然沒寫，我卻在國際基督教大學忘記是慶祝幾十週年的活動上見到教授以前的同事，並從他那裡聽到了真實的狀況。以下按照教授的來信抄錄如下：

「那只是我本人曾經有過的想法，假如你想像成法國人對於人種的偏見，那可絕對不是那麼回事。編輯讀了我的文章之後說，『如果把這段話像這樣寫成是你自己的想法，那是很危險的』，所以我聽從了忠告。」

並且，那的確是教授從法國回到久違的東京，看到日本人的生活樣貌（當時的景象仍是欣欣向榮、歌舞昇平，而且距離泡沫經濟時期還很遙遠）之後寫下的感觸——**令人撕心裂肺的事情將在日本發生，而且正在發生。**

這件事發生在福島第一核電廠的一號機組（沸水反應爐）正式啟動的那一年。儘管森教授憂心的「第三顆原子彈」並沒有落在日本，但若將廣島和長崎原子彈的受害者，以及今天由於福島核電廠事故而不得不承受體內曝露的重擔的人們，全部放在一起思考的話，那麼哲學家森有正對於**令人撕心裂肺的事情**的想法，無疑是可怕的預言。

兒子為我找出另一首d小調的前奏曲和賦格曲《多里安調式》[3]。時隔四十年之後聆聽，感慨萬千。

3 巴哈作品作品*BWV 538*。

出席海外學會的小說家

冬初，紅葉正濃，我去了一趟位於美國東部的塔夫茨大學。這次日本文學研究者學會的主題是《老去的詩學——抵抗、直面，以及必須超越的死亡》[1]。探討的內容從性別、少女漫畫，乃至於對不同時代的經典文學的全新解讀。我在這一場場英日文之間靈活轉換的討論中得到不少啟發，只是不曉得自己是否也做出了小小的貢獻呢？

出席會議的空檔，我也參加塔夫茨大學以及鄰近的哈佛大學這兩所學校的日本研究學生小組，分享了如何把對於「福島已發生和未來持續發生之事」的思考，以及根據「廣島與長崎」的經驗所呈現的文學樣貌串連起來。我能提供的是，從文學出發、再回到文學的這個循環過程。

在相當具體的討論中，從種種個人觀點之間逐漸浮現出兩個對照事例，一個是在受到原子彈轟炸後立刻完成的小說，另一個則是原子彈受害少女長大成人之後才寫下的小說。這群年輕的讀者非常犀利地捕捉到這二部作品的影像來源都是「夢境」和「聲音」。

首先問的是，對於原民喜〈嚮往的國度〉這個段落有何感覺？後續的想法為何？

「迷迷糊糊正要睡去時，我的腦袋猛然遭到電擊，滋的一聲爆炸了。全身一陣痙攣，接著彷彿什麼事也沒發生過一般，一切歸於寧靜。我睜開眼睛，檢查自己的五感。渾身上下似乎都沒有異狀。可是剛才，就在上一秒，為何無視於我的意志而讓我爆炸呢？那道衝擊究竟從何而來？」

有名學生說，自己雖然不是原子彈受害者，但此時非常真實地體驗到這個夢境。他的疑問是，失眠的作家在腦海裡勾勒出未來的地球面貌，為什麼在講「毀滅」的時候卻又提到「得救」呢？畢竟他留下這篇猶如遺書般的作品之後就自殺了……。

「存在於那座熔爐裡的是什麼東西呢？或許是尚未被發現的物質、還沒被想像到的神祕，諸如此類的東西混合在一起。那麼，當它們一口氣噴出地表的時候，這個世界到底會變成為什麼樣子呢？每一個人大概都憧憬著這座地下寶庫，但當他們走向一無所知的未來，在終點等待他們的究竟是毀滅，還是得救呢……。

只是，當每一個人的心底那一泓泓寂靜的泉水開始發出轟隆作響，當任何事物再也無法

1 The Poetics of Aging: Confronting, Resisting and Transcending Mortality in the Japanese Narrative Arts.

粉碎真實存在的一個個人類的時候，我覺得彷彿很久以前就夢見過，那樣的和諧總有一天會降臨到地面上的這一幕情景。」

其實在福島第一核電廠發生事故的時候，我也揭開了〈嚮往的國度〉的書頁。雖然在原民喜完成這部短篇小說時，日本還沒有反應爐，不過他筆下的描述似乎非常相像……。

學生手上的是我編選的短篇小說集《一無所知的未來》（書名引用自前述作品，集英社）的英譯本。英文書名取自井伏鱒二[2]《燕子花》[3]的原題，再加上「反常」的形容詞，組合成為 *The Crazy Iris and other stories of the atomic aftermath*（Grove Press）。[4]

這段引文中的熔爐從很久以前就使用 furnace 的英譯，我特別請學生們看一看，想知道這個單字的語感能否讓現在的美國人聯想到反應爐。

我依照重新閱讀時的真實感受回答了學生：原民喜不只講了毀滅，也一併寫上得救，對此我頗有同感。

我把日文版送給了一個女學生，她之後來信，提到自己把竹西寬子[5]《儀式》[6]的譯文對照原文讀完之後，從這篇敘述一個智慧成熟的人被可怕夢境喚醒了少女時代回憶的作品中，感受到非常女性化的特質。

「電光一閃。
阿紀剛才好像做了一個奇怪的夢。她似乎是被自己尖叫到一半的聲音給嚇醒的。阿紀一邊想，一邊摸索著檯燈的開關。找到了。按下去。」

女學生說自己能夠設身處地想像阿紀對那一天死去的朋友們的思念、對戀愛和分娩的擔憂，還有在心理層面與現實層面的重重磨難。女學生的問題是，阿紀還能活得下去嗎？

我答覆她，那位作者今年寫了一個故事，裡面描述兩名年齡相仿的男士，其中一人是原子彈受害者，他既沒有結婚也沒有兒女，在認真完成份內工作之後，最終留下了一封信給相熟的女性朋友。

「不是妳不好。一切責任也不該由我承擔。我想，這只是生在這種時代下的命運。」

---

2 井伏鱒二（一八九八～一九九三），日本小說家，廣島人。代表作之一的《黑雨》描述原子彈轟炸後廣島人無論是否受到輻射曝露皆被貼上標籤，連婚嫁都受到外縣人的排擠。該小說先於《新潮》雜誌一九六五年連載，隔年於新潮社出版。

3 一九五一年由池田書店出版。燕子花的英文為Iris。

4 以上內容請參見本書前文〈一位「太不可思議了！」的醫師〉。

5 竹西寬子（一九二九～迄今），日本作家，廣島人，亦為廣島原子彈受害者。

6 一九六三年發表，獲得女流文學賞入圍。一九六九年由新潮社出版。

作者將這段話送給書中的主人公：「只要一個岸部活著，就等於有十個岸部，不，是一百個岸部活下來了。」我將那部新作《五十鈴川上的鴨子》（岩波現代文庫）[7]寄給了她。

7 二〇一一年於幻戲書房初版，其後移至岩波現代文庫。

我們秉持的倫理依據

好想快點讀到那本書——我曾有過如此殷切的盼望，無奈沒辦法立刻到手，只能乾著急。我當然不可能親眼目睹自己在這種狀態下的「全身快照」，但仍有幾幀這樣的「相片」深留在腦海裡。

第一次是到醫院幫忙的母親回來說醫師的兒子在看一本漫畫書叫做《坦克太郎》[1]的時候。再來則是我到位於鄰村的高中上課時，聽到朗讀法國文學研究家渡邊一夫剛由岩波新書系列出版最新著述的〈序文〉[2]的時候。

我從母親那裡得到訂價八十日圓的書款，央託往返松山市和村莊載運木材的卡車司機代購，可惜他沒能在書店找到那本書。看到我傷心失望的模樣，生性果斷的母親對我說：你自

1　該漫畫堪稱日本機器人漫畫始祖，自一九三四年至一九三六年於大日本雄弁會講談社《幼年俱樂部》雜誌連載，作者為阪本牙城（本名坂本雅城，一八九五～一九七三，日本漫畫家暨水墨畫家。漫畫筆名阪本牙城，水墨畫雅號阪本雅城）。自一九三五年起集結成冊陸續出版。

2　此處並未註明書名，依照資料與年代推測，或許是渡邊一夫於一九五〇年出版的《法國文藝復興片段》。

已去能買到那本書的地方吧！就這樣，在當年施行學區制度禁止越區就讀的情況下，母親為我辦妥了轉學手續（當然也承蒙老師們的協助）……。

最近一次則是去年（二〇一一年），我為法國《世界報》撰寫的文稿同步譯載於《世界》雜誌的五月號，當我在上面看到撰稿者的姓名中出現了向來敬重的人士時格外欣喜，只可惜加藤周一已不再列名其中了，假如他還在，一定會幫我找到所需資料的。尤其當我聽編輯提起有一份「為穩定供給能源之倫理委員會」的報告書之後。

那份報告書是呈送給梅克爾總理[3]參考的資料，題目為《德國的能源轉換——為了未來的共同事業》。我想，這份資料應該可以強化日本政府脫離核電的決心吧。問題是，當我透過管道努力取得這份資料之際，礙於自己不懂德文，因而強烈希望能找到其他語言的版本，於是把目標轉向了倫理委員會這個單位。

我對坂本義和[4]先生的這段文字頗有同感：「現在不正是日本國民需要改革那建立在人類傲氣之上的現今生活方式與生活樣貌，並且尋找一條能夠建構人類共有『典範』的道路以使世界上不再有階級差異的時刻嗎？這次的天災人禍，正是向我們提出的質問。」

而宮田光雄[5]先生的以下這段也讓我產生共鳴：「即便單就電力消費的問題來看，我們不該追求所謂的生活富裕，縱使變得貧窮，還要忍受日常不便，此刻仍必須深入探究何謂活出人類的尊嚴，何謂生活的真正意義。倘若沒有了這些，『今生為人』的論述將失去立足之基。」

三一一大地震迫使我們直面的正是基於「倫理依據」[6]的課題，輿論表示目前更應該把關注焦點擺在高階層級的經濟依據和政治依據之上。可是眼看著災後即將滿一年了，在企業界和政界的領導之下，數十萬避難者依然不知何去何從，我深怕倫理依據這個語彙快要消失了。在此之前，我們能否憑靠這份德國的報告書，從中得到教誨呢？

《世界》雜誌二〇一二年一月號刊載了由三島憲一[7]先生精準迻譯的《使用核電並無倫理依據——分析德國「倫理委員會」報告書》中最主要的第四章〈倫理立場列述〉。

---

3 Angela Dorothea Merkel（婚前姓氏Kasner，一九五四～迄今），德國政治家，自二〇〇五年起就任德國聯邦總理至今（二〇一九年）。

4 坂本義和（一九二七～二〇一四），日本政治學者。

5 宮田光雄（一九二八～迄今），日本政治學者。

6 此處的「倫理依據」原文是「倫理的根拠」，也就是「道德依據」的意思。為尊重作者的遣辭習慣，本文保留所有「倫理」的原譯。請參考前文〈幼稚的態度與倫理化想像力〉中作者親自寫下「倫理化想像力」即為「moral imagination」，另文〈民族如同個人〉中，也在「倫理化」旁邊標注了「moral」的日文拼音。

7 三島憲一（一九四二～迄今）日本的德國哲學研究家。

詳細內容請參閱當期雜誌，這裡僅就文中闡述的相關倫理性與德國知識人嚴謹的邏輯性，對於核電廠抱持不同立場的兩派說法彙整節錄於下。首先是堅持反對方的觀點，「關於核能存廢的問題，並非只靠數據和計算得到的各種能源政策可能發生的損害規模和事故機率，就可以做出決定。」畢竟我們對下一代生命的所謂倫理道義，亦即風險和重擔的問題，至今尚未完全解決。另一派立場則認為權衡考量也很重要，「社會也有義務思考假如放棄核能，會有什麼樣的結果。」

這兩種立場不同的人士，最後得到了同樣的結論：「換言之，我們應當綜合考量在環境、經濟和社會的需求之下，配合以低風險能源替代核電，盡快終結核能發電。」

德國目前正朝著那個方向努力，希望我國政府也能向他們看齊。

不過只有一件事我國比德國更為緊急，必須立刻採取行動。那就是同樣在《世界》雜誌一月號登載的論文〈活斷層與核電廠——是誰扭曲了安全審查？〉，文中嚴厲譴責「關於針對耐震安全性所做的活動斷層調查及安全審查，有太多核電廠的審查報告出現重大的缺失」。

我熱切盼望和大家一同發起的公民運動能著眼於人類未來的生命，也就是秉持倫理**根基**。

小說家當前應盡一簣之功

我夢見武滿徹先生了。原因是我前一天晚上讀了米蘭．昆德拉[1]的《相遇》（這本書稱得上是西永良成[2]先生諸多譯著中的登峰造極之作。其早前的譯書《被背叛的遺囑》和《帷幕》我也收藏了。最新譯作由河出書房新社出版，後面兩本則是集英社出版）[3]。這部作品的社會性和個人回憶無不精采絕倫，書中對於小說的見解更值得推薦有志創作文學者拜閱。至於為什麼讀了這本書之後會夢見武滿先生，接下來將詳述理由。

上了年紀以後，我時常在夢到朋友們的文章中精細描繪且令人懷念的景象時醒了過來。這一晚也是夢見加藤周一先生思念信州別墅的鄰居武滿先生的情景，於是起身查閱了其自選

1 Milan Kundera（一九二九～迄今），出身捷克的法籍作家。
2 西永良成（一九四四～迄今），日本的法國文學研究家暨翻譯家。
3 這三本書皆為米蘭．昆德拉的散文集。《相遇》原法文版 *Une rencontre* 於二〇〇九年出版，日譯版由河出書房新社於二〇一二年出版；《被背叛的遺囑》原法文版 *Les testaments trahis: essai* 於一九九三年出版，日譯版由集英社於一九九四年出版；《帷幕》原法文版 *Le Rideau* 於二〇〇五年出版，日譯版由集英社於同年出版

集第一卷的**出處**。

「武滿徹在世的時候十分地photogenic[4]（中略）。他獨自一個人站在御代田的林中小徑的那幀相片拍得真好。他的眼睛——那雙神采奕奕又沉著穩重、聰明而溫柔的眼睛，正在凝視觀照內心。」

我從屋子裡望著站在外面的他們，發現雪片飄了下來，心想那該不會是放射性物質吧（這種焦慮當然沒有科學根據，只是因為在核災之後我第一次看到伸入核子反應爐安全殼裡的內視鏡影像中的白色斑點，因而有此聯想），於是趕緊喊他們小心點，就這樣被自己的聲音給嚇醒了……。

一九八一年的年底，武滿徹結束了聖地牙哥大學的工作之後，不知道聽誰說過「大江應該會喜歡這個作家」，於是買下米蘭．昆德拉的短篇小說集*The Book of Laughter and Forgetting*（Knopf）[5]送給了我。武滿先生擔任客座教授的學系裡當然有音樂研究家，也就自然而然從楊納傑克[6]的話題聊到與其頗有因緣的昆德拉身上。他還曾在會議中遇見拜訪過加藤周一、也去廣島做過訪談的心理學家羅伯特．傑．利夫頓[7]。我六年前親身體驗過這位從捷克斯拉夫[8]流亡巴黎的作家受到西方知識人歡迎的氛圍。

從那時候起，我成了這位作家的忠實讀者，讀過他的所有著作，並且發現了關注非主流文學的昆德拉就在稍早說到的那本《帷幕》中，提到有個日本人於一九五八年寫的短篇小說。那就是〈人羊〉。

那個故事敘述的是一群外國軍隊的士兵在夜裡大搖大擺地搭上一輛已滿載日本人的巴士，要求車上的學生脫下褲子。等那群士兵下車後，有位在場的教師挺身而出決定主動告發，要將學生受到的屈辱公諸於世。於是，「一切都在這兩人之間憎惡的閃光乍現即逝之後落幕了。卑鄙、羞恥、打著正義大旗施虐妄為的傑出故事……不過，我之所以提到這部短篇小說，是為了以下的疑問：這群外國士兵，究竟是哪一國的軍隊呢？」

昆德拉認為，如果直接寫明是**美國**大兵，「那麼這部短篇小說就會成為一個政治性文本，被歸類為對占領軍的控訴吧。正因為放棄了這個修飾語，淡化了政治面向，讓光線集中

4 意思是上相。
5 中譯版書名為《笑忘書》，一九七九年出版，由七個敘事篇章組成的短篇集對其推崇備至。
6 Leoš Janáček（一八五四～一九二八），捷克斯拉夫作曲家。
7 Robert Jey Lifton（一九二六～迄今），美國精神科醫師暨作家。
8 Československo，又譯為捷克斯洛伐克，曾在一九一八年至一九九二年於歐洲存在過的國家，後來各自獨立為捷克共和國與斯洛伐克共和國。

照在小說家關心的主要謎題上，也就是聚焦於**存在之謎**。」

我二十三歲時寫了那部作品，假如是那個時候看到這段評論，縱使頭腦可以理解**存在之謎**這幾個字，大概也無法有所體悟吧；然而到了七十歲的現在，我非常感激昆德拉的解讀，他肯定了我一路走來始終沒有偏離小說理論的根基，更讓我確定自己這一生只會當小說家了……。

又過了七年，我雖仍然把寫小說當成生活的基礎，但同樣重視「三一一災後」的公民集會與示威抗議，目前正在準備二月的東京遊行，以及三月的福島演講。這時候重新溫習《帷幕》，彷彿得到昆德拉這樣一位小說家同行高聲號召了此刻的自己加入行列。

而且，昆德拉表示自己雖然經常重讀福樓拜的書簡集，卻斷定那並不是一部富有魅力的**作品**。

因為他認為，作品是小說家「**根據某個美好計畫予以長久工作的成果**。

我再進一步說吧，所謂作品，將是小說家進行人生總結算時肯定自我的成就。（中略）任何一位小說家都應該抱定郭隗自薦的決心，摒棄一切非根本性的事物，為自己，也為他者們，闡述**道德的本質**。」

我認為，現在的日本人所謂的道德本質，應當是盡力讓下一個世代繼續活下去，而起點就是展現廢除所有核電廠的決心。

一切應由自己定義

此時，我看著面前從這個專欄剪下插畫貼在對半裁切的賀年卡上做成的七十一張卡片，以及擺在旁邊的一本書，回想著這幾年來的一幕幕。那本書是《紀錄・沖繩「集體自盡」審判》（岩波書店編）[1]。

過去這六年來，我把每月一篇的「定義集」文章影本歸檔時，總會順便把彩色的插圖直接裁下來製成卡片。連載進入第二年的時候，福田美蘭[2]女士的那張插畫儘管簡單卻充滿力道，兩枚黑色的手榴彈以紅鉛筆沿線勾描，旁邊是封面淡淡的綠色溶化滴落在岩波新書的《沖繩札記》上。下方是沖繩島的地圖，而左邊有一柄上了刺刀的槍垂掛著藍色的太陽旗，覆住士兵黃色的頭顱，還有像註記一般的箭頭指向士兵。卡片底下是一疊攤開來的資料，資料的後方露出正在寫稿的手……。

到了第三年，精準扣題的一幅幅細膩圖像已然形塑出獨特畫風。超過十萬人的縣民大會。在石垣島上駕駛吉普車奔馳，同時講述二戰結束後的沖繩的記者新川明。卓越的畫功讓渡邊一夫、加藤周一、武滿徹、愛德華・薩伊德這一張張思念的面孔，再次來到我的眼前……。

另外這一張插圖的下方，仍舊是只露手不露臉的我正在記錄聽到的話語，以及留在東京那個已經三歲卻連一句話也不會說的兒子，還畫上百年前我故鄉發生的揭竿起義，這件事與沖繩的現代化連結起來就構思出《萬延元年的足球隊》了。這幅畫將我聽完新川先生的講述之後，心中湧現那個故事的一切全都整合在一起了。美蘭女士，非常感謝！「定義集」裡寫到的訴訟案已經結束，紀錄載明了我們的勝訴絕非僥倖。被強迫集體自盡的記述重新回到教科書裡，可是讓沖繩飽受折磨的普天間航空基地爭議至今依然毫無進展。

這六年來有一位讀者，從用字遣詞看來應該是位文靜的女性讀者，每個月都會寄來一篇標注著奇妙記號的短評。後來我終於明白那個記號的意思了。

我再次閱讀中野重治的短篇小說[3]，他那特殊的文體讓人無法不引述。戰爭剛結束，混亂擁擠的電車，嘲諷一個由於難以呼吸而無法立定不動的男人的女乘客，以及在一旁聽到嘲諷

1 二〇一二年出版。
2 福田美蘭（一九六三～迄今），日本現代美術家。

而悲憤不已的中野先生，交織出他特有的滑稽文風。這封讀者來函中標注的記號是30／124。

聽見「快瞧，又跳起來了！」的聲音，中野先生忍不住開口回敬：「他也是情非得已呀！算他倒楣，隨波逐流被推到那種位置，只能逃向上方、逃往空中。再不逃，他就要被擠扁了。難道妳沒看到，他『眼看著就要』被擠扁了嗎？……」

那位投訴人對我寫隨筆時的引用癖好感到不滿。這一篇引用的部分占全文行數的30行，尚可勉強接受，嚴重的時候甚至多達69／124。

我是在村裡剛設立新制中學的時候養成了引用的習慣。疏散到村子裡躲避戰亂的都市人準備回家時，把帶來的書捐了出來。我讀到喜歡的文章總想反覆細讀，但是按規定不可以霸著同一本書不放。

所以只要找到紙片，我就把書裡的內容抄寫上去。等到老師作文課時發下漂亮的紙張，我再從口袋掏出紙片來，把上面的文字謄寫過去。因為我覺得自己想出來的文章沒有意思。就這樣，我在謄寫段落的前後添加感想，這樣的作文終於得到了老師的讚許。

剛當上小說家不久，比我年長五十歲的野上彌生子[4]女士就訓誡過我：「你文章裡經常出現『希求』，為什麼要用那麼老派的字眼呢？」其實那是我在新制中學裡讀到的《憲法》和

《教育基本法》中同樣出現的字詞，我情有獨鍾，特地抄在紙上納入語彙寶庫，自以為頗有新意。

關於定義。我年輕時寫過一篇〈夢中夢〉的小說，內容是我要為身有疾患仍持續成長的長子，把世界上所有的一切都賦予定義。這個期許雖然沒能兌現，但我發現自己現在無論面對任何事物，總會思考該如何賦予能夠讓他理解且笑得出來的定義。

不過，這個「定義集」專欄的每一篇文章都是以引述文字作為主體。這種將認為重要的句子抄錄下來的習慣是從中學開始的，不管是從書裡讀到的也好、是從別人那裡聽來的也罷，這些我尊敬的人們在我記憶中留下的話語，成了現在的引述文字。面對晚年的自己此刻遭遇（同時也是時代下的產物）的重大危機，我要用多年來修煉而成的小說語言首次嘗試，很可能也是今生最後一次嘗試，對這個重大危機賦予我的定義，並且就此告別「定義集」。

3 以下引述詳見本書前文〈領略滑稽之辯證〉。
4 野上彌生子（一八八五～一九八五），日本小說家。

【Eureka】ME2093

定義集

作　　者 ❖ 大江健三郎
譯　　者 ❖ 吳季倫
美術設計 ❖ 曾國展
內頁排版 ❖ 極翔企業有限公司
總 編 輯 ❖ 郭寶秀
責任編輯 ❖ 黃怡寧
行銷業務 ❖ 力宏勳

發 行 人 ❖ 凃玉雲
出　　版 ❖ 馬可孛羅文化
104 臺北市中山區民生東路二段 141 號 5 樓
電話：(886)2-25007696
發　　行 ❖ 英屬蓋曼群島商家庭傳媒股份有限公司城邦分公司
臺北市中山區民生東路二段 141 號 11 樓
客服服務專線：(886)2-25007718；25007719
24 小時傳真專線：(886)2-25001990；25001991
服務時間：週一至週五 9:00 ～ 12:00；13:00 ～ 17:00
劃撥帳號：19863813　戶名：書虫股份有限公司
讀者服務信箱：service@readingclub.com.tw
香港發行所 ❖ 城邦（香港）出版集團有限公司
香港灣仔駱克道 193 號東超商業中心 1 樓
電話：(852)25086231　傳真：(852)25789337
E-mail：hkcite@biznetvigator.com
馬新發行所 ❖ 城邦（馬新）出版集團
Cite (M) Sdn. Bhd.(458372U)
41, Jalan Radin Anum, Bandar Baru Seri Petaling,
57000 Kuala Lumpur, Malaysia
電話：(603)90578822　傳真：(603)90576622
E-mail：services@cite.com.my
輸出印刷 ❖ 前進彩藝有限公司
初版一刷 ❖ 2019 年 4 月
定　　價 ❖ 420 元（如有缺頁或破損請寄回更換）

國家圖書館出版品預行編目資料

定義集 / 大江健三郎著；吳季倫譯 . -- 初版 . -- 臺北市：馬可孛羅文化出版：家庭傳媒城邦分公司發行, 2019.04
面；　公分 . --

ISBN 978-957-8759-62-6（平裝）

861.67　　108003271

TEIGI-SHU
by OE Kenzaburo

Originally published in Japan by Asahi Shimbun Publications Inc.
Chinese (in complex character only) translation rights arranged with
OE Kenzaburo, Japan
through THE SAKAI AGENCY and FUTURE VIEW TECHNOLOGY LTD..

ISBN：978-957-8759-62-6（平裝）

城邦讀書花園
www.cite.com.tw